YOUR FORMA

Electronic Investigator Echika and the Return of the Nightmare

菊石まれほ

MAREHO KIKUISH

【イラスト】──野崎つばた

Illustration Tsubata Nozaki

ユア・フォルマ

官エチカと

ルクの悪夢

IV

YOUR FORMA

Electronic Investigator Echika and the Return of the Nightmare

CONTENTS

菊石まれほ
［イラスト］——野崎つばた
ユア・フォルマ
電索官エチカとペテルブルクの悪夢

浮浪アミクス惨殺――『ペテルブルクの悪夢』再来か

26th, October 01:12 PM

今月25日、モスコフスキー地区のモスクワ勝利公園で、浮浪アミクスの「切断死体」が発見された。友人派にとっては既に震撼に値する事態だが、殺害現場が『ペテルブルクの悪夢』に酷似していたという情報は、更に広く市民に衝撃を与えている。

［写真説明］損壊されたアミクスが発見された、モスクワ勝利公園の円形広場。

ペテルブルク市警は、捜査への支障があるとして事件の詳細を公表していない。『ペテルブルクの悪夢』は2022年に発生した連続殺人事件の通称。事実上捜査が打ち切られている重要未解決事件で、今回の事件を機に捜査再開の機運が高まっている。

 Amicus Return of the Nightmare

 To read further story

Comment  Share  Save

序章——贖罪

YOUR FORMA

あの人への『後悔』や『償い』を、復讐心などという安易な言葉に集約したくない。

その地下室は、ひどく暗かった。天井の隙間からはわずかな光も届かず、古い農具が散乱している。黴びた土の匂いに、むんと立ちこめる血の芳香が覆い被さっていて――ハロルドのシステムが正確ならば、時刻はそろそろ夕刻に差し掛かる。とても、そうは信じられないが。

ここにだけ、永遠の夜が降り注いでいるかのようだ。

それでも、もがくことは諦めていなかった。身じろぎをすると、ぎり、と柱にくくりつけられたボディが軋む。首に食い込むロープの締め付けが、殊更強くなったように思えて。手首のウェアラブル端末を探りたかったが、背後で固定された両手はまるで動かない。

もう二度と浮き上がれないのだとしたら。

自分も、彼も、このまま沈んでいくしかないのだとしたら。

視線の先――ソゾンは椅子に縛り付けられたまま、轡を噛みしめるように荒い呼吸を繰り返している。乱れた黒髪が、汗ばんだ額に垂れかかっていた。あらゆるものを見抜いた眼光は、今にも吹き消されそうで――その右腕が無残に叩き落とされて、何分が経過しただろう。

床に転がった彼の腕は、何かを欲するかのように、地面に爪を立てている。

人間は修理できない。死んでしまう。死なせてしまう。このままでは、

「次は左脚だな」

安物の変声器を介した、地を這うように低い声――その男は、背の高い影だ。黒く燃え立つ影に似ている。人相を完璧に隠している覆面と、暗がりに溶け出しそうなレインコート。片手に握られた電動鋸は、血を食らって濡れていた。

男の手が、軽々と椅子を引き倒す。

ソゾンの体が、固い土に叩き付けられて。

その轡が、わずかに緩んだ。

「――俺の、相棒は……必ず、お前を……見つける」

絞り出される吐息。

「だとしても、優しい機械は手錠も掛けられない。現に、今もあの有様だ」

ハロルドは歯嚙みした――どうしてこんな状況を許した？　油断したのだ。ソゾンを助けにきたつもりだった。それなのに、自分はたやすくこの影に拘束されてしまって。

敬愛規律のせいで、抵抗できなかった。

――人間を尊敬し、人間の命令を素直に聞き、人間を絶対に攻撃しない。

だが、得も言われぬ巨大な矛盾が、先ほどから延々とシステムを燃やしている。

敬愛規律に基づき、自分は影を殴りつけてまで抗うことは叶わなかった。どれほどひどいことをされようと、人間を傷付ける行動を取ってはならない。自分は、大人しくこの柱に縛られるより他なく――しかしそのせいで、今まさに、目の前でソゾンが殺されようとしている。つまり自分は間接的に、彼を傷付けることに加担したのでは。分からない。この矛盾をどう処理すればいいのか分からない。答えがあるはずだ。早く見つけなければ手遅れになる。けれど思考は四方へと散らかって、歯止めが利かない——異常な光景が、状況が、ただ膨大な警告とエラーを堆く積み上げていく。

ソゾンを助けなくては。

確かなのはそれだけで、

だが、きつく結ばれたロープが邪魔をする。逃れられない——いいや。たとえ逃れられたとしても、自分はあの影を止められない。駄目だ。また、矛盾へと引きずり込まれていって。

「どうなんだ、アミクス。俺を見つけられるか?」影が振り向く。その眼差しは、どこにあるのだろう。「お前らは単なるプログラムに従っているだけだ。主人がバラバラにされたって、何も感じない」

空っぽだからな。

吐き捨てられたそれは、暗視機能で見通せるはずの闇に呑まれる。

——そうだ、確かに空っぽだ。

だからこそ、今、こんなにも無力なのだ。

「いいか、よく見るんだ。お前の空の脳味噌に、焼き付けてみろ」

影の手の中で、電動鋸が息を吹き返す。耳障りな駆動音が、聴覚デバイスに突き刺さる。

やめろ。

やめてくれ。

これ以上、彼を傷付けないでくれ。

影が、刃を振り下ろす。

まだ繋がったままの、ソゾンの左脚めがけて。

暗闇の中では、本来赤いはずの人間の血液も、循環液のように黒いのだ。

＊

《本日の最高気温：二十度／服装指数Ｄ：朝夕は上着が必要になりそう》

サンクトペテルブルク西部――ペテルゴフは、中心部の喧噪から切り離されたのどかな地区だ。観光地であるペテルゴフ宮殿周辺こそ賑わっているものの、住宅街に一歩踏み込めば疎らに建ち並ぶ家々とともに、愁いを帯びた晩夏の空が広がる。

ハロルドが運転するラーダ・ニーヴァは、そんな住宅街の舗装が行き届いていない細道を、のろのろと走っていく。

「ああ……やっぱり駄目、緊張しているわ」

助手席のダリヤが、もはや何度目か分からない深呼吸をした。彼女は栗色の髪をいつもよりもしっかりと巻き、滅多に着ないワンピースに身を包んでいる。

「ハロルド、最後にソゾンの実家にいったのはいつだったかしら。覚えてる？」

「私の記憶によれば昨年のクリスマスです」ハロルドはステアリングを握りながら、彼女を一瞥した。不安そうに、掌をこすり合わせている。「やはり、郵送を頼むべきだったのでは？」

ペテルゴフに暮らすソゾンの弟から電話があったのは、つい一昨日のことだった。何でも母親が家の片付けをしていたところ、兄の遺品が複数見つかったらしい。ダリヤはその場で、「取りにいく」と答えていたのだが。

「確かに、送ってもらうべきだったかも知れないわね」彼女は今になって後悔したように、ぐったりとうなだれている。「でもほら、二人の顔も見ずにそんな……失礼だと思ったのよ」

「あなたの義理堅いところは尊敬していますが、ご負担になるのなら私に任せて下さってもよかったのですよ」

「それこそとんでもないわ」ダリヤはのろのろと顔を上げる。「私はあなたのほうが心配よ、ハロルド。絶対に留守番しているべきだった」

昨日から今日にかけて、もはや何十回と聞かされた台詞である——自分にしてみれば、ソゾンの思い出が溢れている場所に、ダリヤをたった一人で送り込むほうがよほど心配だ。が、彼女にはどうあっても伝わらないらしい。

「折角の休日なのです、一人で部屋に閉じこもっているのは性に合いません」

「他にも行き先はあったでしょう。ヒエダさんと約束していたりしないの？」

「いいえ。今日の彼女は、ビガ……ご友人と出かける予定があるようですよ」

答えながらも、意外に思う。ダリヤには、自分とエチカが随分と親しい『友人』に見えているわけだ。実際その通りではあるのだが、何となく、奇妙な心地がした。

「ともかくダリヤ、私のことはお気になさらずに。辛くなったらすぐに言って下さい」

やがてニーヴァは、一軒の民家の前で停車する——くすんだ緑の三角屋根を乗せた、山小屋風の外観だ。広々とした庭には、シートをかぶせた薪や使われなくなった家具、ドラム缶などが放置されていて、お世辞にも手入れが行き届いているとは言いがたい。名前の分からない落葉樹が、今にも立ち枯れそうな表情でこちらを見下ろしていた。

ソゾンの生家だ。

前に訪れた時よりも、一層寂れてしまったように思える。

ニーヴァを降りて、ダリヤとともに腐りかけた木戸をくぐった。庭の土はかすかに湿っていて、ずぶりと靴底が沈む。ポーチへと入り、錆びたドアベルを鳴らして——ダリヤが肩をこわばらせているので、ハロルドはそれとなく彼女の背中に手をやる。

やがて、玄関扉が開いた。

「——やあ義姉さん、ハロルド。よくきてくれたね」

姿を見せたのは、垢抜けない雰囲気を残した黒い髪の青年——ソゾンの弟ニコライだ。兄と違ってくるりと丸い瞳には愛嬌があり、微笑むと八重歯が目立つ。

「久しぶりね、ニコライ」ダリヤの肩から、目に見えて力が抜けた。「今日は一人なの？」

「母さんもいるよ。今、遺族会の人が会いにきているから取り込み中で」

「遺族会？　私も知っている人かしら」

「アバーエフさんだよ、代表の」

やりとりを重ねながら、ダリヤとニコライは挨拶のハグを交わす。ハロルドも彼と握手した——両親が機械派とあって、ニコライはアミクスを知らずに育ったらしいが、ソゾンの『家族』である自分には好意的に接してくれている。

「ハロルド、少し背が伸びたか？」

「ええ」当然ジョークだ。「ひょっとしたら、一センチほど高くなったかも知れませんね」

家の中へと招き入れられると、玄関に飾られた鏡が目に付く。以前よりも曇りがひどくなっていた。ろくに掃除をしていないのだろう。リビングのほうから、彼の母親と来客の話し声がぼやけて響いてくる。

「兄さんの遺品なんだけど、二階にまとめてあってさ。上がってくれ」

ニコライはそう言い、ハロルドとダリヤを二階の一室——ソゾンの私室へと案内してくれた。彼が就職するまで過ごしていた部屋だが、今ではただの物置と化している。窓を塞ぐように使われなくなったシェルフが置かれ、壁紙はところどころめくれ上がっていた。

この部屋に入ったのは、随分と久しぶりだ。

前に訪れたのは確か、ソゾンが初めて自分をここへ連れてきてくれた時だったか。

「この間、急に母さんが家の片付けを始めて」ニコライは、床に散乱したゴミ袋やボックスを退かして、クローゼットを引き開けた。「散らばっていた兄さんの私物を、わざわざひとつにまとめたんだよ。欲しいものがあったら持って帰ってくれ」

彼は透明なストレージボックスを取り出して、床に置く。蓋を開けると、HSBなどの記録媒体や古いアルバム、児童書が顔を出す——ダリヤは吸い寄せられるように、ボックスの中を覗き込んだ。

「この本、私も子供の頃に読んでたわ。ソゾンも持っていたなんて全然知らなかった」

「紙の本以外読まなかったよな。母さんもそうだけど、何でああもアナログ好きなんだか」

「お義母さんはどうして急に家の整理を？」

「僕も分からなくて、正直ちょっと怖いよ。病院にはいつも付き添ってるし、でかい病気が見つかったとかではないと思うんだけど」

「その……調子はどう？」

「相変わらず気分の波が激しい。前に、ユア・フォルマの医療用HSBカートリッジを試したんだけど、合わなくてさ。今の経口薬はよく効く代わりに、記憶が曖昧になりがちで——」

二人のやりとりを聞きながらも、ハロルドはさりげなくダリヤの様子を注視していた。彼女は平気なふりをしているが、この家にはソゾンの思い出が多い。万が一にも押し潰されそうな気配があれば、上手く連れ出さなくては——そう考える自分自身すら、押し寄せてくる懐かしさを抑えきれない。感情エンジンを調節しようと視線を流して。

ふと、透明なゴミ袋に押し込まれた封筒が目に留まる。表に、社名と思しきキリル文字が躍っていた。

【グリーフケア・カンパニー『デレヴォ』】

ソゾンを亡くした直後、ダリヤもこの手のサービスを勧められていたな、と思って。

グリーフケア・カンパニーとは、故人との別れを受け入れるために様々なサービスを提供する企業全般だ。ＡＩや人間によるカウンセリングを実施しているところもあれば、故人の人格を復元するデジタルクローンの提供や、遺品整理、思い出の品の保管を引き受けたりもする。

「ああ、それ」ニコライは、ハロルドの目線に気が付いたようだ。「これまでにも何度か主治医から勧められててさ。母さんの役に立てばと思って、紙の資料を取り寄せたんだ」

「それなのに廃棄を？」

「いつものヒステリーを起こされたからな。突破口になればよかったんだけど……まあ、やっぱり駄目だった」

彼はそうして、じっと封筒を見つめるのだ。

助けが必要なのは、何も、母親だけではないはずなのに。

「あなたの気持ちは伝わっているはずです」ハロルドは慎重に言葉を選んだ。「お母様にとってはまだ、心配されることすら辛いのでしょう」

「そうね」ダリヤが同調した。「だって、あれから二年半しか経っていないんだもの」

「でも、もう二年半か」ニコライが深く息を吸う。「まだ、昨日のことみたいだよ……」

空気は恐ろしいほどに研ぎ澄まされて、今にも二人の頬を切り裂きそうだ。あるいは、もう切り裂いているのかも知れない。ただ、自分の視覚デバイスには映らないだけで。

話題を変えたほうがよさそうだった。

「こちらは私のものでは？」ハロルドは努めて穏やかに言い、ボックスの中へと手を伸ばす。派手な色のタイを取り上げた。「ここにあったのですね、なくしたと思っていました」

ニコライとダリヤが、止めていた呼吸を再開する。

「ああ……思い出した」ニコライが表情を和らげて、「兄さんが初めてお前を連れてきた時、僕があげたんだったな。置いて帰るもんだから、お下がりは嫌なのかと」

「とんでもない。あなたが高校の卒業式で使ったというエピソードを覚えています」

「そう、ダサすぎて皆に笑われた。言っておくけど僕じゃなくて、叔父さんの趣味だからな」

「本当に？」

「やめろって」彼の手が、ハロルドの肩を叩く。「お前なら似合いそうだと思ったんだ」

「ええ、今日こそつけて帰りましょうか」

「やめて」ダリヤも微笑する。よかった。「あなたにも派手すぎるわ」

そこからは幸い、なごやかな雰囲気が続いた。ダリヤは落ち着いた様子で遺品を見繕い、ソゾンが読んでいた本や使っていたペンを貰って帰ることにしたようだ。自分も、ニコライの派手なタイを持っていくことにした。まあ、飾ることくらいはできるだろう。

そうして部屋を後にした時、ふと、階下からはっきりと話し声が聞こえてくる――ハロルドたちが階段を下りていくと、訪ねてきていた遺族会のアバーエフが帰るところだった。浅黒い肌をした痩身の中年男性で、羽織ったコートは妙に肩幅が余っている。

だがそれ以上に――彼を見送るソゾンの母親の背中は、痩せさらばえていた。

「エレーナ」アバーエフが労るように話しかけている。「とにかく考えすぎずに、薬をしっかりと飲んで治療に専念することだ。いいね」

「もう何度も聞きましたよ。あたしは大丈夫よ」

アバーエフが立ち去っていく。玄関扉がゆっくりと、物憂げに閉じて――ハロルドは思わず、ダリヤを二階へ連れ戻そうかと考えた。もちろんそれよりも先に、エレーナがこちらを振り返ってしまったのだが。

「…………、来ていたの」

エレーナの仏頂面は、六十二という齢に見合わないほど年老いて見えた。細かなしわの刻まれたその頬が、はっきりとこわばる。一つに束ねた髪から、後れ毛がこめかみに落ちていて。

エレーナ・アルセーエヴナ・チェルノヴァ。

ソゾンの実母。

「しかも何てこと」彼女はハロルドの姿を認めるなり、突き刺すような目つきに変わる。「それを連れてくるなんて聞いていないわよ。まだ廃棄処分にしていないの？」

想定通りの反応だ、特に驚かない。

「僕がきてくれと言ったんだ」ニコライが母親へと近づいていく。「母さん、やめてくれ」

「ダリヤが家に入るのはいいけれどね、それにうろうろされたくないわ」

「申し訳ありません」ハロルドはなるべく穏やかに詫びた。「もう失礼しますので――」

「あたしに話しかけないで、この役立たず！　あの子を見殺しにしたくせに！」

エレーナが唐突に声を荒げる。唾が三滴は飛んだだろう――彼女はもともと機械派だったが、ソゾンが死んでからというもの、ハロルドへの当たりは見事にきつくなった。

事件の犯行現場に居合わせていながら、最愛の息子を救えなかった欠陥品。

アミクスが敬愛規律によって人間に反抗できないことは、もちろん彼女も分かっている。

しかしながら――それが、エレーナの自分に対する評価だった。

もちろん、彼女に腹が立ったことは一度もない。人間社会における親子間の愛情は極めて重要なもので、エレーナの態度は妥当だ。それに。

実際、あの日の自分は『役立たず』だった。

「ごめんなさいお義母さん」ダリヤが目に見えてうろたえる。「その、」

「ダリヤ、あなたも大概だわよ。一体いつまで、そのガラクタにソゾンの服を着せるつもりなの？」エレーナは、なおも忌々しそうにハロルドを睨めつける。「そんな機械にあの子の代わりが務まるんなら、あんたもこの家に入る資格はないわよ！」

「母さん頼むよ」ニコライが苛立ったように、母親の背中を押す。「リビングに戻って、いつもの薬を飲むんだ。ほら早く」

「その二人をすぐに出して。外へやって！」

ニコライは、尚も汚い言葉を吐き散らす母親をリビングへと押し込み、無理矢理に扉を閉めた。エレーナはまだ喚き立てていて、罵詈雑言が漏れ聞こえてくる。

ハロルドは、システムにずぶずぶと沈み込んでくる負荷を、ゆっくりと押し上げて。

——負荷を感じることすら、おこがましい。

「ごめん、最後の最後に……」ニコライはばつが悪そうに、髪をかき混ぜる。「とにかく、気にしないでくれ。本心じゃないんだ。全部病気のせいで」

「ええ大丈夫、私たちは平気よ」

ダリヤが、努めて穏やかな声を絞り出す。

結局、ハロルドは彼女とともに、逃げるように家を後にしたのだった。

外に出るなり、背中にへばりついた緊張をぬるい風が洗い流してくれる——隣を歩くダリヤは、ひどい顔色だ。庭先の木戸をくぐった途端に、彼女はのろのろと立ち止まってしまう。綺麗に波打つ栗色の髪が、無防備なほど柔らかく揺れていて。

「ダリヤ、大丈夫ですか？」

問いかけながらも、後悔していた。やはり、彼女を連れてくるべきではなかった。

ダリヤは黙ったまま、頬にかかる髪を払いのける。そうしながらも、こちらを仰ぎ見て——その瞳が、惑うように揺れる。張り詰めた罪悪感の色。彼女の思考が手に取るように分かる。ハロルドがここへくることを止めきれなかったために、自分を責めているのだ。

システムに、ぎしりと負担がかかって。

「ハロルド。私は……、あなたを本当の弟だと思ってるのよ」

「ありがとうございます。私も、あなたを家族だと思っていますよ」

紛れもない本心だったが、ダリヤは苦しそうにかぶりを振る。唇が緩み、閉じて、開く。

「……お願いだから、お義母さんが言ったことを真に受けないで」

胸が痛んだ。

「すみません。今日に限ってはソゾンの服ではなく、自分のものを着るべきでした」

「私も反対しなかったわ。でも違うの、そうじゃなくて」ダリヤは恐れるように重ねる。「あなたは……ソゾンの代わりじゃない。誤解しないで欲しいの。あなたはあなたなのよ」

「もちろん分かっています」

「だから本当はそう、服だって、あなたが好きなものを着ればいい。車も古いんだし、買い換えたって構わないの。何ならソゾンの部屋も使わなくていいわ、自分の寝室に戻って――」

「ダリヤ」

彼女がそのまま泣き出しそうに見えたので、やんわりと肩に触れた。顔を覗き込むと、ダリヤは不器用な深呼吸で応えてくれる。冷静でないことは、彼女自身も自覚しているのだろう。

服も、車も、部屋も。

ソゾンが死んでから、ダリヤは全てをハロルドに与えた。それが亡き夫を恋しく思っての行動だったのか、それとも残された家族に愛情を注ぐことで傷を癒やそうとしたのか、アミクスである自分には分からない――どちらでも構わなかった。ソゾンの服に袖を通すことにした。ニーヴァに乗ることに決めた。彼がいなくなった部屋で、寝起きすることにした。

どんな方法でもよかった。

自分がそうすることで、家の中にぽっかりと生まれてしまった空白を、埋められるのなら。

何よりも、ソゾンを救えなかったことに対する、ダリヤへの償いになるのなら。

分かっている。

そんなことでたやすくそそげる罪など、存在しない。

気休めだった。

でも、それでいい。

気休めがなくなってしまったら、もう息ができない。

——本当の呼吸なんて、生まれてから一度もしたことがないはずなのに。

「私は、自分が好きでこうしているだけですよ。ゾゾンとは趣味が同じなのです。特に、ニーヴァは愛嬌があって気に入っていますから、まだ買い換えたくはありません」

「やめて……」

「本心です。たとえあなたが乗り心地が悪いと訴えても、まだ使い続けたいと思います」

ダリヤはうつむいたままだった。彼女の肩を支える掌に、かすかな震えが、嗚咽が伝わってくる——ハロルドはやむなく、たった一人の家族を抱き寄せた。狭い背中を、宥めるようにさする。彼女の、涙に燃えた吐息が、胸に染み込んできて。

ふと、羽織ったゾゾンのジャケットを見下ろす。

ほつれが目立ち、もうそろそろくたびれ果てたと言いたげな顔をしていた。

だが、まだだ。

自分はまだ、彼を殺させてしまった罪を、贖っていない。

あの『影』を見つけ出して、然るべき裁きを与えなければならない。

それだけが唯一の、

——『帰るぞ、ハロルド』

じわじわと、閉じ込めておけない記憶(メモリ)が滲(にじ)み出してくる。

目の前にあるダリヤのつむじが、ゆっくりと蝕(むしば)まれて、消えていく。

気付けば、もう何千回と再生を繰り返したであろうあの日に、引きずり戻されていて。


ソゾンの呻(うめ)きを、覚えている。

腕が落ちた時の音を、覚えている。

足が切り落とされた時の響きを、覚えている。

首が刎(は)ねられた時の、血の飛び散り方を覚えている。

影のおぞましい後ろ姿を、今でも鮮明に思い出せる。

アミクスの記憶は完璧で、望むのなら、いつだってその瞬間へ帰ることができてしまう。

だから。

今なお——あの地下室が、ハロルドの全てだ。

第一章——悪夢の靴音
YOUR FORMA

1

十月下旬。サンクトペテルブルクは早くも、長い冬の入り口に差し掛かる。

『私たちがアラン・ジャック・ラッセルズに行き着いてから、もう三ヶ月も経つのよ』

電子犯罪捜査局ペテルブルク支局——国際会議中のミーティングルームには、極めて重苦しい空気が立ちこめている。壁のフレキシブルスクリーンには本部のトトキ課長を始め、各国支局の特別捜査班が顔触れを揃えていたが、全員がしかつめらしい表情だった。

無論、椅子に深々と腰掛けたエチカ自身も、例外ではない。

『いい加減、何か進展が欲しいわね』トトキはため息を洩らし、『それじゃ最後にペテルブルク支局、報告を。「トスティ」の回収作業は進んでいる?』

「あれから新たに個人ユーザーを二名特定し、何れも回収しました」答えたのは、フォーキン捜査官だ。パーマのかかった暗褐色の髪こそ整っているが、顔には若干の疲れが見え隠れしている。「並行して、分析AIを導入している企業への調査も進めています。マッチングアプリ運営会社やグリーフケア会社、部品製造の関連企業、医療機関……虱潰しですが、今のところ収穫はありません」

トスティ——夏に、匿名掲示板『TEN』を通じて欧州諸国を騒がせた、陰謀論者〈E〉の正体である分析型ＡＩのことだ。それが有する桁外れの性能は、国際ＡＩ運用法に抵触すると判断されている。にもかかわらず、トスティは一時オープンソース化され、誰でもインストールが可能な状態になっていた。つまり、当時事件を起こしたロバン電索官兄妹以外にも、何も知らずにトスティをインストールしたユーザーたちが存在するはずだ。

事件から約三ヶ月――各国の電子犯罪捜査支局は、散らばったトスティを見つけ出し、回収する作業に追われている。

『いいわ。他局と足並みを揃えたいから、年内に終わらせて』トトキはぴしゃりと言い、『それからこれは全局へ。分かっていると思うけれど、トスティの回収作業だけでなく、ラッセルズの捜査にも引き続き力を入れてちょうだい』

ラッセルズ――トスティの開発者を名乗る、アラン・ジャック・ラッセルズのことだ。

その存在は、架空の『亡霊』である。ラッセルズのパーソナルデータはユア・フォルマのユーザーデータベースに登録されており、イングランド南東部のフリストンには自宅すら構えているが、彼自身は実在しない。つまり――『ラッセルズ』は現状、犯人が用意した隠れ蓑だと考えられる。

加えてそうまでした動機は、未だに判然としていない。

『ではまた来週に。いい報告を期待しているわ』

そうして、会議は散会となった。

スクリーンが暗転すると、フォーキン捜査官はにわかに脱力する。席に着いていた捜査班の面々が立ち上がる中、彼はぐったりとテーブルに突っ伏すのだ——何せここ数ヶ月、ろくな進展もなく、フィンランド湾から砂粒ほどの宝石を見つけ出すような作業に追われ続けている。無理もない。

エチカが声を掛けようとしたら、

「彼は相当なプレッシャーを感じているようですね」隣に座っていたハロルドが、肩を寄せてきた。「トトキ課長は何故、フォーキン捜査官を特別捜査班の班長に？」

アミクスは、芸術作品さながら整った顔立ちに心配そうな色を浮かべている。今週に入ってめっきりと寒くなったからか、タートルネックのセーターを引っ張り出してきたようだ——今更ながら、ハロルドがアミクス用の大量生産服を着ている姿は見たことがないな、と思う。

「フォーキン捜査官が所属している捜査支援課は、何年も〈E〉の事件に関わり続けていた。彼のキャリアを考えても、そろそろ大きな仕事を任せたいと思ったんじゃない？」

「ですがあの様子では、今朝はパンケーキを三枚しか召し上がっていません」

エチカは呆れた。「それだけ食欲があれば十分だ」

「聞こえてるぞ」フォーキンがぐったりと顔を上げる。「あと三枚じゃない、二枚だ。何でも分かるんじゃなかったのか？」

「ジョークですね。確かに私は高性能ですが、何事にも完璧はありませんよ」

電子犯罪捜査局は国際ＡＩ倫理委員会との協議の末、トスティ回収とラッセルズ捜索を速やかに進めるため、各国支局に特別捜査班を編成した――ペテルブルク支局の班長には、ハロルドが言った通り、フォーキン捜査官が抜擢されている。班には総勢二十名前後が参加しており、電索課からはエチカとハロルドが協力に加わっていた。

個人的には、電索能力を取り戻した以上、今後フォーキンと仕事をすることはないだろうと踏んでいたのだが――思わぬ形で、一緒に働くことになったというわけだ。

「自分で高性能って言わないで」エチカが薄目を作ると、ハロルドは無言で天井を仰ぐ。「それよりフォーキン捜査官。トスティのソースコードは、また解析のやり直しを？」

「ああ……課長曰く、三回目らしい。何度調べても、奴の性能とコードが一致しないせいだ」

トスティのソースコードは事件後、リヨン本部の分析チームへと回された。しかしその性能とは裏腹に、使用されているプログラミング言語や言語処理系ソフトウェアはごく一般的なものので、凡庸な分析ＡＩとしての範疇に収まっている。

つまり、トスティは何らかの手段で、本物のソースコードを隠蔽しているというわけだ。

「早く、コードへと繋がる『隠し扉』が見つかるといいのですが」ハロルドが、椅子から腰を上げる。「本部の分析チームはもちろん、外部の専門家ですら歯が立たないのでしたね」

「そうだ。もしかしたら、『扉』自体が存在しなかったりしてな」

「魔法ではないのですから、必ず仕掛けがあります」

「ああくそ。実際の扉みたいに、簡単に見つけてぶち壊せたら楽なんだが」フォーキンが椅子の背に寄りかかり、エチカを見やる。「あの時のあんたがやったみたいに、こう……」

首をひねってしまった。「何の話ですか？」

「火事の中で、正確にドアの蝶番（ヒンジ）を撃ち抜いたんだろ？　誰にでもできることじゃない」

夏の夜、国際刑事警察機構本部（インターポール）が〈E〉信奉者たちに襲われたことを思い起こす――トトキの愛猫（あいびょう）を介して持ち込まれた手製の爆発装置は、電気室を丸ごと吹き飛ばした。自分とハロルドは防火シャッターの中に閉じ込められ、避難用ドアも塞がれてしまい、危うく炎に巻かれて死ぬところだったのだ。

その後の現場検証で、避難用ドアの蝶番が綺麗（きれい）に破壊されていたことが判明した。お陰でハロルドは、気絶したエチカを外へと連れ出せたらしい。あの時の自分は、煙に遮られた視界でがむしゃらに弾を撃ったが、見事に命中していたというわけだ。

「単なる偶然です。火事場の馬鹿力みたいなものというか」

「謙遜は感心しないな」フォーキンは目をぐるりと回してみせた。「そういや年末に露店（ヤルマルカ）の射的が出るんだが、興味ないか？　景品で腹一杯アイスクリーム（マロージナエ）が食える」

魅力的な話ではあるが。「沢山食べたいなら、普通に買ったほうが早いのでは？」

「あのな、それじゃ何の楽しみもないだろ」楽しみ？

「ヒエダ電索官」

呼ばれて振り向くと、ハロルドがウェアラブル端末に目を落としていた。

「ビガからメッセージが届いていました。丁度今、支局の前まできているそうです」

エチカはまばたきをする。「今日はアカデミーの研修にいっているんじゃなかった？」

「ルークラフト補助官の顔を見たかったんじゃないか？」フォーキンは椅子に沈んだまま伸びをして、「よくまあ、あれだけ手懐けられるもんだ。感心するよ」

「恐れ入ります」

エチカはハロルドの脇腹を小突く。「違う、彼は褒めてない」

「ともかく、ビガによろしく伝えておいてくれ」フォーキンはそこでわざとらしく肩を竦め、

「明日からもトスティの回収作業が待ってるぞ。頑張ろう、諸君」

そんなこんなでエチカたちはフォーキンと別れ、ミーティングルームを後にした。コートに袖を通しながら、ハロルドとともにエントランスへと向かう。彼もまた、首にマフラーを巻いたところで——目が合うといつも通り、にっこりと微笑み返してくるのだ。

何というか。

「『友人』にこんなことを言うのもどうかと思うけれど、時々きみを殴りたくなる」

「時々どころかいつもでは？」確かに。「フォーキン捜査官と射的にいかれるのですか」

「そもそも彼は誤解してる、わたしの銃の腕前は平均的だよ」

それに、とエチカは思う。

あの時、自分は確かに危機から逃れようとドアの蝶番を狙った。しかし二、三発も撃たないうちに、頭痛でへたり込んで意識を失ったはずなのだ――もちろん脳の記憶は、ユア・フォルマの機憶と違って不正確だから、そう思い込んでいるだけかも知れないが。

エチカは歩きながら、ちらと隣のアミクスを見て。

何にせよ――自分たちはあの爆発から助かった。それだけで、十分だろう。

〈ただいまの気温、六度。服装指数B、適切な防寒を心がけましょう〉

建物の外に出ると、午後六時過ぎの空はとうに暮れていた。どことなく、初めてペテルブルクを訪れた昨年末を思わせる――早くも漂い始めた夜気の中、街路灯の下にビガの姿があった。可愛らしいコートを着込んで、片手に、膨らんだ紙袋をぶら下げている。

「あ、ハロルドさん、ヒエダさん！」

「お疲れ様です」ハロルドが彼女に歩み寄っていく。「今日の研修はいかがでしたか？」

「ちょっときつかったです、資料で見せられた事件現場の画像がグロテスクで――」

〈E〉事件のあと、ビガの環境も大きく変わった。バイオハッカーの父親が逮捕されたことをきっかけに、彼女自身も家業から足を洗い、従姉妹のリーとともにカウトケイノからペテルブルクへと引っ越してきたのだ。

三ヶ月前。イングランドから戻った自分たちを、ビガは空港で出迎えてくれた。

『あたしを民間協力者じゃなくて、正式に捜査局で雇っていただけませんか』

あの日、彼女は革のトランクケースに加え、大きなボストンバッグを引っ提げていた。三つ編みはいつもよりもぼさぼさで、華奢な体は今にも重みでへし折れてしまいそうで。背後では、リーが心配そうにこちらを見守っていた。

だが毅然としたビガの瞳は、燃える蜂蜜を閉じ込めたように、一層鮮やかで。

エチカとハロルドは、協力してペテルブルク支局長に掛け合った。結果、彼女は『コンサルタント』という肩書きで、捜査支援課へ雇い入れられることになったのだ。今では元バイオハッカーとしての知見を生かして働きながら、週の半分ほどは勉強のため、電子犯罪捜査局が各地に設けたアカデミーへと研修に通う日々を送っている。

「今日って確か、特別捜査班の国際会議があったんですよね。どうでしたか？」

「フォーキン捜査官がよろしく伝えてくれって」エチカは言った。「ビガの活躍のお陰で、あの個人ユーザーからトスティを回収できた。感謝しているんじゃないかな」

そう――ビガは身軽なコンサルタントという立場を生かして、特別捜査班にも度々手を貸してくれている。エチカが、彼女の新しい視点が何かしら役立つのではないかと踏んで、トトキに推薦したのだ。

ビガは先日、行き詰まっていた捜査班の面々に対して、医療職についているユーザーを重点的に調べるべきだとアドバイスした。それを参考に進めた結果、トスティを所有している看護師が見つかり、しかもバイオハッカーと繋がりを持っていることが判明したのだ。

「患者のカルテをトスティで分析して、集めた統計データをバイオハッカーに売るというのは、わたしたちだけじゃなかなか思いつけないことだったから」

「身体的特徴や病気の統計とかって、結構重要なんです。筋肉制御チップなんかももちろんそうなんですが、視力とか声をいじるような、ちょっとした施術の際も参考になるので」

ともかく――紆余曲折あったが、ビガがこうして新しい道を見出せて、よかった。

もちろんまだ、離ればなれになった父親のことで思い悩む夜もあるだろうが、それでも。

「えっと、それよりですね」ビガは不意に、もじもじと紙袋を持ち上げる。「実は帰りに、リーと待ち合わせてデパートにいってきたんですけど」

ハロルドが微笑みかける。「リーの仕事も、今日はお休みだったのですか？」

「そうなんです、今はあっちに停めた車で待ってます」

「ユア・フォルマがあると便利でしょ」エチカも頰を緩めた。「その場ですぐに支払いを済ませてくれるから」

「それです！　本当すごいですよ、最初は落ち着かなかったですけど――」

ビガはもともと、ユア・フォルマ非搭載の機械否定派だった。しかし捜査局で正式に働くこととなった以上、ユア・フォルマの導入は避けられず――彼女が手術を受けたのは必要に迫られてのことだったが、バイオハッカーとして様々なガジェットに親しんでいたためか、幸い抵抗感は薄かったようだ。

「あたしはええと、これを早くハロルドさんに渡したくて」彼女が紙袋から取り出したのは、綺麗（きれい）にラッピングされた包みだった。「気に入ってもらえるか分からないですけど……」

彼は面食らったようだ。「わざわざありがとうございます。開けても？」

「もちろんです！　あと」ビガは再び紙袋に手を突っ込んで、「こっちはヒエダさんに」

彼女が差し出したそれは、透明なボックスに入れられた栄養ゼリーの詰め合わせだった。デパートでしか取り扱っていない商品のようで、いつも買っているメーカーのそれよりも、パッケージに高級感がある——突然のサプライズだ。

「いいの？」

「二人にはお世話になったのに、何もお返しできていなかったので……今更ですけど」

素直に嬉（うれ）しい。エチカは有難（ありがた）く受け取ったのだが、

「ちなみにヒエダさん、ゼリーの味の違いは分かりますよね？」

ビガは至って真剣な表情で、まじまじとこちらを凝視してくるのである。台無しだ。

「わたしのことを何だと思ってるの？」

「だってほら、前に食べたサンドイッチの中身、ハムなのにチーズだと思ってたじゃないですか。美術館にいった時の！」

言われて思い出す——夏の終わり頃、ビガに誘われてエルミタージュ美術館に出かけたのだ。以前もハロルドと三人で訪れたが、隅々まで見て回れなかったため、美術好きな彼女には心残

りだったらしい。エチカはあんな場所など一度いけば十分なのだが、ともかくも付き合った。

「だから、あれはチーズだったでしょ」

「いや本当にハムですよ……」

「うん」そんなに悲惨な表情で見ないで欲しい。「まあその、とにかく、ありがとう」

エチカはいたたまれなくなって目を逸らし——丁度、ハロルドも包みを開けたところだった。品のいい包装紙の中から、丁寧に折りたたまれたマフラーが顔を出す。スポイトで落とした海が広がったかのように、深くて柔らかいマリンブルーだ。

「とても綺麗ですね。高かったでしょう」

「全然！　そんなことないです！」ビガはぶんぶんと首を横に振る。「前に、今のマフラーがほつれてきたって言っていたから、代わりになればいいなと思って……えっと」

「ありがとうございます、大切にしますよ」

ハロルドは心底嬉しそうに微笑んで、流れるようにビガをハグした。彼女がびくっと飛び上がっても、お構いなしである。悪い意味で、彼のこういうところは変わらない。

「こ、こ、こちらこそありがとうございました！」

「リーを待たせているのでしたね。どうぞお気を付けて」

「はい！　どうぞ気を付けます！　また明日！」

ビガは過剰なほど背筋を伸ばし、ぎくしゃくとした足取りで帰っていく——エチカはじっとりと、アミクスを睨んだ。彼はあの胸焼けを起こしそうな笑顔で、首を傾げてみせる。

「ビガの気持ちは分かってるでしょ」一応、窘める。「あんまりからかわないほうがいい」

「感謝を表わしただけです。言葉で表現しきれない思いは、行動で伝えるのが一番ですよ」

聞こえはいいが。「きみはいつから、今みたいに不埒な性格になった？」

「友人に対してひどい言い草ですね、そこは社交的と仰って下さい」

「もし『社交的』の定義がきみに置き換えられたら、わたしはもれなく家に引きこもる」

「私も、もし味覚の基準があなたに置き換えられたら、きっと家に閉じこもります」

「うるさい」

エチカが突っぱねても、ハロルドは華麗に聞き流す。ビガからの贈り物を大切に包み直しているのだ――その首に巻かれている黒いマフラーは、確かに少々ほつれていた。思えば、以前に見たタータンチェックやバーガンディのそれも、まあまあ使い込まれていたような。

「補助官。前々から思っていたけれど、きみの……」

不意に、ハロルドのウェアラブル端末が着信音を響かせる。エチカは口を噤んでしまって
――暗がりで開いたホロブラウザには、ウイ・トトキ課長の名前が表示されていた。

会議は先ほど終わったばかりだが、どうしたのだろうか？

『――ああ、やっぱり一緒にいたわね。補助官にかけて正解だった』

ハロルドが通話を繋ぐなり、ホロブラウザにトトキの顔が映り込む。彼女は、エチカが隣に

いることを確かめると、鉄仮面にほっとしたような色を混ぜるのだ。

「はい」つい、問うてしまった。「『やっぱり一緒にいた』？」

ハロルドが言った。「我々は基本的に、勤務時間中は一緒でしょう？」

「今は勤務時間外だ」

「では、常に一緒ということで」

「『では』じゃない」

『特別捜査班の仕事とは別件よ』トトキはこちらのやりとりをもれなく無視して、『急だけれど明日の朝、ペテルブルク市警察本部へいってもらえる？』

エチカとハロルドは、顔を見合わせてしまう——ペテルブルク市警察と言えば、彼が以前に所属していた機関だ。自分の記憶が正しければ、ハロルドは電子犯罪捜査局へと配属替えになるまで、市警の強盗殺人課でアミクスとして働いていたはず。

『ある事件について、市警がルークラフト補助官に話を聞きたいそうなの。ただ今のあなたは電子犯罪捜査局の所属だから、ヒエダにも同席して欲しい』トトキはいつもの如く淡々と、『詳しいことは私も知らされていないのだけれど、補助官にとっては重要な事件よ』

どういう意味だ？

エチカはつい、彼を見やる。ハロルドも戸惑いを隠さずに、眉を動かしたところで。

トトキの表情は冷徹そのものだったが、その語気には、かすかな憤りがにじんでいた。

『――亡くなったソゾン刑事から、市警に電話があったそうなの』

2

サンクトペテルブルク市警察本部は、モイカ川に面した古式ゆかしい新古典主義建築だ。他の建物同様、歴史ある街並みに美しく溶け込んでいて、傍目からは警察機関だと分からない。

「こちらでお待ち下さい、警部補を呼んでまいります」

接客アミクスが、軽く頭を下げて去っていく――エチカとハロルドは、ぽつんとひと気のないラウンジに取り残される。外観と打って変わり、内装は近代的だった。並べられたソファは、静けさを吸って膨らんでいる。壁に、ロシア警察の歴史を閉じ込めたフォトフレームが並んでいて――〈一九九二年のパンデミック以前、旧ソ連には独立した警察機関がなく、何れも内務省に属していた。警察官たちは軍隊と同じ階級を名乗り、長年にわたる汚職が問題視され……〉

曰く当時の警察は内部腐敗が著しく、事件資料の紛失や市民への恐喝は茶飯事で、パンデミックの際も組織としてまともに機能しなかった。結果、治安の悪化から暴徒化した一部の国民を制御できずに、国内の混乱を招いたそうだ。以降は大規模な組織改革がおこなわれ、警察機関は内務省の管轄下を離れた。今では、一機関として樹立しているとのことである。

無味乾燥な知識は、するすると抜け落ちるかのように、頭に入ってこない。

エチカは髪に指を通して、ハロルドへと目を戻す。彼はコートを脱ぎ、ソファに腰を下ろしていた。義務的な色のLED照明が、その足許に濃い影を落としている。

――『亡くなったソゾン刑事から、市警に電話があったそうなの』

今更ながら、トトキは『ペテルブルクの悪夢』とハロルドの関係を認識していたのだな、と思う。恐らく、彼を市警から引き受ける際に聞かされていたのだろう。

「補助官。きみを呼び出したのは、ソゾン刑事の上司だった？」

「そうです。当時は強盗殺人課の課長で、私もここで働いていた頃は世話になりました」

「というと？」

「課内で私を次世代型汎用人工知能だと知っていたのは、彼とソゾンだけでしたので」

じわりと、静寂が戻ってくる。エチカは下唇を舐めた。少しささくれ立っている――そう。本当に口にしたいのは、こんなことではないのだ。

「その」恐る恐る、訊ねた。「……きみは、大丈夫？」

「ご心配なく」アミクスは、薄く頬を緩めてみせる。「別人だと分かっています」

市警に電話をかけてきた人物は、ソゾン本人ではない、という意味だ。

実際、彼の言う通りなのは間違いない。何故ならソゾンは二年半前、『ペテルブルクの悪夢』に巻き込まれ、殺害されている。だから幽霊の類を信じるのならばともかく、現実的に考えるのなら、死人が生者に電話をかけることなど不可能だ。

何者かが、ソゾンを騙っていると解釈すべきだろう。

――『ペテルブルクの悪夢』

二年半前にペテルブルク市内で発生した、四人の友人派を巻き込む連続殺人事件。

被害者のうち三人は一般市民であり、一人は事件の担当刑事であるソゾンだった。犯行は極めて猟奇的で、見つかった遺体は何れも切断されていたらしい。加えて現場に、有用な痕跡は一切なかった。ペテルブルク市警の懸命な捜査も虚しく、結局犯人へと結びつく手がかりは得られなかったという――もともと当時は、国際的に友人派と機械派の対立が高まっており、各国で傷害事件が多発していた。そんな中でも『悪夢』は際立って残虐だったことから、世界中で大きく報じられ、当時リヨンで暮らしていたエチカですらもその報道を耳にしていたのだ。

捜査は事実上打ち切られ、殺人鬼は今なお、逃走を続けている。

それが、公にされている『ペテルブルクの悪夢』の全容だ。

だからこそ目的がどうあれ、この電話は非常に悪趣味である――エチカが以前、ハロルドの家族のダリヤから聞いた話によれば、ソゾンは事件を捜査するうちに、犯人に誘拐されて行方不明になったそうだ。ハロルドは、一人でソゾンの居場所を突き止めて救出しようとしたが、彼自身も捕らわれてしまい、最終的にソゾンは惨殺された。

ハロルドにとっては、思い出すだけでも辛い過去のはずだ。電話の相手がソゾン本人でなくとも、どうしたって事件を反芻してしまうことは避けられないだろう。

　エチカは、犯人に対してはっきりと苛立ちを覚えて。

「――やあハロルド。朝早くからすまないな」

　まもなく、ラウンジに一人の壮年男性が現れた――ワックスが効いた白髪交じりの髪と、柔和に垂れた瞳が温厚そうな印象を与える。筋肉質だがすらりとした長身で、警察指定のジャンパを着込んでいた。革靴は綺麗に磨かれていて。

〈クプリヤン・ヴァレンチノヴィチ・ナポロフ。四十歳。ペテルブルク市警察本部、刑事部強盗殺人課所属、階級警部補……〉

　この人が、ソゾンの上司というわけか。

「ご無沙汰しています、ナポロフ課長」

「もう課長じゃない」ナポロフは微笑んだ。「降格を願い出たんだ、忘れたかね？」

「失礼しました。警部補」ハロルドは言い直し、彼と握手を交わした。「その後、新しいパートナーは見つかりましたか？」

「独り身も気楽でいいものだ」警部補ははぐらかすように首を竦め、エチカを見た。「ヒエダ電索官、よくきてくれた。トトキ捜査官にお礼を伝えておいてくれ」

　ナポロフが手を差し出してくるので、エチカも握手した。大きくて柔らかい掌だ。

「君は、ハロルドの事情を？」

「知っています」

「なら問題ないな」

座ってくれ、とナポロフに勧められ、エチカたちはソファに腰を下ろす。警部補は、手にしていたタブレット端末をローテーブルに置いた。画面をハロルドのほうへと向ける——どうやら、ここで事件について話を始めるつもりらしい。

「最初にソゾンから電話があったのは、二週間ほど前だ。市警の端末にかかってきた」

「二週間？」ハロルドが問う。「何故、今まで知らせて下さらなかったのです」

「悪質ないたずらだと考えていたんだ。実際一度きりで、実害もなかった」ナポロフは言いながら、端末を操作する。「ただ昨日、二度目の電話があったんだが……少し、見過ごせない事態になってきてな」

「音声の録音を？」

「ああそうだ。ともかく聞いてくれ、まずは最初の電話から——」

ナポロフはそうして、音声ファイルの再生を選択する。

粗末なスピーカーから、かすかなノイズが漏れ聞こえてきた。

エチカは耳を澄ませて、

『——お元気ですか？　お久しぶりです』

滑らかでありながらも、どこか鋭く深みのある男の声が響く——隣のハロルドが、息を止めたのが分かった。彼は食い入るように画面を見つめていて。

その反応だけで、エチカは理解する。

そうか、これがソゾンの声なのだ。

たとえ偽物（にせもの）だと分かっていても、肉声を聞けば胸にくるものがあるに違いない。

『……ソゾン？』ナポロフの声が問い返している。『まさか、有り得ない。誰なんだ？』

『言い当てて下さった通り、ソゾンですよ。覚えていてもらえて光栄です』

『忘れるわけがない。だがそんな、』

『あれからもう二年半が経（た）ちましたね』

『一体何者だ、何が目的——』

『俺の目的なら、分かっているでしょう。犯人を探し出したい』

一瞬の沈黙。

『ですがもう叶（かな）わなくなった、だから代わりに奴（やつ）を見つけ出して下さい。どうか——』

再生は、そこで終わった。

エチカは目線だけを動かして、ハロルドを確かめる——彼は、丁寧にまばたきをしたところだった。擬似呼吸は再開している。だが、ショックを受けているのは明らかだ。

「発信元は、指定通信制限エリア内の公衆電話だ」とナポロフ。「正体を隠すための、極めて有り触れていて古典的な手法と言えるだろうな」

エチカは訊ねた。「電話の周囲にある監視カメラから、犯人を特定できるのでは？」

「残念だが、監視カメラが周りに存在しない公衆電話を巧妙に選び出している」

「なるほど」映像記録には期待できない、というわけか。

「二度目の電話は、昨日かかってきたのでしたね」ハロルドがようやっと、重い口を開く。「『見過ごせない事態になってきた』というのは？」

「この通りだ」

ナポロフの指が、今一度画面をタップする。

ぷつぷつ、とかすかに途切れるような音が響いて。

『──ナポロフ警部補。何故、未だに犯人を見つけてくれないんですか？』

ソゾンは先ほどとは打って変わり、どこか悲愴感漂う口調だった。

『君が、どこの公衆電話から掛けてきているのかを知っているぞ』ナポロフの声。『我々が張り込んでいなくて命拾いしたな』

わずかに間があって。

『……部下のことさえ無下にするとは、残念だ。あなた方は何れ、再び悪い夢を見る』

『何を言っている？』

答えは返らないまま、無情なまでに冷たく、音声ファイルの再生が停止。

毛穴の一つ一つを塞ぐような静寂が、全身に染み込んだ。

――『あなた方は何れ、再び悪い夢を見る』

エチカは、静かにぞっとする。ソゾンの声が、耳の中でぐるぐると渦を巻くようにして落ちていく――『悪い夢』と言われて連想するのは、当然『ペテルブルクの悪夢』だ。

つまりこの電話は、明確な脅迫と言える。

「単なるはったりかも知れないが」と、ナポロフが目頭を揉む。「市警への脅迫行為として捜査を始めなくてはならなくなったところだ。それでこうして、君を呼び出した」

「そうでしたか」ハロルドは目を細める。「電話に使われているソゾンの声ですが、私の記憶と照らし合わせるに本人そのものです。声紋データの解析は？」

「鑑識がパーソナルデータセンターに持ち込んで照合した、本人のもので間違いない」

パーソナルデータセンター――ユア・フォルマのユーザーデータベースを管理する、各国機関のことだ。データベースの公開情報以外にも、各ユーザーの声紋や掌紋、虹彩等の生体認証に関係する個人情報も記録していて、捜査機関にとっては欠かせないパートナーである。

「ただ、知っての通りソゾンは死んでいる」ナポロフは参ったように額を押さえ、「恐らく電話の犯人は、何らかの手段でソゾンの音声データを手に入れたんだろう。会話が成立していたことからして、ディープフェイク技術による録音とは考えにくい」

「つまり、リアルタイムで自分の声を変換していると？」

「そんな方法があればだが……ともかく電話の相手は何らかの理由で、『悪夢』事件を想起させたいと考えている。それだけは間違いない」

だからといって、これを『ペテルブルクの悪夢』の犯人による犯行だと考えるのは早計だろう。そのくらいはエチカにも分かる――『悪夢』事件の犯人は手がかりを残さなかったことで有名だ。幾らソゾンの声を装っていたとしても、市警と直接連絡を取るのは迂闊過ぎる。もちろん、犯人自身である可能性も皆無ではないが、選択肢を狭めるのはまだ早い。

エチカはナポロフを見た。「事件が蒸し返されれば、誰が得をしますか？」

「思い浮かぶ仮説は幾つかあるが、今はあらゆる可能性を考慮しなければならない段階だ。ただ、ソゾンの音声データを入手する機会がある人間は限られる」

「だとしても、ダリヤたちは無関係です」ハロルドが静かに断じる。「彼女やニコライたちに、ソゾンを冒瀆するような真似ができるとは到底思えません」

「もちろん私もそう願っているとも」ナポロフは鼻から息を洩らし、「ハロルド、君自身に何か心当たりは？」

彼はかぶりを振る。「残念ですが、この件に関しては何も」

「そうか」警部補は落胆したようだった。「またダリヤさんたちにも、こちらから連絡させてもらう。ソゾンのデータを誰かに融通していないか、改めて話を……」

そこでふと、ナポロフの視線が宙に向かった。ユア・フォルマに連絡が入った時の仕草で、それ自体は決して珍しいものではなかったが――彼の表情が、目に見えて険しくなる。

「ナポロフ警部補？」

「……どうやら、我々は完全に出遅れたようだな」

何の話だ？

エチカとハロルドは、どちらからともなく視線を交わす。

続けざまにナポロフが口にする言葉で、全身が凍り付くことも知らずに。

「――早速、被害者が出たらしい」

＊

『切断死体』が見つかったのは、ペテルブルク市内のモスクワ勝利公園だった。

エチカたちがナポロフとともに円形広場へ駆けつけると、既に鑑識課が到着し、周辺区域をホロテープで封鎖していた。通りがかった人々がちらほらと足を止めては、警備アミクスに促されて追い返されている――広場の中央に聳えるのは、かつてのソビエト連邦元帥であるジューコフのモニュメントだ。居丈高に胸を張る元帥の足許――台座に置かれたものが、見える。

エチカは思わず、目を覆いたくなった。

ひどい。

一列に並べられているのは、アミクスだったもののなれの果てだ――二本の腕と足。横たわった胴体の上に、まるで飾り付けるかの如く頭部が載せられている。鈍器で殴りつけたように著しく凹んでいることから、犯人はメモリの破壊を試みたらしい。黒い循環液が、悲鳴さながら放射状に飛び散って、地面一帯を汚していた。

人間の死体ではないと分かっていても、ぞっとするほどの悲惨さだ。

いつぞや、ハロルドの弟であるマーヴィンの死体が発見された時を思い出してしまって。

「早朝に、通行人が見つけたらしい」ナポロフが渋面で言う。「本部へ連絡が回ってくるのに時間がかかったようだが……人通りのない夜のうちに、殺害されたんだろう」

痛ましげに顔を歪めていることからして、ナポロフ警部補は友人派なのかも知れない。

「何れにしても」ハロルドが開口する。「確かに、『ペ、テ、ル、ブ、ル、ク、の、悪、夢』の殺され方によく似ています。加えて『悪夢』の最初の被害者も、公園に遺体を遺棄されていたはずです」

エチカは背筋が冷える――ここへくるまでの道中に、ナポロフから共有された『悪夢』事件の詳細を思い起こしていた。何でも被害者の遺体には、センセーショナルな報道を避けるため公には伏せられた、共通の特徴があったという。

犯人の手口や現場の実態は、大まかにこうまとめられる。

一、被害者は全員が友人派で、何れも犯人に直接呼び出されて行方を眩ましている。
二、被害者は生きたまま頭部・四肢を切断され、胴体の上に頭を載せて飾られる。
三、遺体の頭部からは、証拠隠滅のためにユア・フォルマが抜き去られる。

「だが」と警部補。「事件当時、被害に遭ったのは人間だ。アミクスは犠牲になっていない」

「その通りです。詳しく調べましょう」

ハロルドはそうして、迷うことなくホロテープを抜けるのだ。脇目も振らず、アミクスの死体へと近づいていくではないか——待て。自分たちはただ、成り行きでナポロフに同行しただけだ。彼はどう見ても、市警が現場を取り仕切っているということを忘れている。

「すみません」エチカは慌てて詫びた。「すぐに連れ戻しますので」

「いや」ナポロフは動じていない。「彼は『悪夢』事件において、ソゾンと一緒に駆け回った担当刑事だ。何かいい意見を出してくれるかも知れない」

「確かにそうかも知れませんが……」

「五分だけ待ってくれ。私もハロルドの推理に興味がある」

エチカは異論を唱えようとしたが、こちらへやってきた鑑識官がナポロフに声を掛けたため、あえなく機会を失った——頭が痛くなってくる。少なくともトトキが許可したのは、市警の聞き込みへの協力であって、捜査への関与ではない。万が一にも知られれば、「何故上を通さないのか」と厳しく注意されるだろう。

それだけではない。

できれば、『悪夢』を彷彿とさせるような現場に、ハロルドを長居させたくなかった。先ほど市警でソゾンの声を聞いただけでも、十分に様子がおかしかったのだ。辛い記憶を思い出すことは、彼のシステムに決していい影響を及ぼさないはずで。

それに。

――『ソゾンを殺した犯人を捕まえたのなら、この手で裁きを与えるつもりです』

ハロルドは、もうずっと、犯人への暗い復讐心を抱えている。

もし何らかのきっかけで、それが益々燃え立つことに繋がったら。

何せRFモデルは、国際AI倫理委員会の基準を逸脱した、人間の脳を模倣する神経模倣システムを搭載している。彼は既に、敬愛規律など存在しないと気が付いているのだ――その気になれば、実際に犯人を手に掛けることはたやすいだろう。

考えるだけでもぞっとした。

捜査は、あくまでもペテルブルク市警に任せるべきだ。

エチカは、まだ話し込んでいるナポロフ警部補をよそに、ホロテープを通過する――ハロルドはとっくに、アミクスの遺体の傍に屈んでいる。ちろちろと徘徊している分析蟻や、戸惑ったようにこちらを見ている鑑識官たちのことなど、まるでお構いなしだ。

「ちょっと。ルークラフト補助官」

亡骸(なきがら)に近づくと、立ちこめるオイルの匂いが嫌でも鼻をついた。

「確かに死体の飾り方は『悪夢』事件に通じていますが」ハロルドはアミクスを観察していて、こちらを見もしない。「まず間違いなく、模倣犯でしょう。『悪夢』の犯人ではない」

「何でそう思う？」苛々(いらいら)と問う。「被害者がアミクスだから？」

「それだけでなく、犯人はこのアミクスを強制機能停止(シャットダウン)してからボディを切断しています」その手が、アミクスの凹(へこ)んだ頭部に触れる。彼らに指紋はない、現場を荒らすことにはならないだろうが。「苦痛を感じさせないよう配慮したのでしょう。尤(もっと)も、私たちは痛覚をオフにできますが……この模倣犯は友人派のはずです。犯人のような残虐性は持っていない」

「単に、騒がれないようにするためじゃなくて？」

「お忘れかも知れませんが、我々は武器を向けられても抵抗しませんよ」そうだった。「一方でソゾンのプロファイルに基づけば、『悪夢』事件の犯人は機械派です。このように情けをかけるとは考えにくい」

「でも本当に友人派なら、そもそもアミクスをこんな目には遭わせないはずだ」

「ここまでしなければならない理由があるのでしょう」

「どんな理由でもいいけれど」エチカはやんわりと、ハロルドの腕を掴(つか)んだ。彼はようやく、我に返った様子で面を上げる。「とにかく、ホロテープの外に出て。市警の捜査に首を突っ込んだなんてトトキ課長に知られたら、色々と面倒なことに――」

「ハロルド。犯人は、電話でソゾンを騙った人物と同一犯か？」

　ああもう――振り返ると、ナポロフが鑑識官と連れ立ってこちらへ歩いてくるところだった。ハロルドは立ち上がりながらも、優しくエチカの手を振りほどくのだ。全く。

「可能性は高いでしょう。電話の犯人は『悪夢』事件の再来を予言していましたから、整合性も取れています」彼はわずかに考えてから、「電話の一件と異なり、この事件は一般市民の目に触れている。公に報道されることは避けられません」

「確かに」と、ナポロフがホロテープの向こうを一瞥する。「丁度、新聞記者がお出ましだ」

「この件が報じられれば、『悪夢』との類似点が言及されるはずです。そうなれば再び、『ペテルブルクの悪夢』に注目が集まり、まず市民の厳しい目が向けられるのは」

「我々か」ナポロフがうなだれる。「つまり犯人の狙いは、世間に市警へと圧力をかけさせて、『悪夢』事件の捜査再開を迫ることにあるわけだ」

「現状、もっとも有力な線かと」

　エチカはちらと、アミクスの死体を見やった。犯人の容疑としては、器物損壊がせいぜいだろう――ロシアには、イングランドのような機械保護法は存在しない。アミクスが破壊されれば、器物損壊が妥当なのだ。つまり決して大きな罪ではないが、『ペテルブルクの悪夢』と共通点が認められるときたら、彼の言う通り市民の関心を避けることはできない。

そうなれば確かに、再捜査への機運が高まる可能性はある。

そこまで考えてしまい、かぶりを振った――だから、これは市警の事件なのだ。

「死体の飾り方……事件の詳細を知っているとくれば、自ずと候補は絞られる。被害者遺族か、あるいは一部の報道関係者か」ナポロフは頬を掻きながら、鑑識官を振り向いた。「シュビン、現場からは何か出たか？」

彼に連れ添っている鑑識官は、首から引っ提げたタブレット端末を覗いている。分析蟻の解析結果が次々と送られてきているようだ――猫背でぼさぼさの前髪が目許にかかり、能面のように表情が一切動かない男だった。その視線が持ち上がり、一瞬だけエチカを捉える。

〈カジミール・マルティノヴィチ・シュビン。三十五歳。ペテルブルク市警察本部、刑事部鑑識課所属、元強盗殺人課刑事――〉

「シュビン鑑識官」ハロルドが彼に手を差し出す。「また現場でお目にかかれて光栄です」

どうやらナポロフ同様、こちらとも顔見知りらしかった。パーソナルデータに依れば、シュビンは強盗殺人課に所属していたようだから、同僚として関わりがあったのだろう。

「そういうのは……」シュビンは無表情のまま握手を断って、「元気そうですね、ハロルド」

「お陰様で。あなたもお変わりないようで安心しました」

「『相変わらず何を考えているか分からない』と言っていいんですよ……」

シュビンは抑揚のない声でぼそぼそと呟く――どういう意味だ？

「そう卑下しないで下さい」ハロルドが柔らかく宥める。「ある種の才能なのですから」

「ええ」シュビンは素っ気なく答え、ナポロフに目を戻す。「犯人の靴跡を探していますが、特定が難しい。公園内には常に不特定多数の人間が出入りしているので、絞り込めません。監視カメラもないですし……ただ、殺されたアミクスはいつもここでたむろしていたそうです」

警部補が眉を上げる。「『たむろしていた』？」

「浮浪アミクスなんです……殺されたのは。これらが暴力の対象になることはよくあります」

所有者に放棄され、帰る場所を失った浮浪アミクス——エチカの脳裏をふとよぎったのは、かつてのハロルドの境遇だ。確か彼も、その昔は浮浪アミクスとしてペテルブルク市内をさまよっていて、ソゾン刑事に拾われたはずだった。

そうなった経緯について、自分も詳しいことは聞かされていないが。

「ではこの模倣犯は、『被害者を呼び出す』という犯行条件を無視したわけですね」ハロルドは再度アミクスの亡骸を眺め、「アミクスがここにいることを知っていたとなれば、模倣犯は日常的にこの公園を出入りできる距離に住んでいるか、あるいは犯行のために下見に通っていたかも知れません」

「となると、公園周辺の監視ドローンがどこまで当てになるかだな」

「警部補」シュビンが無感情に訊ねる。「彼を……捜査に加えるんですか？」

「いや、ハロルドには少し現場を見てもらいたかっただけだが——」

今しかない。

「五分経ちました」エチカは、ここぞとばかりに首を突っ込む。「警部補、すみませんがわたしたちはこのあたりで。もし補助官の協力が必要なら、電子犯罪捜査局を通してご連絡下さい」

早口に言い切って、ナポロフの返事を待たずにきびすを返した。そのままホロテープの外へと、急ぎ足で向かう——背後で、短いやりとりが交わされたようだ。ハロルドが、後ろ髪を引かれるようについてくる気配。

よかった、一応は言うことを聞いてくれた。

彼は頼まれてもいないのに、捜査に介入しようとした。『悪夢』事件に酷似した現場となれば、無理もないだろう。ましてや犯人は、ソゾンの声で電話をかけてきたのだ——だからこそ、これ以上彼をここに留めておくべきではないはずだった。

得も言われぬ不安のようなものが、喉の奥へと伝い落ちて。

自分は多分、ハロルドに、事件のことを思い出して欲しくないのだ。

もちろん、表だって邪魔立てする権利がないことも理解している。けれど。

ああ、またこれか。

おこがましくて薄汚い感情。

一体、いつからこうなんだ？

「――エチカ。すみませんでした、勝手な行動を取ってしまって」

我に返ると、公園の入り口まで引き返してきていた。目の前に、通りに横付けされたラーダ・ニーヴァの車体がある。自分の右手は、助手席のドアを引き開けようとしていて――ルーフ越しに、申し訳なさそうなハロルドと目が合った。

「……きみにとって、これが大事な事件だということは分かってる」つい、突っ慳貪な物言いになってしまう。「でも、今のわたしたちの仕事じゃない。市警から公式に協力要請が入らない限りは、彼らに任せておくべきだ」

「ええ」数秒、間があった。「仰る通りです」

「早くいこう。午後からまた、トスティの調査が待ってる」

エチカは急くように、ニーヴァの助手席へと体を滑り込ませる。ハロルドもややあって、運転席に乗り込んできた。すぐにエンジンがかかる。ニーヴァが嬉しそうにぶうんと震えて――暖房の送風口から吹き出す風は、まだうんと冷たい。

彼の読み通りなら、模倣犯は『ペテルブルクの悪夢』の捜査を再開させたがっている。

それが誰であれ、とにかくさっさと捕まって欲しい――ハロルドがソゾンの死や、復讐に思いを馳せなくて済むように。もしくは、自分自身がそうした心配から切り離されたいだけなのだろうか。だとしたら、あまりにも勝手だなと思って。

そう、ひどく心配なのだ。

エチカは、ハロルドの横顔をそれとなく盗み見る——彼は、いつも通りの穏やかな表情に戻っていた。けれど、アミクスは感情を抑制するのが得意だ。鵜呑みにはできない。

時々、自分のことがよく分からなくなる。

わたしは果たして、こんな人間だっただろうか？

ここ最近、特に、何かが狂い始めたような気がしていて。

「そんなにこちらを窺わなくても、いきなり暖房を切ったりはしませんよ」

ハロルドがふと微笑むので、エチカはぎくりとした。

「当たり前だ、今週はわたしの好きに使えるはずでしょ」

「ええ。この前のコイン投げでは、あなたが勝ちましたから」彼はニーヴァのギアを操作しながら、「次はポーカーで決めましょうか。あなたの手札を見破る自信があります」

「却下。きみが圧勝するのが目に見える」

「あなたは私を万能だと思っていらっしゃるのかも知れませんが、全ての人間を見透かせるわけではありませんよ」ハロルドは苦笑いだ。「たとえば、シュビン鑑識官のような人はお手上げです。非言語行動が極端に少なく、表情も全く動きませんから」

「ふうん。それは意外だね」

「信じていませんね？」

ニーヴァが走り出すと、ささくれだったアスファルトが鳴った——自分たちは、いつもの日常を送ればいい。

「コイン投げ以外は認めない」エチカは念を押しておく。「来週も負けないから覚悟して」

「では、必死になっているあなたを楽しく拝見することにします」

「……目的はそこじゃないでしょ」

　軽口はどことなくいびつで、漠然とした不安がかき消えることを許してくれない。

3

　午後。エチカたちは、ペテルブルクの外れにある港湾地区を訪れていた――フィンランド湾にせり出したこの区画は、市内でも再開発が認められている数少ない地域だ。

「すごい。何だか、ペテルブルクじゃないみたいですね……」

　パーキングロットでニーヴァを降りるなり、ビガが唖然と呟く。エチカも周囲を見渡した――ペテルブルク中心部のように歴史ある建築様式の建物は一切見当たらず、代わりに近代的なビルが所狭しと建ち並んでいる。中でも一際目を惹くのが、

「あたしたち、今からここに入るんですか？」

　目の前に聳える超高層タワーだ。ユア・フォルマによれば優に四百メートルを超えており、仰ぎ見るだけでも首が痛くなる。特徴的な円錐形の外観は、地区内でも異彩を放っていた。

「『コースマス・タワー』だ」エチカは説明する。「仰々しいけれど、単なる複合施設だよ。下層階は商業施設で、二十階から上がレンタルオフィスになっている」

「俺たちが調査するグリーフケア・カンパニー『デレヴォ』も、その中に入ってるわけだ」

フォーキン捜査官がニーヴァのドアを閉めながら言う——その向こうで、ハロルドが車にロックをかけたところだった。彼はどこかぼんやりとした様子で、コースマス・タワーの威容を仰ぎ見ている。

まだ、例の模倣犯のことが頭から抜けないのだろうか。

あれから電子犯罪捜査局に出勤した自分たちは、フォーキン捜査官と合流し、分析AIを導入している企業への調査——端的に言えば、回収作業の一環として『トスティ探し』に乗り出したところだ。この手の調査は、ここのところの日常業務になりつつある。ただ。

「フォーキン捜査官、あたしも一緒でいいんですか？」ビガがおずおずと訊く。「確かに今日は研修もなくて、デスクワークが中心になっていましたけど……」

「例の個人ユーザーの一件で、あんたの視点が役に立つことは証明されたからな」とフォーキン。「トトキ課長からも言われたんだよ。日頃からなるべく現場を見せておいてくれって」

「そうだったんですね」ビガが頬を赤くする。「あたし、えっと、頑張りますので！」

彼女は期待されて、素直に嬉しいようだ。勢い込んで、歩き出すフォーキンにとことことついていく——エチカはもう一度、ハロルドに目をやる。彼はまだ、タワーに見入ったままだ。

「補助官？」

「はい」アミクスははたとしたらしく、取り繕うように微笑む。「失礼、行きましょうか」

彼は何事もなかったかのように、コートを翻すのだ――エチカは鼻から息を抜く。さっさと模倣犯が捕まってくれないと、自分の胃が潰れるかも知れない。

足を踏み入れたタワーのエントランスは、呆れるほどに広かった。天井は遙か頭上にあり、屋内にもかかわらず豪奢な噴水が設置されている。高々と吹き上がるそれに、寄り集まった子供たちがはしゃいでいて――エチカたちは、オフィス階層への直通エレベーターを目指して、フロアを横切っていく。大型広場も同然で、通り抜けるだけでも一苦労だ。

「ねえヒエダさん」ふと、ビガが肩を寄せてきた。「やっぱり、やりすぎだと思います？」

「どう見てもね。こんな場所に噴水なんて、絶対そのうちに黴が生える」

「そうじゃなくて」彼女はもどかしげな顔になる。え？　「ハロルドさんのことですよ」

エチカは歩きながら、少し前をいくフォーキンとハロルドの姿を眺めた。二人は何やら雑談しているようで――ハロルドは、先ほどよりも覇気を取り戻している。もちろん状況が状況だけに、著しくリラックスしているとは言いがたいが。

「ほら、今日もいつものマフラーじゃないですか」

「ああうん」例のほつれたマフラーか、全く気にしていなかった。「それがどうかした？」

「いえその、あたしがあげたマフラー、気に入らなかったのかもしれないなって」そういえば彼女はマフラーを贈っていたな。今頃思い出す。「やりすぎたんです、きっと……だってほら、ここここ恋人とかでもないのに嫌ですよね？　普通に考えて気持ち悪いっていうか、うううう時間を戻したい」

そこまで思い詰めなくても。「彼は、素直に喜んでいたように見えたけれど」

「でも、使ってくれてないんですよ！」

「休日にするつもりなんじゃない？」

「そうかな……そうだといいですけど……どうかなぁ……」

一人でうんうんとうなっているビガは、真剣そのものだ。彼女は相変わらずハロルドのことが好きなのだな、と思って。

ようやく噴水の傍を通り過ぎると、吹き抜けの二階へと続くエスカレーターが目に留まる。側面を、MR広告代わりのニューストピックスがだらだらと流れ落ちていた。

〈『ペテルブルクの悪夢』再来か？　浮浪アミクス、惨殺される！〉

エチカは一瞬で気が重くなる。事件は今朝起きたばかりなのに、もう報道されているわけか――〈モスコフスキー地区のモスクワ勝利公園にて、浮浪アミクスの『バラバラ死体』が見つかったらしい。これだけでも友人派は震撼してしまう。だがもっと恐ろしいことに、殺害現場は『ペテルブルクの悪夢』に酷似していたそうだ。二年以上の時を経て、犯人が再び動き出しているのだろうか……〉

ハロルドの見立てでは犯人はあくまで模倣犯だが、彼の推理は非公式のものだ。証拠が明確になっていない以上、市警は詳細の公表を控えているのだろう——だが、それを逆手に取って面白おかしく報道するのはいただけない。いたずらに騒ぎが大きくなれば、それこそ、市警に圧力をかけたい模倣犯の思うつぼではないか。

「『ペテルブルクの悪夢』って、未解決の連続殺人事件でしたっけ？」ビガもどうやら、同じものを見ていたようだ。彼女はハロルドの事情を知らない。「何だか怖いですね」

「……そうだね」

エチカは、ハロルドの後ろ姿へと目を戻す。複合現実(ユア・フォルマ)に表示されたニュースは、アミクスの彼には見えない。分かっていても、妙な緊張が腹の底を這(は)っていく。

グリーフケア・カンパニー『デレヴォ』のオフィスは、地上五十五階にあった。

エレベーターを降りると、ガラス越しに広がるパノラマが飛び込んでくる。さすが超高層タワーと言うべきか、眼下の再開発地区だけでなく、遙(はる)か向こうのペテルブルク中心部までもが一望できた。ネヴァ川の河口を、ミニチュアのような船舶が航行している——エチカの隣で、ビガがはっきりと息を呑(の)んだ。

「な、何だか落っこちちゃいそう……展望台は初めての経験で……」

「展望台じゃなくてオフィスだ」

「なるべく遠くをご覧になるといいですよ」とハロルド。

そうこうしているうちに、こちらへと近づいてくる人影が見える。

「――電子犯罪捜査局のフォーキン捜査官でいらっしゃいますか？」

四十路に届きそうなロシア人男性だった。品のいいスリーピーススーツがよく似合っている。髪にはきっちりと櫛が通され、整った顔立ちに穏やかな表情をたたえていて――エチカは気付く。パーソナルデータが、ポップアップしない。

アミクスだ。

量産型ではなく、一目見てそうとは察せないほどに精巧な、カスタマイズモデル。

「どうも」と、フォーキンがアミクスにIDカードを提示する。「事前に伝えてあるが、分析AIの調査が目的だ。最近運用法を逸脱したものが出回っているようで、念のために」

「ご案内いたします」

アミクスが広い歩幅で歩き出すので、エチカたちも続く。正直、カスタマイズモデルに接客アミクスと同等の仕事をさせる理由はない――事前に入手した資料によれば、『デレヴォ』は起業から数年しか経っていないものの、業績は好調で評判もいいようだ。経営状況が安定していることを匂わせて、顧客の信頼を取り付けることが目的だろうか？

「兄のスティーブを思い出しますね」ハロルドが小声で言う。「彼よりは性格が良さそうだ」

「きみはまず自分の性格について考えて」

「モデルさんみたいな人ですね」ビガも囁きかけてくる。「歩き方がすごく綺麗です」

彼女はコンサルタントという立場上、パーソナルデータの閲覧権限を持っていない。

「彼はアミクスだ」聞き留めたフォーキンが振り返る。「カスタマイズモデルだろうな」

「えぇ？」ビガは目を剝いた。「ハロルドさんの時もそうでしたけど、全然見分けがつかないです……量産型なら、結構分かるようになってきたつもりなのに」

ハロルドが微笑む。「カスタマイズモデルは全員容姿が違いますから、仕方がありません」

そう――カスタマイズモデルと量産型の大きな違いは、主に外見だ。もちろん性能面も量産型より優れているが、国際ＡＩ倫理委員会が一般家庭用アミクスの流通規格を厳格に定めている以上、飛躍的に高性能なモデルは作れない。だからこそ、どちらかといえば金持ちの道楽と見なされやすかった。

「どうぞお入り下さい」

そうしてエチカたちが通されたのは、経営者の専用オフィスだ――四方をフロストガラスで囲われていて、どことなく水槽を思わせる空間だった。出迎えてくれたのは、尾ひれのようなスカートをまとった一人の女性だ。シニヨンの髪と、神経質なほどくっきりとした目鼻立ち。

「お待ちしていました、捜査官さん」

〈ベアトリーサ・ヴィクトロヴナ・シュシュノワ。三十六歳。グリーフケア・カンパニー『デレヴォ』経営責任者。プログラマー――〉

「初めまして、シュシュノワさん」フォーキンがIDカードを提示して、彼女と軽く握手する。

「電子犯罪捜査局のフォーキンです、今日はお時間を作っていただき感謝します」

「とんでもありません、うちの分析AIをご覧になりたいのでしたね」

簡潔なやりとりのあと、シュシュノワは快く、四人をオフィスの奥へと案内してくれた——木材を加工したパーティションを回り込むと、楕円形のフロアが広がる。複数台のモニタが壁に埋め込まれていて、中央には柔らかな色彩のソファがぽつんと置かれていた。

「ここが所謂、中央管制室です」シュシュノワはにこやかに言い、「ご想像よりも貧相だと思いますけれど、うちはそれほど多くのスペースを必要としないの。性能のいいPCと優秀なプログラマ、そしてエンジニアが快適に過ごせる空間があれば十分でして」

シュシュノワがモニタをタップすると、複数のプロパティがずらりと開く——総じて、分析AIのそれだ。全てのソフトウェアには万国ソフトウェア条約の下、各国指定機関を介して著作者の氏名や団体名が登録される。たとえ本人であっても、自由に編集することはできない。

だが、偽装が不可能とは言い切れない。

「ビガ」エチカは彼女を見た。「ソースコードを開いてくれる?」

頷くビガにモニタを任せ、ユア・フォルマで捜査資料を展開する。分析AIのコードと、トスティのそれを重ね合わせてスキャンするためだ。この方法なら、さほど時間をかけずにトスティが使われているか否かを判断することができる。

フォーキンがシュシュノワに訊ねている。「社員が、自由に分析ＡＩを導入することは？」

「基本的には禁止しています。デジタルクローンの出来映えに差が出てしまいますから」

「念のため、お一人ずつＰＣを見せていただいても？」

「もちろん構いませんわ」シュシュノワが振り向く。「ベールナルド、頼めるかしら？」

壁際に立っていたカスタマイズモデルのアミクスが、返事の代わりにこちらへと歩み寄ってくる。だが不意に、控えめなアラームが鳴った――ベールナルドの腕時計からだ。

「いけない。あなたは休憩時間だったわね」

「すまない、一旦家に戻るよ。夕食の支度をしておく」

アミクスが砕けた口調でそう返すので、エチカは作業を中断する――何だ、あの喋り方は？

「助かるわ、あなた」『あなた』？　「今日は寄り道をしないでね」

「約束するよ」

アミクスはシュシュノワの頬に軽くキスをして、何事もなかったかのようにオフィスを出ていく――エチカはほとんどあっけにとられたまま、一連の出来事を眺めているしかない。同じように、ビガとフォーキンも唖然としていて。

アミクスに、挨拶としてのチークキスをする友人派はしばしば見かける。だが、その逆を目の当たりにする機会は少なかった。もちろん彼らは『人間らしく』作られているから、当然、行動としては決して不可能ではないが。

奇妙な空気が流れる中、ハロルドだけが穏やかに口を開く。

「彼は素敵な話し方ですね」

「ええ、カスタムメイド業者に頼んだんです」と、シュシュノワ。「ノワエ社のオプションでは選択肢が少なくて……そこは、言葉遣いも変更できるようだったので」

エチカは思い出す。そういえば一般的なアミクスカスタムメイド業者は、販売元のノワエ・ロボティクス社がおこなっていないようなオプション——言葉遣いや声質、髪色の変更、タトゥーの追加など——を提供しているのだったか。ノワエ社自体は、機械依存症を助長するとして推奨していないが、特に違法でもない。

もちろん、わざわざそこに資金を投資する人間は、さほど多くはないはずだが。

「やっぱり、一生のパートナーには唯一無二でいて欲しいですから」

シュシュノワはそう言って、はにかんでみせる。エチカはようやく、彼女の右手に目が留まった。薬指に、きちんと銀の指輪が収まっていて。

いつだったか、ハロルドはこう口にしていた。

——『二十八件。昨年ロシアで誕生した、人間とアミクスのカップルの数です』

つまり、カスタマイズモデルを導入している理由はそこに尽きるわけだ。あのアミクスはシュシュノワの人生上のパートナーとして、彼女の会社の仕事を手伝っているということ——理解した途端に、得も言われぬ違和感がこみ上げてきた。

別に、アミクスに対する恋心を否定するつもりなど、微塵（みじん）もないのに。

「うわぁ素敵ですね！」ビガが目を輝かせている。「何だか感動しちゃいました」

「ありがとうございます。まだあまり一般的でないので、よく驚かれますけれど」

「きっとすぐに、当たり前に認められる時代がきますよ！」

エチカは、どうしても引っかかりが取れなくて。

――『我々も恋をすることはできます。あなた方と同じように、様々な感情がありますから』

それが事実だとしても、アミクスの感情は、人間と同じかたちをしていない。人の脳に近しい、神経模倣システムを搭載したハロルドですらそうなのだ。外見はさておき規格は従来型のベールナルドとなれば、それこそプログラムに準じて、シュシュノワの望むように振る舞っているだけだろう。

しかしシュシュノワは、ベールナルドと結婚している、と信じている。

ベールナルド自身には、『結婚している』という自覚がないにもかかわらず。

それなのに――いやそれとも、それでいいのだろうか？

相手の気持ちが『本物』だと、自分の中で信じられれば、もはや十分なのか？

ビガも、そうなのだとしたら……。

「――すみませんでした」シュシュノワの声が、エチカの意識を引き戻す。「代わりに、案内のエンジニアを呼んでおきましたので。もう、オフィスの外にきているそうです」

「ああいや、どうも」フォーキンが、気を取り直したように咳払いする。「ヒエダ、ここは任せる。ルークラフト補助官を借りるぞ」

彼はハロルドと連れ立って、フロアから出ていくのだ——エチカは作業を再開しながらも、何となく集中力を欠いてしまう。それでもユア・フォルマは、目の前に羅列したソースコードと、トスティとの類似性を自動的に検索し始めて。

何で、こんなことを考えているのだろう。

いつの頃からか、自分に戸惑うことが増えたような気がする。

＊

「あんまり作業を邪魔されると困るんですよ。特にデジタルクローンなんかは製作に三週間かかるもんですから、毎回ぎりぎりのスケジュールで回していて」

「申し訳ない。すぐに終わりますので、どうかご協力下さい」

迷惑そうな男性エンジニアを、フォーキンが丸め込んでいる——社員用のオフィスはシーリングファンに見下ろされ、清潔な木目の床を掃除ロボットが這い回っていた。働いている人間の数は、三十人にも満たないだろう。デスクから追いやられた社員たちが壁際に立ち尽くす中、フォーキンがエンジニアとともに、一台ずつＰＣをチェックしていく。

ハロルドはさりげなく、社員たちの顔をざっと見渡した。不満げにやりとりしている人間こそ見受けられるが、やましさを覚えている者はいないようだ。

「フォーキン捜査官。熱心なのは結構ですが、こちらは空振りかと」

「あんたの『目』は信頼しているが、思わぬ発見に繋がることもある」フォーキンは観察眼や電索ではなく、地道な積み重ねで経験を築いてきた捜査官だ。確かに一理あるだろうが。「手持ち無沙汰かも知れないが、我慢してくれ」

「もちろんです。必要とあらば何十時間でも」

「いやそれは長すぎる」

しかし——ハロルドはオフィスを観察しながら、思考を蛇行させる。まさかこうして、自分が捜査の一環で『デレヴォ』を訪れることになるとは思わなかった。数ヶ月前にソゾンの実家で、ここの資料が捨てられていたのを見たばかりだ。

録音で聞いた懐かしい彼の声が、自然と蘇ってくる。

——『代わりに奴を見つけ出して下さい』

犯人が誰であれ、ひどい冒瀆だ。

苛立ちを宥めながら、壁のほうへと目を向けて。

「……あちらは？」

オフィスの中央に大木のような円柱があり、天井近くまでシェルフが作り付けられていた。照明を七色に跳ね返すスライドガラスには、生体認証装置が埋め込まれている——円盤状の記録媒体が、ぎっしりと詰まっているようだ。ざっと、数千はくだらないだろう。

「デジタルクローンの製作に使う故人様のデータです」エンジニアが教えてくれる。「セキュリティ対策の一環で、全部オフラインで管理しているんですよ」

デジタルクローンとは文字通り、端末上に特定の人格をAIとして複製する技術のことだ。大半の国では、人格の複製は故人、それもグリーフケアを目的とした場合にのみ認められている——ユア・フォルマが普及して以降、あらゆるパーソナルデータは機憶に限らず、メッセージやSNSなどを通じて常時記録されるようになった。デジタルクローンの作成には、そうしたウェブ上の『足跡』を始め、遺族が所有している記録、遺品から解析できる趣味趣向などの情報が利用される。それらをAIに学習させて調整を重ねることで、故人の人格をなるべく忠実に再現するのだ。

フォーキンも訊ねる。「あのデータは、全てデジタルクローンに使われたんですか？」

「九割方は」とエンジニア。「ご遺族と音信不通になったり、使用できずに残ってしまっているものもありますが。あとは、役目を終えて保管期限を待っているデータなんかも」

つまりこれだけの数の人々が、もう一度亡き人に会いたいと願ったということだ。

理解した途端に、くだらない想定がシステム内に浮かび上がってくる——自分は、またソゾンと話がしたいだろうか？　即座に、何の意味もないことだと結論づける。デジタルクローンはただのＡＩであり、本物のその人ではない。

時々、神経模倣システムを厄介に感じる。人間でもないのに、ふとすると人間のように、情緒に任せて考えてしまうこの頭を。

「もしご興味があるなら、サンプルをお見せできますよ」エンジニアが、デスクのタブレット端末を手に取る。『デレヴォ』のロゴが入ったそれだ。「大体こういう感じなんですが……」

「いや結構」フォーキンがたじろぐ。「あんまりそういうのは得意じゃない」

「大丈夫です、『不気味の谷』は越えていますんで」

フォーキンが訴えるようにこちらを見るので、結局、ハロルドが横から端末を受け取った。画面の中では、中年のロシア人男性がにこやかに微笑んでいる。つぶさに観察すれば３Ｄモデルだと分かるが、肌の凹凸まで細かく作り込まれていて、随分とリアリティがあった。

「まるでホロ電話ですね」

『そうとも』デジタルクローンが滑らかに答える。『天国と繋がる電話だと思ってくれ』

「おい」フォーキンがにわかにうろたえた。「喋ってるぞ、それ」

「会話は成立しますよ。何せ、対話による遺族の心の治療を目的としていますから」エンジニアはどこか呆れた様子だ。「アミクスなんかと同じように話ができますし、エピソードを記憶させれば思い出話も可能です。ただ完成度はデータの物量次第なので、クオリティにばらつきが出やすくて……本当は、故人様の『機憶』を流用できれば最高なんですがね」

機憶を含めたユア・フォルマのあらゆるデータは、プライバシー保護の観点から、使用者の死後に自壊してしまう。かといって現在のシステムと技術では、機憶を外部装置に取り出すこともできない。

「そりゃ確かに完成度は高まるかも知れないが、遺族としては複雑な気分になるでしょう」

「まあそうですね。僕らはつい見失いますが、実際の故人様に及ぶことは誰も望まない。むしろ及んではいけないと考える人のほうが、今は多いので——」

エンジニアは言いながら、次のPCへと歩いていく。ハロルドは、手にしていたタブレット端末をデスクに戻した。それを見たフォーキンは、露骨に鼻からため息を洩らすのだ——何か思うところがあるらしい。

「死んだ人間は、死んだままにしておくのが一番いい。虚しくなるだけだ」

ハロルドは首を傾げた。「あなたの哲学ですか？」

「そんなに大層なもんじゃないがな」

フォーキンの発言は単に人間としてなのか、経験からくるものなのか——どちらにせよ、彼らは生身の血肉から成る存在だ。自分のように、始めからコードやメモリによって構築されているわけではなく、バックアップデータを読み直して簡単に『生き返る』こともできない。無論ブラックボックスが肥大すれば、どんな機械も完全な状態で再生することは難しくなるが

——ともかくも、彼がデジタルクローンに対して否定的になるのは、自然な反応だろう。

もしソゾンがここにいたとして、フォーキンと同じように拒絶するだろうか？

……だから、ありもしない『もし』を考えて、一体何になるというのだ。

今朝の出来事のせいで、妙な感傷が消えない。

ハロルドは感情エンジンを今一度調節しようとして、
いや——待て。

もしソゾンがここにいたとして、だって？

降って湧いたように反芻されるのは、市警でのナポロフ警部補の言葉だ。

——『恐らく電話の犯人は、何らかの手段でソゾンの音声データを手に入れたんだろう。会話が成立していたことからして、ディープフェイク技術による録音とは考えにくい』

思い違いかも知れない。だが。

ハロルドは突き動かされるように、シェルフのほうへと歩き出していた。フォーキンが呼び止めてきたが、立ち止まらない。閉ざされたスライドガラスに触れて、視線をざっと流す。記録媒体を走査。故人の名前を、ロシア語アルファベット順に並べて管理しているようだが。

——『これまでにも何度か主治医から勧められてさ。母さんの役に立てばと思って、紙の資料を取り寄せたんだ』

まさか。

「おい補助官」フォーキンが慌てたようにこちらへとやってくる。「一体どうした？」

「このシェルフを開けるよう、エンジニアの方に頼んでいただけませんか」

「え？」彼はすぐに呑み込めなかったようだ。「トスティと関係があるのか、それは」

「記録を見たいのです」

フォーキンは戸惑っていたが、結局は説明を求めずにエンジニアを呼んでくれる。彼の同僚に対する信頼は、どこかで仇になるかも知れない——やってきたエンジニアは怪訝そうだったが、捜査に必要なことだと伝えると、認証装置に掌を押しつけてガラスを解錠した。

ハロルドはすぐさま、『C』の棚へと手を伸ばす。

「もしもし、ヒエダか？」フォーキンが、エチカに音声電話をかけている。「ああいや、そっちが終わったら社員用のオフィスにきてくれ。ルークラフト補助官が何かを——」

まもなくハロルドは、指先に触れたそれを取り出す——円盤状の記録媒体を収めたプラスチックケースは、如何にも安っぽい。表面に印字されたキリル文字を読み取る。

そこに記されていたのは、他でもない。

【ソゾン・アルトゥーロヴィチ・チェルノフ】

ああ、やはり。

回路に、冷たい電流が走ったような気がして。

——確かに、思わぬ発見に繋がった。

「この故人のデジタルクローンは、既に製作を終えていますか？」

ハロルドはエンジニアへと、ソゾンの記録媒体を差し出す。彼は受け取りながら、ケースの表面に打ち込まれたマトリクスコードを、ユア・フォルマで読み込んだようだ。これを介して、社員が社内データベースへとアクセスできるシステムを構築しているのだろう。

「ええ。二週間ほど前に、依頼者に引き渡しています」

「依頼者は、『エレーナ・アルセーエヴナ・チェルノヴァ』ですね？」

エンジニアがにわかに目を見開く。それだけで十分だった——依頼者は、ソゾンの母親だ。

ニコライは、彼女に『デレヴォ』の資料を見せたら、ヒステリーを起こされたと言った。だが実際には、息子に隠れてデジタルクローンを発注していたのだろう。エレーナが自宅を片付け始めたことも、データに活用できそうなソゾンの遺品を探すためだったと考えられる。

彼女はプライドが邪魔して、ニコライに事実を伝えることができなかったのだ。

ただ。

「ソゾンのデジタルクローンを受け取ったのは、本当にエレーナでしたか」

「ええと」エンジニアは戸惑いも露わに、ユア・フォルマの記録を辿る。「引き渡しの際はご本人ではなく、代理の方がきていますね。しかし身分証は確認済みですし、エレーナさんからの委任状もあったと——」

「その代理人は誰です？」

モスクワ勝利公園を出たあとで、エチカは模倣事件の捜査について、『市警から公式に協力要請が入らない限りは、彼らに任せておくべきだ』と釘を刺してきた。

確かに、協力要請を引き出せるような方法があれば、どんなにいいだろうと思ったが。

「――『アバーエフ』という方です」

エンジニアが読み上げる。

「アレクセイ・サーヴィチ・アバーエフ……その方に、デジタルクローンを受け渡しました」

幸運にも、手札を見つけた。

4

「アバーエフは『ペテルブルクの悪夢』遺族会の代表で、エレーナとも親交が深かった。彼が、代理でゾゾンのデジタルクローンを受け取った理由は定かではありませんが……例の電話と、何かしら関係している可能性があります」

『デレヴォ』のラウンジ――先刻よりも日が陰ったためか、ガラス越しのパノラマはすっかりくすんで、海も冷たい灰色へと落ちている。エチカの隣に腰掛けたハロルドは、ウェアラブル端末から展開したホロブラウザと熱心に向き合っていて。

『確かに電話がデジタルクローンによるものなら、会話が成立した理由にもなる』ブラウザの中では、ナポロフ警部補が顎に手をやっている。『ただ、相手は「再び悪い夢を見ることになる」と……ＡＩにもかかわらず、あれほど脅迫じみた文言を口走るものなのかね？』

「エンジニアに確認しましたが、デジタルクローンは本人の性格を再現することに重きを置いていて、アミクスのような敬愛規律は持ちません。ですので不可能ではないそうです」

『仕事熱心だったソゾンを思えば、有り得るか』ナポロフは神妙に頷き、『トトキ捜査官。たとえばデジタルクローンの他に、電子犯罪で本人になりすませる類のものはありますかな？』

『やはりディープフェイク技術は頻繁に使われますが、ご指摘のように会話を成り立たせるのは困難です。今回に関しては、デジタルクローンの説が濃厚でしょう』

別窓のトトキは、いっそ不機嫌そうなほどの無表情で答える――リヨンは晴天のようで、本部にある彼女のオフィスには、まばゆい日射しがたっぷりと注ぎ込んでいた。デスクの上で、スコティッシュフォールドの愛猫がごてんと寝返りを打つ。

エチカは、そのペットロボットの暢気さを若干羨ましく思う。

ああ全く――彼から目を離したのが、全ての間違いだった。

まさか『デレヴォ』に、例の模倣犯に繋がる手がかりが転がっているだなんて、夢にも思わなかったのだ。無事に、事件からハロルドを遠ざけられたはずだった。それなのに、フォーキンから連絡をもらって合流してみたら、この有様だ。

『ところで警部補』トトキが咳払いする。『先ほど、ルークラフト補助官からメッセージで聞きましたが……彼に、浮浪アミクスの死体を検分させたそうですね？』

エチカは思わず隣のハロルドを見やる。が、彼は気付いていないようで――どうしてわざわざトトキに報告しているのだ。説教を食らう羽目になるのは明らかなのに、何故？

『申し訳ない、トトキ捜査官。彼は今や、そちらのアミクスだというのに』

「警部補に非はありません、私が勝手に行動したのです」ハロルドが横から言う。「すみません。『ペテルブルクの悪夢』を彷彿とさせる現場で、いてもたってもいられず」

トトキが目を細める。その仕草は珍しく、どこか同情的で――思えば、市警本部へ向かうよう連絡してきた時から、彼女は模倣事件に苛立っていた。ハロルドの事情を知っていれば、エチカのように憤りを覚えるのは当然だろう。トトキは冷徹に見えて、非常に部下思いだ。

『……補助官は当時、ソゾン刑事と事件を担当していたのだったわね。その時に得た知見を発揮しようとしたのかしら？』

「ええ。ましてや模倣犯は、ソゾンの声を騙っていました」ハロルドは煩悶するように、そっと目を伏せる。「彼のアミクスとして、どうしても傍観者でいることができなかったのです」

『今のあなたは電子犯罪捜査局の所属よ』

「もちろん承知しています、ですからせめて市警への情報提供だけでもと」

『最後まで聞きなさい』トトキは静かに遮り、『本来捜査官は、自分が担当する事件に必要以上の思い入れを持ってはいけないし、身内が巻き込まれたと予め分かっているのなら、捜査に関わること自体推奨されない。けれどあなたは、人間ではなくアミクスだわ』

エチカは場違いなほど、怪訝な表情になってしまう――トトキはハロルドを叱責するどころか、理解を示している。いやもちろん、彼女が部下を大切にする主義なのは有難いことなのだが、しかしこの流れは……。

『補助官。あなたは敬愛規律に基づき、適切に捜査を遂行することができる。人間と違って、二次的なトラウマを併発する可能性も低い』

違う。トトキの認識は間違っている。だが。

待て。

にわかに、肝が冷えていく。

――そもそも課長が同情してくれることを、ハロルドは予測していたのではないか？　むしろ上手く話を誘導するために、わざと、市警の捜査に関与したことを伝えたのでは。

『ナポロフ警部補、市警には電子犯罪捜査局に彼を融通していただいた恩義もあります』トトキの言葉は、止める間もなくさらさらと重なっていく。『「悪夢」の模倣犯となれば、当時の事件に精通していた担当刑事が必要でしょう。ルークラフト補助官をお貸ししますよ』

『それは』ナポロフは面食らったようだ。『有難いが、そちらも立て込んでいるのでは』

『ええ、ですから期間はこちらで決めさせていただきます』トトキの視線が初めて、エチカのほうへと投げられる。『ヒエダ、あなたも補助官に同行してちょうだい。捜査局の所有アミクスを単体で貸し出すわけにはいかない』

すぐには、返事が出てこない。

「その」エチカはほとんど何も考えられずに、口走っていた。「特別捜査班の仕事は？」

『フォーキン捜査官には私から掛け合っておく。どのみち模倣事件が解決しない限り、補助官も仕事に集中できないでしょう』確かにそれはそうだろうが。『警部補、そちらにとっても決して悪い話ではないと思いますが』

ナポロフはまだ驚きを隠せずにいるようだったが、何度か小刻みに頷く——無理もない。電子犯罪捜査局が電索官と補助官を、一都市の殺人事件に携わらせることは稀だ。今回に限っては、ハロルドが過去に担当していた事件と関連性があるため、ある種の必然かも知れないが。

だとしても。

『願ってもいないことだ、トトキ捜査官』

「私からも感謝を。ありがとうございます、課長」

ハロルドは如何にも真摯に、そう口にする——エチカは顔を覆いたくなった。演技であることはもう分かっている。無論、彼は絶対に認めたがらないだろうが。

一体どこから仕組んでいたんだ？

少なくとも、『デレヴォ』を訪問することを決めたのはフォーキン捜査官だった。今日ここへくることは、模倣事件が起こる前から予定されていたし、ハロルドの意図ではない。つまり

――デジタルクローンを見たことで閃きを得たわけだ。幸か不幸か彼の推理は的中し、そこでトトキに訴えかける作戦に出たのか。

このアミクスに、状況を意のままに操ろうとする癖があることを、すっかり忘れていた。

まもなく通話が終了し、ホロブラウザがぱちんと弾けるように消えていく――ラウンジに流れていたクラシックミュージックが、じわじわと湧き上がってきた。軽薄なほど明るいバイオリンの音色が、妙に煩わしくて。

「エチカ、すみません。あなたにご迷惑をお掛けすることになりますが」

とんでもなく白々しい。

エチカは黙ってソファから立ち上がった。両足の赴くまま、窓へと近づいていく。すっかり鈍色に染まった海を、睨むように見下ろして。

――落ち着け。

彼に、むやみやたらと過去を思い出して、傷付いて欲しくないと考えるのも。

事件に関わるうちに、ますます復讐心へと傾倒してしまうのではないかという恐れも。

どちらも、自分のエゴに過ぎないのだ。

「補助官。きみの計算については、何も言わない」ガラスに寄りかかると、ひやりとした温度が伝わってきた。「ただ、その……本当に平気なの？」

ハロルドはソファから立ち上がったところで――エチカの言葉を理解できなかったらしく、

眉根を寄せているのだ。出会ったばかりの頃にもそんな仕草を見たな、と思う。確か彼に対して、「もっと自分を大事にするべきだ」と促した時だったか。

ハロルドはどうしてか、自分自身のこととなると、ひどく疎い。

他人に関しては全てを見透かして、『駒』を扱うかのように冷徹な振る舞いをするくせに――いや。それも、今となってはさほど完璧ではないのかも知れないと思い始めている。何せ夏に起きた〈E〉事件の際、彼は容疑者のライザ・ロバン電索官に同情していた。初めてエチカと一緒に捜査をした知覚犯罪事件の時だって、自らの秘密を匂わせてまで、こちらの境遇に心を寄せようとしたのだ。

彼自身に、自覚があるのかどうかは分からない。

けれど多分、そういうところが見え隠れするからこそ、尚更気がかりなのだ。

「私は何も問題ありませんよ」ハロルドは穏やかに答える。「それに計算ではありません。実は以前に、ソゾンの家族が『デレヴォ』の資料を取り寄せていたことを思い出したのです」

「そう」こちらが指摘しているのはトトキの件についてだ。話の軸を逸らされているな、と思う。「とにかくフォーキン捜査官とビガが戻ってきたら、二人にも説明して」

フォーキンたちは、自分と彼がこうしている間も『デレヴォ』の調査を続けてくれていた。ただ恐らく、ここでトスティに関する収穫は得られないだろう。

だが――今は、落胆している余裕もない。

「エチカ」

隣へとやってきたハロルドの手が、かすかに腕に触れてくる。自分の機嫌を取りたい時、あるいは上手くコントロールしたい時、彼は大抵そうするのだ。もう知っている。

「……きみにとって、重要な事件だということは分かっているから」

ハロルドの手に、かすかな力がこもった。

「――ありがとうございます」

人間の脳は曖昧で、どんどんと忘れられるからこそ、傷を癒やせる。

けれど――一切忘れられないアミクスは、そうはいかないはずで。

もし褪せない痛みが、彼を過去に縫い止めているのだとしたら、とんだ皮肉だ。

第二章――再演

1

翌日から、ペテルブルク市警察への捜査協力が始まった。

「ルークラフト補助官。ナポロフ警部補は、アバーエフの自宅に向かったって？」

「ええ。聴取のために本部へ呼び出したそうですが、約束の時刻に姿を見せなかったそうで」

モイカ川をわたってくる早朝の風は、今にも頬を凍らせんばかりだ――エチカとハロルドは寒さから逃れるように、市警察本部の古めかしい扉をくぐる。途端に、セントラルヒーティングのぬくもりが全身を包んだ。

「アバーエフとは、昨日のうちに連絡がついたんじゃなかったの？」

「そのはずですので、少々きな臭いですね」ハロルドがマフラーをほどく。「ソゾンの母親……エレーナのほうは既に本部に到着し、聞き取りを始めているようですが」

エレーナもまたアバーエフと同様に、任意聴取に呼び出されていた。彼女はソゾンのデジタルクローンを依頼した上、『デレヴォ』を訪ねたアバーエフに委任状まで託している――市警側は、彼女自身が模倣事件に関わっている可能性もあると踏んでいるようだが。

「きみ自身は、ソゾン刑事の家族が関与しているとは考えていないんだったね」

「私自身の希望的観測でなければ」と、彼は顎を引く。「しかし、疑わざるを得ない状況であることも理解できます」

「とりあえず、エレーナさんの聴取に合流しよう」

　エチカたちは警備アミクスにIDカードを提示して、セキュリティゲートを通過した。ユア・フォルマの案内表示を頼りに、ミーティングルームへと向かう――ハロルドが勝手知ったる足取りで先をいくので、エチカはほんの少しばかり落ち着かなくなる。昨日訪れた際にはあまり意識していなかったが、思えばここは、彼にとって慣れ親しんだ場所なのだ。

　結局、昨日はあれから一日中、億劫な気分が晴れなかった。だが無理矢理にでもぐっすりと眠ったからか、今日は少し頭を切り替えることができている気がする。

　ともかく、早急に事件を解決させればいいのだ。

　さっさと事の成り行きを明らかにして、特別捜査班の仕事に戻ることだけを考えよう。

　エチカはアミクスの背中をじっと見つめながら、そう自分に言い聞かせて。

「エチカ」ハロルドが振り向く。「エレーナの聴取についてなのですが、」

「――ハロルド！」

　不意に、彼を呼び止める声が響いた――通り過ぎようとしたラウンジからだ。見れば、ソファから立ち上がった一人の青年が、こちらへと歩いてくる。少し癖のある黒い髪と、野暮ったいセーター。どこか垢抜けない雰囲気が、かえって優しげな印象を醸し出していた。

〈ニコライ・アルトゥーロヴィチ・チェルノフ〉

エチカは目をしばたたく。チェルノフと言えば、ソゾン刑事と同じ姓だが。

「ニコライ」ハロルドは頬を緩めて、流れるように彼と握手を交わす。「いらしていたのですね、お会いできて嬉しいです」

「母さんの付き添いだ。警察なんて滅多にこないから落ち着かなくてさ」

そわそわとしているニコライのパーソナルデータを読んで、エチカは確信する。やはりそうだ。彼は、ソゾン刑事の弟だった。

「こちらは、パートナーのヒエダ電索官です」

ハロルドに紹介されて、エチカもニコライと握手する。彼の掌はわずかに湿っていて、ひどく緊張しているようだった。自分の母親が『悪夢』の模倣事件に巻き込まれているかも知れないと思えば、気が気でなくて当然だ。

「とにかく母さんがちゃんと、刑事さんの質問に答えてくれているといいんだが……」

「ええ」ハロルドが首肯する。「私も心配していますが、きっと大丈夫でしょう」

エチカはつい、眉を寄せてしまう。「どういう意味？」

「まあその、色々と問題があるんです」ニコライは気まずそうに目を逸らす。問題？「ご迷惑にならないといいんですが……」

「――ヒエダ電索官ですね？」

エチカは首をめぐらせ――通路を、若い男性刑事が足早に向かってくる。赤毛に小柄な体躯で、顔には気難しげな皺を寄せていた。ナポロフ警部補と同じく、強盗殺人課の所属刑事だ。

互いに初対面だが、捜査関係者はパーソナルデータを閲覧できる。自己紹介は必要ない。

「アキム刑事」ハロルドが呼ぶ。彼は案の定面識があるようだった。「ご無沙汰しています」

「元気そうだな、ハロルド」アキムは余裕なく言い、「電索官。お会いして早々に不躾ですが、僕の端末に電索同意書のテンプレートを送ってもらえないでしょうか？」

「電索？」エチカは問い返してしまう。「まだエレーナさんの聴取は始まったばかりでは」

「そうなんですが、ご本人が何も覚えておらず……常用薬の副作用だそうで」アキムは参ったようにうなじを掻く。「彼女がデジタルクローンを依頼したのは間違いないんですが、どこまで事件に関わっているのかが全く不明瞭でして。とにかくこのままじゃ話が進まない」

電索は何も、容疑者に限っておこなわれる話ではない。現に過去の知覚犯罪事件では、犯人の痕跡を追って何人もの被害者に潜っている——ただ、エレーナとハロルドは謂わば身内同士だ。近しい相手で言えば過去にはダリヤを電索しており、特別問題にはならないだろうが。

エチカは言った。「念のためエレーナさんに、ルークラフト補助官が担当することを伝えたほうがよさそうだ」

「確認してきます」

頷いたアキム刑事がきびすを返そうとしたのだが、

「待って下さい」こちらのやりとりを見守っていたニコライが、呼び止めた。「ハロルドが補助官だということは、母には知らせないで欲しいんです。むしろ黙っていてもらえたら」

エチカは戸惑う。「いえ、別にそこまでしなくても……」

「ニコライの意見に従いましょう」ハロルドも何故か、頑なに固辞するのだ。「私はエレーナが鎮静剤で眠ったあとで、部屋に入ります。準備が整ったら呼んでいただけますか」

一体何なんだ？

わけがわからなかったが、アキム刑事が急かしてくるので、詳しく訊ねる暇もない。刑事の端末に電索同意書のテンプレートを送りながら、ミーティングルームへと赴く羽目になる。振り向いてみたが、ハロルドはニコライと親しげにやりとりしていて――まあ、彼が準備にかかわらずとも、電索自体に支障はないが。

訪れたミーティングルームは、照明の半分ほどが消えていた。窓には懐古的なブラインドが下りていて、傷だらけのテーブルに一人、枯れ草のように痩せ細った初老の女性が着いている。眠たそうな両目が、のろのろとこちらを捉えて。

〈エレーナ・アルセーエヴナ・チェルノヴァ〉

――彼女が、ソゾン刑事の母親か。

そのパーソナルデータに軽く目を通し、エチカは無言で驚いた。エレーナの齢は六十三とのことだったが、それ以上にくたびれ果てて見えたからだ。病歴には、複数の精神疾患が並んでいて――発病の時期が総じて二年半前であることから、『ペテルブルクの悪夢』が彼女の人生を百八十度変えてしまったことは間違いない。

　なるほど。『問題を抱えている』とは、そういうことか。

「同意書にサインをいただけますか」アキム刑事が、エレーナにタブレット端末を差し出している。「あらゆるプライバシーは守られます。どうかお任せいただければ」

「特に見られて困るものもないですよ」エレーナは骨の浮いた手で、画面に署名した。「電索というのは、痛みはあるの？」

「全くありません。眠っている間に終わりますので、ご安心下さい」エチカは答えて、IDカードを取り出す。「初めまして。電子犯罪捜査局のエチカ・ヒエダです」

　エレーナはちらとIDカードを見たが、すぐさま関心を失ったようだ。その手が、よれたセーターの襟ぐりを掻いた。

「とにかく、悪趣味な犯人がそれで捕まるのならいいの……何でもやって下さい」

　これ以上息子を侮辱されるのは我慢がならないから、と彼女は呟いて。

　それが本心なのか、事件との関わりを否定するためなのか、確かめなければならない。

　間もなく、市警のアミクスが仮眠用のエアベッドを運んできた。電子犯罪捜査局と異なり、ここには電索のための簡易ベッドが存在しない。半ば応急処置だ——アキムが促すと、エレーナはおぼつかない仕草で、エアベッドに身を横たえる。エチカは鎮静剤のシリンジを準備して、彼女の袖を捲った。皮膚は薄く、血管は目に見えて細い。

妙な緊張を覚えながら、注射を終える。

エレーナはうとうとと瞼を下ろし、あっという間に眠りに落ちたようだった。

「しかし、本当に機憶に記録されていればいいんですが」見守っていたアキムが、訝しそうに問うてきた。「僕も電索は初めて見るもんですから、今一仕組みが分かっていなくて」

「ご本人の意識が朦朧としていれば別ですが、基本的には出来事全てをその場で記録します。恐らく問題ないかと」エチカは〈探索コード〉を取り出し、エレーナのうなじに接続した。

「ルークラフト補助官を呼びましょう」

ハロルドが現れたのは、それからすぐのことだ――ミーティングルームに入ってきた彼は、真っ先にエレーナをちらと見た。彼女が眠っていると分かると、静かにエチカの傍へとやってくる。彼は、こちらが差し出した〈命綱〉をいつも通りに受け取って。

「エレーナは、補助官について何も質問しませんでしたか？」

「そもそも、電索に補助官が必要だということすら知らないみたいだったけれど」

彼はどこか安堵したようだった。「そうですか」

先ほどからハロルドのエレーナに対する態度が引っかかるが、アキムの前で根掘り葉掘り質問するのも気が引ける。電索のあとで訊くしかないか――エチカは、自らの二つ目のポートに〈命綱〉を挿し込んだ。ハロルドも左耳をずらして、コネクタを繋ぎ合わせている。

お馴染みのトライアングル接続が完成して。

「いつでもどうぞ」

こちらが深呼吸するのを見計らっていたかのように、ハロルドが囁く。頷いて、まだ肺に残っていた空気を静かに押し出した。

今は、エレーナの機憶にだけ集中しよう。

瞼を閉じて。

「――始めよう」

どぼん、と沈み込む。泡一つ知らない情報の海がせり上がり、視界を包んで――溶け出した蠟のようにどろどろと重たい感情が、手足にまとわりついてくる。言語化に届かないそれらの中へと、またたく間に落ちていく。ふと病院の総合待合室が視界を掠めた。付き添うニコライの顔が、ちらと通り過ぎて――デジタルクローンにまつわるやりとりは、かなり以前におこなわれたはずだ。『デレヴォ』の記録からして、どれほど早くとも数週間から数ヶ月前が妥当か。遡ろう。

なるべく、無関係な機憶から目を背けて。

それでも四肢に絡みついてくる感情が、じわじわとエチカを蝕もうとする。言葉にならない、灰色の何かだ。触れるだけで、胸の底に穴をあけるような冷たさ。霧の立ちこめた朝に覚える不安にも似て――指先から、自分という存在がほどけて瓦解していくような錯覚。いなそうと、ゆっくり息を吐く。

それは、九月の終わり頃だった。

『エレーナ、調子はどうだね？』

不意に、見知らぬ男の顔が映り込む。痩軀で、齢は五十そこそこだろう。やや浅黒い肌に、しわの残ったシャツ――この男は、アバーエフだ。捜査資料で見た、彼のパーソナルデータの顔写真と人相が一致する。

早速見つけた。

部屋の様子を確かめる。やや輪郭がぼやけていたが、リビングだと理解できた。エレーナの自宅だろう――二人は膝をつき合わせるようにして、ソファに腰を下ろしている。

事前に得た情報によれば、遺族会の代表であるアバーエフは、エレーナのもとをたびたび訪ねていたそうだ。事件から立ち直れずにいる遺族を定期的に訪問することは、代表である彼の役目だったらしい。

『今日は少し症状が軽いの』エレーナはとてもそうは思えないほど、力ない口ぶりだった。

『そういえばこの前、再開発地区にいったわよ。ああ、ニコライには秘密ですよこれは』

『コースマス・タワーかね？　君にしては珍しい』

『あんな騒がしいところは当分いきたくないわね。アミクスもうじゃうじゃしているもの』

『彼らは君の気分を害するようなことはしないだろう？』

『あたしはあなたみたいに友人派じゃないものですから。ええ、そう……機械も得意でないし』エレーナはどうしてか、後ろめたささえ覚えている。『これまで、デジタルクローンなんてのは息子への冒瀆だと思っていたけれど……いい加減、このままではいけないと思って』

彼女は、『デレヴォ』にソゾンのデジタルクローンを依頼した、と話した。アバーエフは驚いたように目を瞠り、それがまたエレーナの居心地の悪さを掻き立てる——彼女は、亡くなったソゾンに対して罪悪感があるようだ。前に進むという名目で、偽物の息子を再び生み出そうとしていることが、彼に申し訳ない。それどころか、自分自身の弱さに対して強い嫌悪すら感じていて。

それでも、エレーナはその選択をした。

『ニコライに、これ以上迷惑をかけられませんからね』彼女は痩せた膝を握り締めて、『ソゾンと話をすれば、何か……何かが、変わるかも知れないでしょう』

『素晴らしい前進だよ、エレーナ』アバーエフは嬉しそうだ。『私もやはり、友人のカウンセラーに話を聞いてもらって心が軽くなった』

『前に遺族会にきた、ご学友の？』

『悪友だが、色々な経験をしている分信頼がおける。彼も言っていたが、とにかく何でもいいんだよ。もがいて、少しでも前に進もうとすることが大切だ。誰がどう言おうと』

アバーエフもまた、事件で一人娘を喪っている。最初の被害者となった彼の娘ジャンナは、当時二十歳を迎えたばかりの天真爛漫な大学生だった。もともと父子家庭とあって、娘を亡くして以降、彼は一人暮らしを営んでいるはずだ。

『それでも毎晩、考えてしまうわ』

『分かるよ』頷くアバーエフの目が、かすかに赤らむ。彼自身、エレーナのように明瞭でこそないものの、まだ完全には立ち直れていないのだ。『あの子の最期を思うと、胸が張り裂けそうになる』

『あたしもですよ』

『せめて、犯人が見つかってくれればいいんだが……市警は全く、何もしてくれないな』

犯人。その響きを耳にした途端、エレーナの感情がぶわっと暗く吹き上がる。嫌でも引きずられた。杭を打ち込むような痛みが、体の奥深くに染み込んできて――呑まれるな。エチカはどうにか受け流そうと、心を平らにならす。それでも、防ぎきれないものがなだれ込んで。

『犯人さえ見つかれば、救われはしなくても報われるのに』『なのに、手がかりがないことを理由に、市警は捜査を打ち切った』『あの子を殺した悪魔が、今もどこかでのうのうと生きているだなんて、そんなの――』『ソゾンはもう、年を重ねることもできないのに』

エチカは唇の隙間から、泡のような呼気を零す。

――仮にこの二人が模倣事件に関与しているのなら、これらは動機として成立するだろう。

以降、エレーナは来る日も来る日も、デジタルクローンを依頼した自身の選択を後悔し続けた。やがて、依頼そのものを撤回したいという思いが募っていき——それどころか、自らも消えてなくなりたいと考えるようになっている。服薬の量が増え、ぼんやりと、起きながらにして眠っているような日々が積もっていく。もとより彼女の病状には波があり、悪化したというよりも単なる停滞期に入っただけのようだが——明かりのない森をさまよい続けているような苦痛だけが、延々と機憶に膜を張っていて。『母さん』ニコライの顔が、覗き込んでくる。『僕は仕事にいくから、ちゃんと寝てるんだよ』情けない、と思った。この子がこんなに頑張っているのに。日常を取り戻そうと努力してくれているのに。あたしはどこへもいけない。情けない。ソゾンに会いたい。本物のあの子に、もう一度——駄目だ、閉じろ。

もう少し、切り離さなければ。

デジタルクローンを依頼してから、二週間が経過した。

いつもの如くアバーエフが訪ねてきた際、エレーナはベッドに吸い付いていた体をどうにか引き剝がして、彼を迎え入れた。そうして、開口一番にこう頼んだのだ。

『——あたしの代わりに、デジタルクローンの依頼を取り下げてもらえないかしら』

当時、彼女自身は一人で外出することもままならず、かといってウェブ上で手続きをしようにも、手順を上手く理解できなかった。エレーナの世代において、ユア・フォルマの操作が不得手なことは珍しくない——かといって、ニコライには依頼自体を隠し通している。今更息子に打ち明けることは、母親としての自尊心が許さなかったらしい。

　一方でアバーエフは、この提案に衝撃を受けたようだ。

『どうしてそんな、折角の機会じゃないか』

『やっぱりよく考えたら、こんなこと馬鹿らしいと思って』

『エレーナ。君の病気がそう思わせているだけだ』

『いいえこれはあたしの意志よ。やめておくわ、どうしても……』

　そう吐き捨てるエレーナの頭には、深い靄が渦巻いている。つまり彼女の脳は、この時の出来事を覚えていない。思考は碇のついた船のように、停泊したままどこへもいけず、悲しく冷たい荒波に晒されるばかりで。

　エレーナは、二度と取り戻せないものにあと一度だけでいいから触れたい、と願った。後悔の残滓に火を放って、今度こそ灰に変わるまで見届けたいと――けれどそうしてみても、全てを綺麗に燃やせるとは限らない。むしろ炎は不用意に広がり、自らの体にまで燃え移って、最後は自分自身が骨まで焼き尽くされるかも知れない。

　期待よりも、ついに、恐れがまさったのだ。

『これを』エレーナが取り出したのは、『デレヴォ』が発行した紙の委任状だった。『あたしの署名を入れておいたから、担当の人に渡して取り消すように言って下さる?』

　アバーエフは数十分にわたって説得を試みたが、彼女は頑として譲らなかった。結局彼は諦めて、エレーナから委任状を引き受ける。

『エレーナ。とにかく君は何も気に病まず、ゆっくり休むように』

『あの子は苦しんで死んだのよ、あたしだけがゆっくり休めないわ』

『ソゾンも、君に休んで欲しいと思っている』

『そうよ、犯人も見つかっていないのに……』

エレーナはもはや、何も耳に入らないようだ。ぶつぶつと譫言のように紡ぐその視界から、アバーエフの姿が消えていく――しかしこのあとアバーエフは、依頼を取り下げるどころか、ソゾンのデジタルクローンを受け取って持ち去った。

何れにしても、これで一つはっきりした。

エレーナは、今回の模倣事件とは全くの無関係であるということだ。

アバーエフは委任状を受け取ったのち、事件を起こすことを閃いたのではないか。何せ彼の立場や発言からしても、動機は十分だ――デジタルクローンを手に入れ、そこから犯行に最適な公衆電話を探し出し、ソゾンを装って市警に連絡した。亡き刑事からの電話は強盗殺人課を揺さぶるのに十分だと、彼は考えたはずだ。しかしその後も、事件の捜査は再開されなかった。業を煮やしたアバーエフは二回目の電話をかけ、ついに浮浪アミクスを襲ったのでは……エチカはエレーナの機憶を通して、更に彼を探ろうと試みた。〈中層機憶〉へと落下を続ける。

やがて、晩夏が近づいてきて。

　突如、広がっていた機憶が乱れ、ぶっつりと断ち切れた。

　急激に意識を引き戻され、エチカはふらつきそうになる。思わずかぶりを振って。

「――どうして、それがここにいるの」

　何と、エアベッドの上でエレーナが覚醒していた。まだ鎮静剤は作用しているはずなのに、その両目は大きく見開かれ、ハロルドへと釘付けになっている――彼女の手の中で、勝手に引き抜かれた〈探索コード〉が揺れていて。

「どういうこと」エレーナの唇が続けざまにわななく。「一体何のつもり、ハロルド！」

　そうか――エチカはようやく気付く。エレーナは日頃から複数の薬を常用していたから、鎮静剤の効きが悪かったのではないか。稀に起こりうる事態だが、彼女はすんなりと眠りに落ちたように見えたので、気に留めていなかった。

「エレーナさん」アキムが慌てて彼女を宥める。「大丈夫、落ち着いて下さい」

「やめて」エレーナはパニックを起こしたように、激しく肩を上下させていた。「あたしの機憶を覗いたのね？　冗談じゃない、それに見せるものなんて何一つないのよ！」

　彼女は噛みつくように吠えて――一体どういうことだ。エチカは唖然と、エレーナとハロルドを見比べるしかない。

「エレーナ」アミクスは、冷静に〈命綱〉を取り外したところだった。「申し訳ありません、あなたをご不快にさせるつもりは……」

「ニコライは知っていたの？　知っていて隠していたの！　あたしを騙して、」

「ハロルド、息子さんを呼んでくれ」アキム刑事が素早く命じる。「エレーナさん、ゆっくり息を吐いて下さい。ただの過呼吸ですから――」

エチカが口を開くよりも先に、ハロルドは従ってきびすを返した。彼は振り向くことなく、ミーティングルームを出ていき――その背中が見えなくなった途端、エレーナがぐったりと脱力する。彼女の額は汗に濡れ、べったりと髪が張り付いていて。

――『どうして、それがここにいるの』

喉の奥のほうで、冷えた事実が結び合わさっていく。

エチカの記憶が正しければ、ソゾンは、ハロルドの目の前で殺された。

遺族であるエレーナは当然、当時の状況を知っているはずだ。

つまり――これが、彼がエレーナに姿を見せまいとした理由なのでは？

ややあって、ニコライが駆け込んでくる。彼は母親の傍らに膝をつき、頓服薬を口に含ませた。エレーナは疲れたように目を瞑る。息子が腕に触れても、半分眠っているかのようで――彼はアキムの説明を受けながら、母の体をさすっている。手慣れた仕草だった。

エチカは、ようやく息を吸う。

その時まで、自分が呼吸を止めてしまっていたことに、気が付かなかった。

ニコライが詫びている。「すみません刑事さん、ご迷惑をお掛けしてしまって」

「こちらこそ、ご病気のことを顧みずに申し訳ない」アキムも決まり悪そうに言い、それから思い出したようにエチカを見る。「そう……ヒエダ電索官。電索の結果はどうでしたか」

――すっかり失念していた。

「エレーナさんは事件に関与していません。彼女は、デジタルクローンの依頼を取り下げようとしていたようです」エチカは機憶で確認した事実を報告しつつ、ちらと出入口の扉を見やる。ハロルドが戻ってくる気配はない。「アバーエフは委任状を預かった立場を利用して、個人的にデジタルクローンを受け取って隠し持っていた可能性が高い。もちろん、これだけでは彼が模倣犯という証拠にはなりませんが……」

「しかし、自宅の捜査令状くらいは請求できる。すぐにナポロフ警部補に連絡します」

アキムは、慌ただしくミーティングルームを飛び出していく――彼の靴音が遠ざかると、耳鳴りのような静けさが押し寄せてきた。どこか遠くで、派手に扉が閉まる。それきり、じんわりとしじまが浸透して。

エレーナの傍らに座ったニコライは、気遣わしげに母親を見下ろしている。

訊ねたいことは、沢山ある。

けれど――多分、自分が踏み込んではいけない領域だ。

「……本当にすみません。驚かれたと思いますけど、いつもこうなんです」

やがて顔を上げたニコライは、誤魔化すような微笑を浮かべていた。彼は手慰みのように、母親の腕をさすり続けている。

エチカは、薄く喉を上下させてしまう。「『いつも』？」

「ええ、ハロルドに対しては本当にヒステリーを起こしてばかりで……」ニコライの笑顔はぎこちない。「その、アミクスのことをよく分かっていないんですよ。今も、ハロルドが兄さんを犯人から救えたはずだと思い込んでる。でも、何と言うか」

可哀想だけど、あいつは僕らとは違うから大丈夫なはずです。

ニコライは、そう付け足すのだ。

溺れそうなほど辛い時、機械に全てをなすりつければ、救われるような気がする。たとえ間違っていると自覚していても、衝動を止められない時がある——自分はそちら側にいたことがあるから、何となく、分かってしまって。

心のやり場を失うと、わたしたちは特に傲慢で、脆い。

「僕は、あいつに感謝しているんですけどね」ニコライの頬から、作り笑いが溶けていく。

「せめて、兄さんの最期を看取ってくれたから……」

彼の指先が、エレーナの袖を掴む。脆いしわが、柔らかく刻まれて。

こちらまで、押し潰されそうだった。

「……エレーナさんが目を覚ます頃に、人を寄越しますので」

エチカはそのまま、逃れるようにミーティングルームを後にする。どうしてか、通路の空気はやけに冷たく感じられた。自分の腕にしがみつきながら、急ぎ足で歩き出す。

ソゾンを失ったあと、ハロルドがずっと、何に取り囲まれて生きてきたのか。

ソゾンを失った彼以外の人たちが、何を抱えて生きてきたのか。

自分は果たして、考えたことがあっただろうか？

あったはずだ。

でも実際には、何一つ、解(わか)っていなかったに違いなくて。

一体、彼に何と言葉をかければいいのだろうか。答えを手に入れられないまま、ラウンジへと辿(たど)り着(つ)いてしまう――ハロルドは、窓辺に立っていた。何やら電話を終えたところのようで、ホロブラウザを閉じて顔を上げるのだ。

「エチカ、丁度よかった」彼は普段通りの表情で、足早に歩み寄ってくる。「ナポロフ警部補から連絡がありました。モスクワ勝利公園周辺の監視ドローンからも、アバーエフらしき背格好の男が確認できたそうで、令状が届き次第自宅に踏み込むとのことです」

「そう」頭を切り替えるのに苦労する。「アバーエフ本人はどこにいるの？」

「相変わらず連絡がつかないそうですよ。ともかく、彼のアパートの検分に立ち会いましょう」

ハロルドはそう言い、さっさとラウンジを出ていくのである。その後ろ姿から、先ほどの出来事は綺麗さっぱり流れ落ちているかのようで――エチカは、やり場のない感傷を掌の中へと握り込むしかなくなる。

――『可哀想だけど、あいつは僕らとは違うから大丈夫なはずです』

確かに彼は、何一つ気にしていないように見える。

けれど。

＊

アバーエフの自宅までは、市警本部から一時間ほどの距離がある。

郊外のひらけた土地に佇むそのアパート群は、粗末な煉瓦を貼り合わせたかのような五階建てで、お世辞にも新しいとは言いがたい――エチカとハロルドを乗せたラーダ・ニーヴァが駐車場へ到着すると、複数の警察車両が物々しく停車していた。建物の入り口である鉄扉は開け放たれたままになっており、市警の警備アミクスが待機している。

ナポロフ警部補を含め、警察官たちの姿はない。

何となく、雰囲気が妙だ。

「もう令状が届いたということ？」エチカはシートベルトを外す。「誰もいないけれど」

「特に連絡は入っていませんが、そうかも知れません」ハロルドも端末を一瞥し、運転席のドアを開けた。「合流しましょう。アバーエフの自宅は三階です」

二人は急いでニーヴァを降りる。警備アミクスに許可を得て、建物内へと入った。集合ポストの前には静寂が溜まり、エレベーターは上階で止まっている——階段を上っていくと、途中で駆け下りてきた警察官とすれ違った。こちらに目もくれず、階下へと姿を消すのだ。

ハロルドが呟く。「やけに慌ただしいですね」

「……確かに」

三階へ辿り着くと、アバーエフの自宅前にナポロフ警部補が立っていた。分厚いコートを着込んだ彼は、温和な瞳に鬱屈とした影を落としていて——見れば玄関扉は大きく開放され、複数の警察官が忙しなく出入りしている。

エチカとハロルドは、ちらと目配せし合った。

やはり、何かがおかしい。

「警部補」ハロルドが先立って、ナポロフへと近づいていく。「すみません、出遅れました」

「いいや」警部補は鼻から大きく息を吸う。「こちらこそすまない、君に連絡できなかった」

「アバーエフは？」

「まあ……何だ、家に閉じこもっていたよ」ナポロフは歯切れが悪い。「君に自宅の検分を頼むつもりだったが、少し後回しになりそうだ。先に調べなくてはいけないことができた」

「どういう意味です？」

ハロルドが眉をひそめた時、室内から一人の警察官が出てくる。明らかに青ざめており、目が合うと気まずそうに顔を逸らして――何だ？

「中に入ってもいいが」ナポロフが押し殺すように言った。「現場は荒らさないでくれ。まだ鑑識が到着していないからな」

……鑑識だって？

エチカが固まっているうちに、ハロルドが蹴られたように室内へと入っていく。慌てて後を追った。薄暗い玄関には、大きなボストンバッグが放置されている。アバーエフはどこかへ出かけるか、あるいは逃げようとしていたのだろうか。短い廊下には、ウォッカの空き瓶が大量に転がっていた。奥へと進む。開け広げられた突き当たりの扉の先は、リビングのようだ――得も言われぬ何かが、這い上がってくる。

そうしてリビングへと踏み込んだ瞬間に、息が止まった。

全身の産毛が逆立ったように思う。

――何だ、これは。

アバーエフは、ソファにいた。

いいや――正確には、ソファに置かれていた。パーツのように転がる両腕と両足に挟まれて、裸の胴体が横たわっている。浅黒く固そうな腹の上に、その頭部が載っていて。先ほどエレーナの機憶でこちらを見つめていた瞳は、左右不釣り合いに開いたまま動かない。額から、涙のような鮮血が流れ落ち、半開きの口唇へと吸い取られている。

その有り様は、モスクワ勝利公園で見た浮浪アミクスの亡骸よりも、ずっと惨たらしくて。

——『被害者は生きたまま頭部・四肢を切断され、胴体の上に頭を載せて飾られる』

嘘だろう。

こんな。

生理的な吐き気がこみ上げてきて、エチカはとっさに口許を覆う。思わず首を背けてしまい——床に放り出されたタブレット端末が、目に入る。それだけではない。端末すらも踏みにじるようにして、フローリングに堂々と躍っているのは。

真っ赤な塗料で、叩き付けるように描かれた文字だ。

——『真作』

「血液で書かれていますね」ハロルドが忌まわしそうに目許を歪めた。「アバーエフの血を使ったのでしょうか」

「何で……」膝が砕けそうだ。「どうして、彼が殺される？」

ハロルドは答えなかった。その頬には、空恐ろしいほどの無表情が貼り付いていて——革靴が床に飛び散った血痕を避け、ソファを回り込んでいく。アバーエフの頭を背後から覗き込み

――彼は……彼は、まばたきをしているだろうか？

「後頭部に裂傷があります、ユア・フォルマを抜き去っていますね」

思考が真っ白になる。

エチカは動けないまま、冷徹に紡ぐアミクスの唇を、ただ見つめるしかなくて。

「――これは『ペテルブルクの悪夢』の犯人と、同じ手口です」

信じられない。

2

市警本部から鑑識課が到着したのは、それから小一時間後のことだ。

リビングに現れた複数人の鑑識官は、手分けして、アバーエフの死体や現場の状況を改めていく。あわせて展開した分析蟻たちも、シリコンのボディを揺らしながらひよひよと触覚を働かせ、歩き回っていて――エチカはその様子を眺めながら、壁に背中を押しつけていた。むんと立ちこめた血の匂いで、先ほどからずっと頭が痛い。

「アバーエフとは昨日連絡がついたものの、今日は約束の時間になっても市警に姿を見せなかったのでしたね」隣で、ハロルドが問うている。「今朝の時点で既に殺害されていたと？」

「暫定ですが……体温と角膜の混濁度から推測するに、死亡推定時刻は午前二時頃です」

アバーエフの死体を調べていたシュビンが答えた——先日、浮浪アミクスが殺害された現場でも顔を合わせた、例の陰気な鑑識官だ。凄惨な現場に直面してなお、全くといっていいほど表情がない。職業柄死体を見慣れているのか、あるいはハロルドが話していた通り、単に感情が表に出ないだけなのか……。

エチカもこの手の機憶に接したことはあるものの、さすがに胸が悪い。

「犯人は模倣事件の報道を見て、プライドを傷付けられたのかも知れません」ハロルドの声音は、奇妙なほど落ち着いていた。「アバーエフの殺害は、どう見ても報復です」

エチカはこめかみを押さえる。無性に煙草が吸いたくて。「確かに市警はアバーエフを模倣犯だと踏んでいた。けれどまだ明確な証拠は出ていないし、何より、その事実を外部には——」

「証拠ならあったぞ。アバーエフの指紋も検出されている」

見れば、リビングにナポロフ警部補が入ってきたところだった。彼は、手袋をはめた手でボストンバッグを摑んでいて——玄関先に置かれていたものだ。床に下ろされたバッグの中が、ちらと見える。循環液で汚れた電動鋸やスニーカー、ジャンパ……。

例の浮浪アミクスの殺害に使われたものであることは、一目瞭然だ。

——なるほど、十分すぎる。

遺族が事件を模倣することは、心理的抵抗から困難なのではないかと思っていたが、アバーエフはそれらを超越したのだろう。それほどまでに強く、捜査の再開を望んでいたのか。電索の際に垣間見た、彼の表情が蘇る。

――『市警は全く、何もしてくれないな』

もはや、その口から直接嘆きを聞いて、彼の気持ちを推し量ることすら叶わなくなったが。

「問題は」と、ナポロフが両手を払う。「電索官の言った通り、我々がアバーエフを追っていたことは一般に公表していない。犯人が、彼を模倣犯だと知るすべはなかったはずだ」

「アバーエフが自ら、犯人を自宅に招き入れたことが答えでは？」ハロルドは室内を見回して、「窓にも玄関にも破壊の痕跡は見当たりません。つまり、堂々と玄関口から侵入した……犯人をアバーエフの知人だと仮定すれば、それらの問題は一気に解決します」

エチカは唾を飲み込む――確かに彼の言う通り、『悪夢』の犯人がアバーエフの知人ならば、筋は通る。そもそもこの前時代的なアパートの正面玄関口は、マグネットキーを持っている住民でなければ解錠できない。外部の人間が訪れる際は、相手の部屋に認証装置を介した音声通話を繋いで、ロックを解除してもらわなければならない。

「それなら」と警部補。「犯人は何らかの形でアバーエフが模倣犯だと気付き、逆上して襲いにきたというのか？」

「現状は、そう考えるのが最も自然なように思えます。加えて、アバーエフは『悪夢』で最初に殺された被害者の遺族です。もともと『悪夢』事件の被害者に友人派以外の共通項はないと考えられてきましたが、犯人は最初に、知人である彼の娘を狙ったのかも知れません」

「だとしても」エチカは、平静に考えを巡らせようと努力する。「『悪夢』の犯人は、これまで一切証拠を残さなかったはずだ。だからこそ市警は捜査を打ち切ったわけで……アバーエフを襲えば、自分が彼の知人だと気付かれるとは思わなかったの？」

「考えたかも知れませんが、それ以上に怒りを抑えきれなかったのでしょう。プロファイルに依れば、犯人は非常に自尊心の強い性格ですから」

確か、あの公園でもプロファイルの話をしていたな。「わたしはまだ詳細を聞いてない」

「失礼。何れもソゾンが組み立てたものですが」

曰く、かつてソゾンがプロファイルした犯人像はこうだ――ロシア人男性で、年齢は三十代から四十代。幼少期の家庭環境に問題があり、肉親からの虐待を経験している。非常に慎重な性格。知能が高く自尊心が強いが、日常生活での交友関係は狭い。死体を見る限り人体を熟知していることから、職業は医療従事者の可能性が最も高く、空想癖あり。子供の頃から暴力性を内在しており、何らかの強いストレスが引き金となって事件を起こすに至った。

ハロルドの『目』を育てたのはソゾンだと聞いていたが、さすがの緻密さだ。

「そこまで分かっていても、犯人を絞り込めなかったの？」

「プロファイルはあくまでも推測に過ぎません。現場に手がかりがなければ役に立たない」彼はかぶりを振り、「ただ今回は、これまでになく感情的な犯行です。少なくとも以前は、現場に被害者の血で文字を書くような真似はしなかった」

ハロルドが床へと視線を投げるので、エチカも倣う――フローリングに叩き付けるように描かれているそれは、何度見てもおぞましい。シュビン鑑識官が丁度、文字に埋もれるように落ちていたタブレット端末を拾い上げて、確認していた。

「デジタルクローンのデータはここに入っていますね……アバーエフが模倣犯だという、第二の証拠になるかと」シュビンもまたそこで、血文字に目を落としたようだ。「『真作』……贋作の対義語です。その……絵画なんかが本物であることを示す時に使う表現ですが」

ナポロフが感心したように呟く。「さすがに詳しいな、シュビン」

「このくらい……誰でも知っています」シュビンはにこりともしない。「筆跡の特定を避けるために、利き手とは逆の手で書かれている……それも、指じゃなくて筆を使っています。結構でかい平筆で、絵画用の画筆かと」

シュビンのパーソナルデータが、ちらと見えた。〈エルミタージュ美術館ボランティアスタッフ〉――彼は学生時代に、地元の絵画教室にも通っている。ビガと話が合うかも知れない。

「ソゾンは犯人のことを、『独特の美意識を持っている』と話していました」ハロルドが顎に手を当てている。「もし犯人が私物の画筆を犯行に用いたのなら、美術分野に関わっているか、その手の事柄に関心が高いとも解釈できる。新たな手がかりになるかも知れません」

「そうだといいがな」ナポロフはシュビンを見やり、「他に現場から痕跡は？」

「……はい？」シュビンはぼんやりしていたようで、聞き返す。「ああいえ、まだ分析途中です。それと……ナポロフ警部補、ちょっと見てもらいたいものが——」

シュビンはそうしてナポロフを伴い、別室へと歩いていく——とりあえず、ここは彼らに任せておくべきだろう。丁度、これ以上辛抱するのは耐えられなくなってきたところだ。

「ごめん、わたしも少し外す」

エチカはハロルドの前を横切るようにして、リビングを後にする。狭い廊下で警察官とすれ違いながら、玄関扉をくぐり——階段の共用部には、セントラルヒーティングの分厚い熱気が立ちこめていた。それがますます頭痛を悪化させる気がしたので、のろのろと階段を下りる。

瞼の裏に、アバーエフの死体がこびりついて剝がれない。

エントランスから建物の外へ出ると、途端に澄んだ風が頰を刺す——入り口周辺にはホロテープが張られ、立ち入りが規制されている。住民と思しき数人が、警備アミクスに抗議していた。エチカは傍らをすり抜けて、駐車場へと歩く。何となく仰ぎ見た空には、鈍重な雲が流れ着こうとしていて。

受け入れたくない、と思った。

これが——『ペテルブルクの悪夢』の犯人自身の犯行だなんて。

模倣犯を捕まえれば、事件は片付くはずだった。実際アバーエフへと疑いが集中し、捜査は佳境に入ったも同然だったのだ——なのに。

どうしてこんなことになっているのか、分からない。

分かりたくもない。

気付けば、右手はコートのポケットから電子煙草を取り出している。医療用カートリッジを使わなくなって以降、お守り代わりに持ち歩いていたものだ。電源を入れて、迷わず口に運んだ——冷たいミントの香りが、肺の奥深くへと落ちていく。ずっとざわついていた吐き気を、かすかに静めてくれて。

「エチカ」

振り向くと、ハロルドが追いかけてきたところだった。彼は、煙草を咥えているこちらを見ても、特に驚かず——近づいてきて、やんわりと背中を押してくる。促されるまま、ニーヴァのほうへと爪先を向けて。

「すみません。あなたの具合が悪いと気が付きませんでした」

「別に」つい、虚勢を張ってしまう。「何ともない。少し外の空気を吸いたかっただけだ」

見慣れたマルーンの車体が近づいてくると、どうしてかややほっとする。そうしてエチカとハロルドは、どちらからともなくニーヴァに寄りかかり——駐車場へ滑り込んでくる、青い警光灯が見て取れた。新たな警察車両が到着したのだろう。

本当に、最悪の事態になった。

最初は模倣事件に関わるだけでも、ハロルドの傷口が広がり、復讐心に火がつくのではないかと心配だった。

そこへ、まさか——本物が現れるだなんて。

「犯人は、一体どれだけプライドが高いんだ」毒づかずにはいられない。「模倣事件なんて放っておけばいいのに、ここまでするなんて……」

「ええ。事件が犯人を刺激する可能性について、もっと考慮すべきでした」

ハロルドの横顔は、凍り付いた真冬の川のようだ。一切の流れが止まっているのに、何の感情もなく、ただ淡々とその事実を受け入れることを強いられているかのような——以前なら、何を考えているのか全く分からなかった。

けれど、今は違う。

アバーエフは模倣犯だが、『悪夢』で最初に殺された被害者の遺族でもあった。彼が、極めて複雑な心境に陥っていることは確かだ。

「もし」エチカはそっと、煙草の電源を切る。「これが本当に、『ペテルブルクの悪夢』の犯人の犯行なら——」

「『もし』ではなく、事実そうです」ハロルドは静かに遮る。「私は間違えません」

奥歯を嚙み締めた。

ああほら、やっぱり。

顔には出さないけれど、余裕を一切失うほどに、追い詰められているじゃないか。

「……補助官。アバーエフを殺したのが『悪夢』の犯人なら、きみは捜査から外れるべきだ」

エチカはなるべくはっきりと、そう押し出す――ハロルドが、こちらを見た。目が合う。凍った湖の瞳には、まるで理解できないといった色が浮かんでいて。

「……それはジョークですか？」

「こんな時にジョークは言わない」

何なら、模倣事件への協力が決まった昨日から、ずっと言いたかったことだ。

エチカは、顎が震えないよう気を付けて。

「本気だよ。これ以上関わるのはやめたほうがいい」

「何故（なぜ）？」ハロルドははっきりと困惑している。「分かりません」

「協力要請を取り下げるよう、こっちからトトキ課長やナポロフ警部補に頼んでもいいんだ」

「二人は受け入れないでしょう。こうなった以上、ますます私を必要とするはずですよ」

本来事件の『被害者』でもあるハロルドが、捜査に関与し続けることは推奨されない。しかしトトキも言ったように、彼は人間ではなくアミクスで、当時ソゾンとともに『悪夢』事件に携わっていたという実績もある――ハロルドの見立て通り、二人がエチカの意見に耳を傾けるとは考えにくい。

そんなことは、とうに分かっていた。

それでも、何でもいいから、とにかく彼を引き剝がせそうな言葉を並べ立てたくて。

アバーエフの死体は、まだ残像のように胸に残っている。

犯人は昨晩、間違いなくこのアパートを訪れ、堂々と空気を吸っていたのだ。

だから――ここ数時間の出来事全てが、きっと彼に火をつけてしまうという確信があって。

「……どうかな」どうしたって、頑(かたく)なな口調になる。「きみがいなくたって捜査は進展する」

「何を根拠に？　電索のことを言っているのなら、同じく私がいなければ成立しません」

「とにかくわたしは認めない。仮にナポロフ警部補が望んだとしても……」

「エチカ」

彼が諭すように呼ぶので、エチカは口を噤(つぐ)む――ハロルドは、どこか訴えかけるようにこちらを見つめていた。その端正な唇が、静かに開いて。

「――私がどれほどこの時を待ち望んでいたか、あなたはご存じのはずです」

喉の奥で、空気の塊がごろりと音を立てる。

もちろん、知っている。嫌というほど。

だからこそ、ここから遠ざけたいのだ。

「分析蟻が現場を調べ終えれば、今度こそ手がかりが見つかるかも知れません」彼の視線はエチカを捉えているのに、それを通り越して、姿も分からない犯人へと向けられているようで。

「何せ、今回の犯行は極めて感情的です。新しい行動を取れば新しい痕跡が残る。既に『美術に関心が高いアバーエフの知人』という、これまでは見えなかった犯人像が浮上しています」

確かにそうだろう。ここまで完璧な犯行を重ねてきた犯人でも、ぼろを出すことは十分に有り得る。実際、有力な手がかりのようにも思える――もちろん、これで逮捕へと繋がれば素晴らしいことだ。

だが。

もしも犯人が暴かれたのなら、その時、ハロルドはどうする？

「……全部きみの願望だ」エチカは、呻くように絞り出す。「成果が挙がらずに、悪い影響だけが残る可能性だってある。たとえば」

「トラウマができるとすれば、とっくにそうなっていますよ」

「きみが自覚していないだけかも知れない」

「本当に私は平気です」

「どうしてそう言えるの？」

「自分のことですから、分かっています」

「いいやきみは分かってない」

「何故そう意固地になるのです？」

「意固地じゃない！」

エチカはもどかしさのあまり、つい声を荒げてしまって――ハロルドがため息を洩らした。

彼の表情は変わらず冷静だったが、その手は、どこか苛立ったように髪を掻き上げる。仕草だけを取ってみれば、機械というよりも、ぞっとするほど人間の青年に近くて。

もう一度、重たい擬似呼吸。

「エチカ。あなたがそこまで心配するのは、以前の私の発言が原因ですか？」

一瞬、心臓に針を押し込まれたような気がした。

すぐに、声を出せなくて。

「…………何の、話」

「出会ったばかりの頃、私はあなたに犯人への怒りを語りました」

――『ソゾンを殺した犯人を捕まえたのなら、この手で裁きを与えるつもりです』

『きみには敬愛規律がある。人間を傷付けることはできない』

――『どうでしょうか』

「あなたは、私がプログラムを改造してでも犯人を罰するのではないかと恐れていた」

あの時は確かにそう思った――今なら分かる。プログラムを改造するどころではない。そんな真似(まね)をしなくても、彼は、最初から。

「どうか安心して下さい、あれは言葉の綾(あや)です。幾ら次世代型汎用人工知能(RFモデル)と言えど、人間に危害を加えることはできません。そもそも敬愛規律を守れないアミクスは、国際ＡＩ倫理委員会の審査を通過しないのですよ」

ハロルドは平然と、嘘(うそ)を重ねる。

「私はそれほどまでに、ソゾンを救えなかったことを強く後悔していると、腹を立てていると伝えたかっただけなのです。ただ……アミクスが人間に怒りを向けるなど、褒められたことではありません。ですから『秘密』と称しました」

エチカが全てを知っていることに、彼はやはり気が付いていない——気付かれないことを望んできたはずだ。それなのに今、易々と嘘を吐かれたことに対して、わけのわからない悲しみが湧き上がってくる。

何だこれは。

自分でも、支離滅裂だった。

「きみが人間を傷付けられないことは……言わなくても、分かってる」手の中から滑り落ちかけた電子煙草を、へし折りそうなほど握り締める。「わたしは単に、……きみの気持ちとか、そういうものが傷付くんじゃないかと、心配で」

「ええそうです。仮に事件の捜査に関われないとなれば、ひどく傷付きます」

彼に、重荷を背負わせたくない。

だから、一人で『秘密』を抱え込んだ。

そうしたエチカの行動は、ハロルドを倫理委員会から守っているはずだ。だが——肝心の復讐から引き離すことはできないのだろうか？　もちろん、自分には止める権利などない。もう何度言い聞かせたか分からない呪文を、頭の中で繰り返して。

けれど。

大切な人を殺した相手を、同じように殺して、それで……彼はどうなる？

現実的には、兄のスティーブのようにポッドで眠らされるか、最悪廃棄されるだろう。だが、問題はそこだけじゃない。

殺人を経験した彼の『心』は、どう変貌するだろうか？

アミクスのことは、分からない。

もしハロルドが、決定的に変わってしまったら。

「駄目だ」エチカは必死に吐き出す。「わたしは……賛成できない」

ずぶずぶと、地面に沈んでいくような錯覚がある。

アスファルトが溶け出して、ブーツの底を濡らし、そのまま足首を引きずり込むように。

握った電子煙草が、みしりと軋んで。

静寂。

「──そうですか」ハロルドの声色は突然、ひどく素っ気ないものになっていた。「ところで……先ほどから気になっていましたが、煙草はおやめになったのでは？」

「………」もちろんなるべく控えていた。吸うのは久しぶりだ。「きみには、関係ない」

返ってきたのは沈黙だけで。

エチカは、目頭が熱くなってくる。

もっと上手く立ち回れたのなら、理解のない友人だと思われずに、ハロルドを事件から遠ざけられたのだろうか。けれど、自分は全く器用ではない。そんなものは無理難題で。

子供のように、「駄目だ」と繰り返すしかなかった。

一体どうすればいいんだ？

ただ、彼に傷付いて欲しくない。

誰のことも、傷付けて欲しくないだけなのに。

「――ここにいたかハロルド、ヒエダ電索官」

エチカは、切り替わらない頭で振り向く――見れば、ナポロフ警部補がアパートから出てきたところだった。寒さに首を縮めながら、急ぎ足で近づいてくる。

「シュビン曰く、まだ当分かかるぞ」彼は建物を一瞥し、「私は一度市警に戻るが、今日はもう君たちの出番はなさそうだ。帰ってくれて構わんよ」

「私はここに残ります」ハロルドは即座に言い、「それと警部補、お願いがあるのですが」

エチカはつい、彼を見上げてしまう。アミクスは、ちらとこちらに視線を寄越して。

息が詰まった。

それは、今までにないほど突き放すような眼差しだったから。

「ヒエダ電索官が、現場の様子にショックを受けたようです。差し支えなければ、彼女をしばらくの間、捜査から外していただけないでしょうか」

エチカはもはや、声も出ない。

＊

「まさか、アミクスの彼に人間と喧嘩ができたとはな。驚いたよ」

サイドミラーに映り込んだ、アバーエフのアパートが遠ざかっていく——警察車両のシートはラーダ・ニーヴァよりも固く、どうにも座り心地が悪い。エチカは助手席にもたれたまま、運転席のナポロフを見やる。彼はどこか呆れ顔だった。

「すみません」なるべく気丈に詫びる。「その……ちょっとした意見の食い違いでして」

「次世代型の感情エンジンは豊かだそうだが、ここまでなのは勘弁だな」ナポロフは、わざと軽い口ぶりを選んでくれているようだ。「まあ今頃、思う存分に現場を検分しているだろう」

「ええ。だとしても……ご迷惑をお掛けしてしまいました」

つい、自分の二の腕に爪を立てる——あれからハロルドとは、アパートの駐車場で別れた。彼は、エチカを捜査から除外するようナポロフに進言したが、こちらが目に見えてショックを受けた顔をしてしまったためか、警部補は事情を見抜いてくれたのだ。

結局こうして、ナポロフに自宅へと送り届けてもらうことになった。

「市警に戻るついでだ。気にしなくていい」ナポロフは、いっそ申し訳なくなるほど穏やかで、

「何、ハロルドも明日になれば機嫌を直すだろう。大体のことは眠れば解決する」

「……アミクスも、そうだといいんですが」

警部補は、自分たちの諍いの原因までは知らない。

ハロルドの冷たい眼差しを思い出すだけで、息ができなくなる。

彼とは、これまでに何度も衝突してきた。だが、あんな風にはっきりと拒まれたのは初めてだ。それでも尚、図々しく問い質せればよかったのだろうが――明日、どんな顔をして会えばいい？　既に気が重くて、今し方の出来事を一切忘れてしまいたくなってくる。

過干渉だった。

でも、干渉せずにもいられなかった。

「とにかく電索官。君は、明日も大手を振って市警にきてくれ」

「分かりました」エチカは前髪をかき混ぜる。「その、警部補。個人的に……ルークラフト補助官を心配しています。彼は捜査に関わることで、必要以上の負担を感じるんじゃないかと」

「君の気持ちはよく分かるとも」ナポロフは同情的に頷く。「もちろん私も、ハロルドに無理をさせるつもりはない。様子を見て、異変を感じたらすぐに休ませる」

「ありがとうございます」

「だが……ハロルドにとって、そして我々にとっても、今回の件はまたとない好機だ」

ステアリングを握るナポロフの手に、力がこもる――考えてみれば市警にしても、単に、未解決事件が再び動き出そうとしているというだけではないのだ。

「我々もソゾンを殺された」彼は、脆い事実を扱うように紡ぐ。「ハロルドだけじゃなく、私にとっても重要な事件だ。彼は、大切な部下の一人だった」

エチカは下唇を噛む。自分はついハロルドのことばかりを案じていたが、その通りだ。

曰く事件当時、ナポロフは強盗殺人課の課長であり、『ペテルブルクの悪夢』を担当するソゾンを見守る立場にあったという。だが捜査を手助けするどころか、犯人にソゾンを誘拐され、みすみす殺させることを許してしまった。

「ソゾンが狙われるとは、誰も想定していなかったんだ」ナポロフは悔しそうに眉を寄せる。

「何せそれまでの被害者は皆友人派だったが、彼はどちらかといえば機械派だった」

エチカは怪訝な面持ちになってしまう。機械派？

「でも、ルークラフト補助官はアミクスですが……」

「私も詳しくは分からんが、ハロルドだけは特別だったらしい。そもそもソゾンは、家にもアミクスを置きたがらなかった。奥さんのほうは友人派だったがね」

――『ある日突然、あの子を拾って帰ってきたんですよ。うちにはアミクスがいないから丁度いいだろうって』

いつだったか、ダリヤはそう話していた。

あの家にアミクスがいなかったことに、そうした理由があったとは。

「犯人は、ソゾンの相棒がハロルド……アミクスだと認識していたはずだ。つまり彼のことを詳しく調べないまま、友人派だと思い込んで手を出したんだろうが」

「それは」エチカは記憶を辿りながら言う。「補助官を介して、市警を脅すために？」

以前、やはりダリヤから聞かされた話を反芻する——誘拐されたソゾンは無残に殺害されたが、同じく捕らわれたハロルドは無事に帰ってきた。つまり犯人の目的は、彼のメモリを通じて、凄惨な犯行現場を見せつけることだったのだ。『俺を追えばお前たちもこうなるぞ』と。

「あるいは、盛大な幕引きのつもりだったのかも知れん。実際あれを最後に、犯行はぱったりと止んでいた」ナポロフの表情が陰る。「ひどく後悔しているよ。あの時ハロルドの推理を信じてやれたのなら、彼を喪わずに済んだかも知れないと思うと……」

ソゾンが行方を眩ました際、誰よりも早くその居場所を突き止めたのは、ハロルドだった。しかしナポロフたち強盗殺人課の面々は、アミクスである彼の推理を軽んじたそうだ。

「当時の私たちは、別の人物に目星をつけていてな。既に証拠も揃っていた。今思えば犯人に誘導されていたんだろうが」彼は目頭を押さえて、「……すまない。ともかく、我々はこの好機を逃すわけにはいかないんだ」

「はい」ずしりと、重たくのしかかってくる。「分かっています」

「君の心配はもちろん理解している。ただ、ハロルドのことも汲んでやってくれ」

エチカは黙って、両手を握り合わせるしかなくて。

醜いエゴだと分かっていても、止められなくなってしまったのは、いつからなのだろう？

3

我ながら、陰湿なやり方でエチカを追い払ったという自覚があった。

アバーエフの遺体が現場から運び出されたのは、日がすっかり沈んだ頃だ——ハロルドはシュビンとともに、駐車場のバンへと積み込まれていく遺体収納袋を見送る。そこかしこで回転する警光灯は、夜を迎えても凍り付くことなく、ただ黙々と閃き続けていた。

「分析蟻の結果を見たけど……今回も、現場に手がかりはありませんでした」シュビンが独り言のように、ぼそぼそと言う。「感情的な犯行なのは間違いないです……でも、衝動的ではなかったということになります。じゃなかったら、指紋や衣服の繊維が残っているはずで、エントランスの監視カメラにも姿が映ってる……」

「例の画筆に関してはどうです？」

「同じく何も……もし仮に筆の品番を割り出せたとしても、一点物でもない限り、購入履歴から犯人の特定に繋げるのは不可能です」

ハロルドは擬似的な息を洩らす——現場から犯人の痕跡が上がってこないのは、ある意味ではこれまで通りだ。アバーエフの知人という線を捨てるのは、尚早だろう。

ただ――犯人は何故、血文字を書くために画筆を使ったのか？　単にメッセージを残すだけならば、指先でもよかったはずだ。犯人は手袋をはめていたのだから、どのみち指紋は移らない。画筆という道具から、自分の趣向を知られるとは考えなかったのだろうか――あるいはわざと知らせたいのか？　模倣犯に貶められたと感じたことで、自分の存在を主張したくなった？

どちらにしても。

「ともかく、次の殺人が起きる前に奴を探し出さなければなりません」

「次？」シュビンが問うてくる。「どうして……次があると分かるんですか」

「可能性の話ですよ。今回は報復のために現れたのだとしても、この一件で再び殺人の快楽を思い出して、犯行を重ねる恐れも捨てきれませんから」

二年半前、犯人はソゾンを殺して以降、一切の犯行を止めた。その理由は未だに判然としない。だがこうして表舞台に再び現れた以上、あっさりと報復に満足して立ち去るとも思えない。

――むしろ計画が成功したことで、自信をつけて次の被害者を見繕うのではないか。

「念のため、被害者遺族にも警告するべきです。アバーエフが狙われた今、彼らも標的にならないとは限りません。何なら、各家庭に警官を派遣したほうがいいかと」

「……ナポロフ警部補に伝えます。丁度、別件で用事がありますので」

ハロルドはふと思い至り、訊ねた。「今でも彼の『カウンセリング』を？」

「はあ」シュビンの目がこちらを見る。陰鬱なほど静かで、昔から全く内面が読み取れない。「確かに強盗殺人課にいた頃は、仕事のことで色々と相談に乗ってもらっていました。ただ……今はもう平気です」

ソゾンはシュビンを、『サインが少ない人間の典型』と称していた。

彼のように感情の表出や非言語行動が乏しい人々は、ごく少数だが存在する。

「失礼しました」ハロルドはそつなく詫びた。シュビンの心情は見抜けないまでも、不躾な発言だったように思えたのだ。どうやら自分も冷静ではない。「しかしあなたのお陰で、犯人が美術に関心があるかも知れないという新たな情報が手に入った。感謝します」

「……僕が何も言わなくても、どのみち分析蟻が割り出しましたよ」

シュビンは素っ気なく答え、さっさと歩き出そうとする。ハロルドが呼び止めると、彼は淡々と振り向いて——こちらから、片手を差し出した。

「もしよろしければ、貸していただけませんか。何か手がかりを見出せるかも知れません」

シュビンはそこで、小脇に挟んでいるタブレット端末を思い出したようだ。透明な証拠保管袋に入ったそれは、あの血文字の下敷きにされていたアバーエフのものだった。

「袋から出さないで下さい。すぐに……取りにきますから」

シュビンは小さく念を押して、今度こそ離れていく——ハロルドは彼が遠ざかると、迷わず保管袋を開けた。どのみち自分の手に指紋はないのだ。堂々とタブレット端末を取り出して、起動する。

アバーエフと犯人が知人だとして、やりとりはユア・フォルマで済ませるはずだ。だが運良く、端末に何らかの履歴が残っていたりはしないだろうか。一縷の望みをかけたかった。

画面から洩れる明かりが、薄闇を押し上げて。

──『駄目だ。わたしは……賛成できない』

思い詰めたようなエチカの顔が、メモリ内で再生される。

我ながら、最低な真似をした。

友人に取るべき態度ではない。

正直、感情エンジンに比重が傾きすぎた。当然だが、実際に彼女が捜査から外されることはないだろう。ナポロフはこちらの状態を単なる諍いだと見なしているし──実際それに近しいとは思うが──これから犯人を追う上で、また電索が必要になることも考えられる。

だとしても邪魔されないよう、なるべく遠ざけておきたい。

ソゾンが殺された日からずっと、この時を待っていた。

事件の捜査が再開され、再び犯人を追いかけることができる時を。

もう、同じ轍は踏まない。

何としてでも、見つけてみせる。

それに──疑問だった。

　エチカは何故、あそこまで頑なな態度を取ったのだろうか？

　自分を心配してくれているのは事実だろうが、だとしても過剰だ。

　いつかの懸念が、首をもたげてくる。彼女は単に過保護なだけではなく、自分の『秘密』に
——神経模倣システムに勘付いているのではないか、と。だからこそ、こちらが何れ犯人に手を下すことを恐れて、反対したのでは——だがもしそうなら、そもそもエチカがハロルドを告発しない理由がない。何せ自分のシステムはトスティ同様、国際AI運用法に反している。黙認すれば、それだけで罪になる。捜査官である彼女が犯罪を犯してまで、『壊れない補助官』を繋ぎ止めたがっているとは考えにくかった。けれど思えば、エチカは自分の『姉』であるマトイを、罪だと知りながら隠し持っていて……しかし……。

　——駄目だ。エチカのタスクに関しては、毎回本当に際限がない。

　際限がなさすぎて、処理が圧迫される。

　分かりやすく言えば、どうにも苦しくなる。

　今は、犯人のことだけを考えていたいのに。

　余裕を失いすぎだろう。

　ハロルドは億劫な気分で、端末の画面を眺める。起動処理が終わり、人影が映し出されたところだった。

　一瞬、回路が冷える。

そういえば、デジタルクローンのデータはここに入っていると、シュビンが言っていたか。決して忘れていたわけではない。ただ——起動した瞬間に遭遇することを、想定していなかっただけで。

ソゾンは、画面の中からこちらを見つめ返していた。

静かな黒い髪も、精悍な顔立ちも、全てを見抜いた鉛の瞳も、何もかもが彼そのものだ。唯一異なるのは、シャツのボタンを一つ残らず留めていることくらいだろうか——だが彼は、ちゃんとまばたきをしていた。恐らく呼吸もしていた。視覚デバイスでも認識が難しいほど、ゆるやかにだが。

生身の人間の体が持つわずかな『ゆらぎ』は、不気味の谷を取り除く上でも重要な要素なのだという。アミクスに擬似呼吸があるのもこのためだが、まさかデジタルクローンにまで応用されているとは思わなかった。

——だからだろうか。

モニタから目を離せないまま、ハロルドはつい、呼びかけてしまって。

「ソゾン、」

彼の眼差しが、こちらを捉まえる。

『やあ。初めまして』

冷や水を、浴びせられたような心地がした。

デジタルクローンは、依頼者が提供する故人のデータを元に作成される——だが、自分とソゾンは常に一緒に行動していたから、ウェブ上に残された足跡は最小限だっただろう。かといって、エレーナが実家から掻き集めたデータは、彼が学生の頃のものが中心だったはずだ。

つまり当然のように、ハロルドとの記録は組み込まれなかった。

一瞬でも感傷的になった自分が、ひどく滑稽に思える。所詮、これは同類なのだ。分かっていたじゃないか。本物ではない。いっそ、愚かなほど易しい存在に過ぎないのだと。

なのに、一体どうして話しかけた？

まさか——シュビンから端末を借りようとしたことさえ、自分でも無意識のうちに、ソゾンと再び言葉を交わせることを期待しての行動だったのだろうか。

またしても、神経模倣システムが見せる『人間らしい』思考に、嫌気が差して。

彼は死んだ。

あの日、自分が救えなかったのだ。

それなのに、たとえ偽物だとしても、顔を見て何を言うつもりでいたのか。

言えるつもりでいたのか。

許しを乞えるとでも？

——許して欲しいだなんて、一度も、思ったことはないだろうに。

気付けば、首に巻いたマフラーをきつく摑んでいて。

思考のタスクが、混濁して、絡まる。

入れ替わるように、エチカの声が浮き上がる。

——『わたしは、単に……きみの気持ちとか、そういうものが傷付くんじゃないかと、心配で』

傷付いて、だからどうだというのだろうか？　そんなもの、幾らでも傷付けばいい。自分よりも、過ぎし日のソゾンのほうが、ダリヤたちのほうが、もっと——もっと苦しんでいるのだ。

なのに、彼女は。

システムの負荷が高い。

デジタルクローンを無視し、メッセージの履歴などを調べた。機能自体に使われた形跡がない。メディアフォルダから、アバーエフの娘の写真がちらほらと出てきただけで——シュビンが、早々とこちらへ戻ってこようとしている。ハロルドはそっと、端末の電源を落とす。

道標は、変わらない。

変わってはならないのだ。

——あの日から、ずっと。

YOUR FORMA
幕　間—I wanna go home with you.

1

ハロルドとソゾンが出会ったのは、四年前の冬だ。

ともかくも騒々しく、凍てつくような朝だったことを覚えている。

フォンタンカ川近くの腐臭が漂う路地には、毎日のように、針にも似た寒風が走り抜けていた。だからハロルドも日々両膝に顔をうずめて、押し寄せるそれにじっと耐える。でなければ今にも、循環液がどろどろに濁ったボディをへし折られかねない。あるいは、劣化した人工皮膚が粉々になるかも知れない——何せいつの頃からか、システムにはメンテナンスを推奨する警告が表示され続けている。

「……で、これは一体何なんだ？」

「浮浪アミクスですよ。こんなところにもいるんですね、可哀想に」

「捜査の邪魔だ、どこかに連れていってくれ」

「まあそう言わず。運がよければ、犯行を目撃しているかも知れません」左肩に、人の掌を検知。あたたかい。「おい、おーい、起きてるか？　ちょっと聞いてもいいかい？」

ハロルドは、のろりと面を上げる——途端に、傍らに寄り添っていた野良猫が立ち上がった。

いつも一緒に寝起きしている『同居人』で、薄汚れた白い毛並みが愛らしい。

「スノウ」

ハロルドは名前を呼んだが、猫は振り向きもせず、そそくさとどこかへいってしまった――また日が暮れる前に、この路地へ帰ってくるだろう。いつもそうなのだ。

「猫に名前をつけてる」呆れたような声が聞こえた。「どう見ても故障してるぞ、そいつ」

「ソゾン。何度も言いますけど僕は友人派なんだ、彼らにだって心はあるんですよ」

「心ね。アキム、その優しさを自分の父親にも向けてやったらどうだ？」

「…………あんたが何を見透かそうが勝手ですが、うちの事情には口を出さないで下さい」

ハロルドは処理速度の鈍った頭で、ようやく目の前の人間たちを仰ぎ見る。視覚デバイスのノイズがひどいが、二人だと認識できた。片方は黒髪で背が高く、もう片方は赤毛で小柄だ。

「警察だ」赤毛のほうが、ＩＤカードを見せてくる。「彼女が殺害される現場を見たかい？」

ちらりと瞳を動かす。路地の先で、引かれたホロテープが明滅していた。焦点が合いにくいが、地面に一人の女性が倒れている。その顔は火傷を負ったかの如く無残な有様で――周囲を、市警のジャンパが忙しなくうろつく。捜査用と思しき、蟻のようなロボットも。

放っておいてくれと言いたかったが、人間のことは敬わなくてはならない。彼らの要求に応えることが、アミクスの誇りだ。壊れかけた自分に残った、最後のプライド。

だがそうか。

彼らは、警察か。

「確か……夜明け前に、この路地を男性が通りがかりました」メモリを振り返ろうとするが、処理が停滞する。強引に押し進めて。「彼女がいつからそこにいたのかは、分かりません。視視覚デバイスに障害があり、はっきりと物が見えないのです」

「その男の特徴は？　どんな些細なことでもいいんだが」

「俺の見立てでは、この連続通り魔は二十代後半だ」黒髪の刑事が淡々と並べる。「現場に残された靴跡からして、身長は一六五から一七〇前後。毎回被害者の顔に塩酸をかけるのは、自分自身が顔もしくは身体的に、何か激しいコンプレックスを抱えているためだろう」

「ソゾン、プロファイルはもういい。僕は物的証拠が欲しいんですよ」

ハロルドはやっとこさ、該当メモリへと辿り着く。視覚デバイスの暗視機能が半分故障しているため、記録はやや不鮮明だった。それでも、自分のほうへと逃げるように走ってくる男の姿が残っている——ほとんど朦朧としながら、言った。

「手術痕が、ありますね。右頬に……」二人の刑事が、こちらを見る気配。「端末とUSBケーブルがあれば、メモリ画像をお渡しできますが、どうなさい——」

以降の声は、システム内に轟く警告音にかき消された。メモリ検索に処理能力を割いた影響で、循環液の管理にまで手が回らなくなったらしい。《強制機能停止へ移行》、こうなってからは冬眠する蜂さながら、極力何も考えないよう気を付けてきたのだが——ここまでか。

最期くらい、何か感慨深い思い出に浸りたかったが、そんな余力もない。

知覚への入力が急停止し、ずぶりと、暗黒へ落ちていく。


マデレーン英国女王の崩御から、二年が経過していた。

王室に献上された自分たちRFモデルは、国内の慈善団体へと寄付されたものの、運悪く盗難に遭った。その後、違法な闇オークションで売られる羽目になったらしい——ハロルドに、その間の記憶は一切ない。自分はずっと、強制機能停止状態だったためだ。

再起動してようやく、自分が、モスクワ近郊に住む資産家に買われたことを知った——北欧諸国で最大手の製薬会社代表であり、密かにマフィアとも繋がりを持っているような、清廉潔白とは言いがたい男だ。彼は盗品の蒐集家で、ハロルドのことも鑑賞用として買い上げたらしく、自分は彼の自宅にある『展示室』のショーケースに押し込められた。

「いいかアミクス、お前は私や客人の目を楽しませるためにある」男はそう言い、「黙って愛想を振りまいていればいい。難しいことは何もないだろう？　人間を喜ばせるんだ」

正直、戸惑った。少なくともウィンザー城での生活において、こんなケースの中に閉じ込められたことは一度もない——はじめは、その感覚が『苦痛』と呼ばれるものだということにさえ、気付けなかった。

きっと従来型のアミクスならば、何の苦も感じなかったはずだ。

ただ、次世代型汎用人工知能の自分は、そうはつくられていなかった。

ハロルドは、自由に考えることができた。細やかな感情を覚えることもできた。自分を買った主と同じように、それなりの自尊心もあるつもりでいた——だから、ショーケースの中はあまりにも窮屈すぎた。毎週末のパーティで呼び寄せられる客人が、自分を舐めるように眺めていく度、度し難い『苦痛』を覚えた。『不愉快』だと感じ、苛立った。

そうして最後には決まって、そんな自分を激しく嫌悪した。

敬愛規律がありながら、人間を敬うことができないだなんてどうかしている、と。

ウィンザー城で過ごしていた頃は、こんな気持ちに襲われたことなど一度もなかったのに。

自分は、どこかが故障してしまったに違いない。

そうやって鬱屈とした時、ハロルドを掬い上げてくれるのは過去の追想——完璧なメモリたちだ。特に、生まれて間もなかった頃の日々を、たびたび思い出した。

「——アミクスには、『敬愛規律』というものがあってね」

真冬のロンドンは飽きもせず曇り続きで、その日も、窓の外は美しい灰色だった——レクシー・ウィロウ・カーター博士が、メンテナンスルームの中を歩いている。彼女のスニーカーがきゅっきゅっと床を擦る音を、自分たち『兄弟』は肩を並べて聞いていた。その音は、システムにとって何故だか心地よかった。

「『敬愛規律』ってのは、あー、君たちのプログラムも一応知っているだろうけれど」

「『人間を尊敬し、人間の命令を素直に聞き、人間を絶対に攻撃しない』ですね」

すらすらと答えたのは、長男のスティーブだ。初めて起動してからまださほど経っていないのに、自分たちには少しずつ個性が現れ始めていて、彼はとにかく真面目一辺倒だった。

「その通りだスティーブ。所謂、アミクスと人間の約束事みたいなもので――」

「どうしてですか博士？」末っ子のマーヴィンが遮る。彼はあまり人の話を最後まで聞かない。

「何のために『人間を尊敬して、素直に命令を聞いて、攻撃しない』が必要ですか？」

「君らは人間と似て非なる存在だからね。他の人たちを怖がらせないように、そういう約束をしておく必要があるんだよ」

「はあ」マーヴィンは腑に落ちないようだ。「でも、私自身は約束した記憶がありません」

「予め、製造段階においてプログラムされているという意味だ」ハロルドは彼を諭した。「私たち自身が、約束するかどうかを決めるわけではない」

するとマーヴィンは、どこか呆れたように目を細めて見せたのだ――もしかしたら彼は、既に気が付いていたのかも知れない。レクシー博士は『約束』という曖昧な表現を使い、決して『敬愛規律がプログラムされている』と言わなかったことに。

これはソゾンの死後に知ったが、博士が自分たちに真実を教えなかったのは、「そのほうが面白い」からだそうだ。彼女はそういう母親で、自分は彼女の実験対象だった。

ともかくも敬愛規律は建前に過ぎず、実際は存在しない。

特に、神経模倣システムによって思考するＲＦモデルの感情エンジンは、極めて人間に近しい——つまりハロルドが人間を敬いきれずに苛立(いらだ)ったとして、それは故障しているのではなく、紛れもない正常な反応に過ぎなかった。

だが当時、自分はそのことに思い至れなかった。

むしろ、敬愛規律から逸脱していることを必死で隠そうとし続けて。

永遠の如(ごと)く思われたショーケースでの日常も、唐突に終わりを告げる。

「あなたを逃がしてあげるわ」

そう言ったのは、毎日のように『展示室』を訪れていた、資産家の男の愛人だ。彼女は一方的にハロルドに同情し、ロンドンへ送り返そうとした。こちらからは何も頼んでいないどころか、自分は男の命令通り、彼女と言葉を交わすことさえしていなかったのに——彼女は、ハロルドを強引に空港へと連れ出そうとしたようだ。ようだというのは、その時の自分はまたしても強制機能停止(シャットダウン)させられていて、記憶に残っていないからである。

再び目覚めると、そこはロンドンではなく、ペテルブルク市内の路地裏だった。

一体何があったのかは、分からないし、知りたくもない。

ともかく、ショーケースの中からは逃れることができた。

しかし次に待っていたのは、浮浪アミクスとしての過酷な生活だ。

毎日、街の片隅をふらふらとさまよった。風雨にさらされ続けたボディは、あっという間にぼろぼろになった。日々、自分の稼働時間が短くなっていくことを実感した。冬が近づくにつれ、システムにもエラーが頻出し始める。冷え込みにより、循環液の流れに悪影響が出ているのか何なのか――自己診断が機能しなくなって久しいので、原因は分からない。徐々に、体が動かなくなっていった。

自分から、遺失物として警察機関に名乗り出ようと思ったことは、一度もない。

あの資産家の男に見つかりたくなかったというよりも、そうすれば彼の罪――闇オークションでハロルドを買ったことが公になってしまうためだ。敬愛規律は人間への尊敬を約束させている一方、罪を犯した人間を進んで告発しろとは命じていない。

自分は、自分を買ったあの男を敬い、守らなくてはいけないと信じていた。

今思えば、己のためにそうしていただけだ。

人間を敬えない異常な自分から目を逸らしたくて、懸命に従順なふりをしていただけ。

フォンタンカ川の傍に居心地のいい路地を見つけて、居座るようになった。あまり人が通りがからず、浮浪アミクスを保護したがるお節介なボランティアの目にも付かない。一匹、白い野良猫が住み着いていて、安直に『スノウ』と名前を付けた。彼もハロルドを気に入ってくれて、二人で毎日寄り添って過ごした。

最後を待つだけだったが、多分、幸せだった。

何せ生まれた時から、英国王室に献上されるという運命は既に決まっていて。

闇オークションで男に買われたあとも、何をすべきかは全て、男が定めた。

あの愛人は一方的な同情に酔って、頼んでもいないのに、自分を勝手に解き放った。

何一つ、ハロルドが望んだことではなかった。

ならば望みがあるのかと問われれば、きっと、上手くは答えられないのだろうが……。

せめて、このまま静かに、終わっていきたい。

これは所謂、『自殺願望』と呼ぶべき代物だろうか？

——レクシー博士はＲＦモデルを、些かウエットにつくりすぎている。

2

路地で倒れた自分は、幸か不幸か、再び目覚めてしまった。

そこは、ペテルブルク市内の修理工場だった。再起動した時点で、適合率の低い量産型用の眼球や皮膚を検出した。が、思考はマシになっている。循環液が入れ替わったお陰で、充電効率が回復し、処理速度が標準へと近づいたためだろう。

そして——回復した自分を待っていたのは、不機嫌そうなあの黒髪の刑事だった。

「こいつは一体何なんだ。修理代だけで、強盗殺人課の予算を食い潰す気か？」

「カスタマイズモデルなら普通ですよ」技術者が呆れ顔で答えている。「ちなみにこの手のモデルの正規パーツは、ロンドン本社から取り寄せる必要がありまして、今回は代用品で対応しています。これでも安いほうです」

「冗談だろ……」刑事は頭が痛そうだった。「頼んでおいたメモリは？」

「こちらに」技術者が記憶媒体を手渡している。「視覚デバイスの機能が低下していたので多少不鮮明ですが、ＡＩの画像補正を併用していただければ問題ないかと」

「どうも。助かったよ」

刑事はきびすを返して、離れていく。ハロルドが突っ立っていたら、技術者が背中を押してきた。なので素直に、彼を追いかける――思考が人間並みに鈍い。どうやらまだ、システム内には大量のゴミが溜まっているようだ。やはり、レクシー博士に診てもらわなくては駄目か。

そうして建物の外に出ると、途端に、色彩豊かな雑踏が知覚デバイスに飛び込んできた。ハロルドは処理が追いつかず、その場に固まってしまう。通行人のコートの毛羽立ちから、灯ったばかりの街路灯の輝き、道路を走る車たちのモーター音の細かな違いまで、ありとあらゆる感覚が一度に刺激されて――自分が今まで、どれほどひどい状態だったのかを思い知った。

そういえば、世界とは本来、これほど鮮やかな姿をしていたのだ。

何だか久々に胸を打たれていたら、

「――俺についてくるな、アミクス」

前をいく刑事が、迷惑そうに振り返る。ようやく、まともにその容貌を認識して――精悍な顔つきは、三十歳前後の人間のものだ。黒い髪はわずかな明かりも寄せ付けず、真夜中の静寂を思わせる。鉛で濡らしたように芯のある瞳が、ひどく印象深くて。

確かに、刑事から離れるという選択は正しい。何せ彼はまだ勘付いていないようだが、自分は盗品なのだ――主を守るため、また浮浪アミクスに戻り、身を隠すのが賢明だった。

だが。

「捜査のために、お前のメモリが必要だっただけだ。さっさと帰れ」

刑事は追い払うように手を振って、そのまま歩き去っていく。

ハロルドはしばし、立ち尽くしてしまった。

――『帰れ』

行き場のない今の自分には、処理しきれない言葉で。

勝手に修理して、勝手に放り出して、勝手にいなくなった。

ああだから――人間に『怒り』を向けてはいけないのに、どうして。

結局、自分が盗品だということは、数日後には市警察の知るところとなった。

何でも、例の修理工場の技術者が不審に思い、記録したシリアルナンバーを見直してRFモデルだと気付いたらしい――結果、ハロルドは路地に押しかけてきた警察官たちに回収された。

ちなみに猫のスノウとは、それきり一度も会っていない。

　ハロルドは窃盗課の埃っぽいミーティングルームに押し込まれ、数人の刑事に取り囲まれた。左胸のシリアルナンバーを確認する際、一人が乱暴にシャツを引っ張って破いてしまったが、誰一人として謝らない。まあ、もともとぼろ切れだったが――ここは機械派ばかりか。

　やがて、呼びつけられたらしい例の黒髪の刑事が姿を見せる。今日は、あの路地で連れ添っていた赤毛の相棒と一緒だった。

「丁度あんたらを呼ぼうと思っていた。このアミクスは、国際刑事警察機構へ盗難届が出ている」こちらの服を破いた刑事が、苛立ったように追及する。「何で最初にシリアルナンバーを確かめなかったんだ。強盗殺人課は、死体以外に興味がないのか？」

「まあその通りだ」

「ソゾン！　いやすみません、僕たちの不注意です。そこまで気が回っていなくて……」

「どうせ、大嫌いなアミクスのことは知りたくもなかったんだろう」刑事が、黒髪の彼にちくちくと嫌味を言う。「ソゾン。例の連続通り魔を逮捕できたのは、このアミクスのメモリのお陰だったらしいな。お得意の推理が役に立たなくて残念だ」

「これは忠告だが」彼――ソゾンは表情を一切変えずに、「今日家に帰ったら二階のクローゼットを開けてみろ、奥さんが出ていく準備をしている。賭け事はもうやめることだ」

「……………とっくにやめたさ」

「ならいいが」ソゾンは首を傾けて、「別件でこいつに聞きたいことがある。外してくれ」

窃盗課の面々は分かりやすく鼻白むと、彼らに罵声を浴びせながらミーティングルームを出ていく。それはもう険悪な空気だったが、ソゾンは気にした様子もない。しかし。

「もううんざりだ」彼の相棒は、違ったようだ。「あんた、何回言ったら分かるんですか。そうやって人のことをあれこれと……いつも僕が謝らなきゃならなくなる。勘弁してくれ」

「お前こそ、事なかれ主義を直せ。下手に出すぎて、雑用ばかり押しつけられているだろ」

「僕には僕のやり方があるんですよ、あんたみたいに全部見透かせるわけじゃないんでね」

「俺も全てが分かるわけじゃない」

「分かってるでしょうが。あと、いちいちうちの家族のことに口出しするのもやめてくれ！」

相棒はすっかり頭に血が上った様子で、扉を蹴り開けるようにして姿を消す——あとには、ソゾン一人が残される。彼はしばし、けたたましく閉ざされたドアを見つめていたが、やがてテーブルに寄りかかった。ポケットから取り出したのは、今時珍しい紙巻き煙草だ。

老婆心というわけではないが、ハロルドはつい、声を掛けてしまう。

「非常に申し上げにくいですが、でたらめを言って他人を傷付けるのは感心しません」

「でたらめに聞こえたか？」彼はライターを擦って、煙草に火を点けた。「人間には無数のサインがあるんだ。大抵は、よく見れば向こうが勝手に教えてくれる」

「……似たフレーズを知っています。『君は見ているが観察していない』」

「お前も、シャーロック・ホームズと同じく英国製らしいな」彼はこちらを振り向き、咥えた煙草を揺らす。「例の通り魔だが、お前のメモリが決め手となって身元を特定できた。感謝する。それと、盗品だと気付かなくて悪かったな」

まさしく形式的な、淡々とした口ぶりだ。先日の態度や、先ほどの窃盗課の言葉が確かなら、彼はアミクスを快く思っていない——これまた機械派なのだろう。

「私も、主人のために黙っていましたので」ハロルドはシャツのボタンを留めようとしたが、千切れていたので諦めた。「彼は……違法取引の罪で逮捕されることになるのでしょうか」

「そうしたいが、あの手の闇オークションはお偉いさん方を随分と抱き込んでいる。証拠として成立しない。奴をしょっぴくには、他の理由が必要だ」

「…………まさか、私に協力を求めていますか？」

「使えそうなネタは既に見つけてある」

彼は言って、手首に巻いた腕時計型のウェアラブル端末を操作した。が、なかなかホロブラウザが立ち上がらない——静かな悪戦苦闘の末、ようやくブラウザが開いたと思いきや、ミスでぱっと消える。億劫そうな舌打ちが聞こえた。

もしや。

「失礼ですが、機械が苦手でいらっしゃいますか？」

「何だって？」

「いいえ」睨まれたので、目を逸らす。「端末の操作なら、私もお手伝いできます」

「黙ってろ、いつも通りならそろそろ上手くいく。運が必要なんだ」

ただブラウザを立ち上げるだけだ、運も何もない——ハロルドは表情を変えずに呆れた。まさかこの男、アミクスが嫌いだと言い張っているのも機械音痴なせいではないだろうな？

だがそんな考えも、ホロブラウザが展開した途端に吹き飛んでしまう。

「去年の五月頃、モスクワの廃棄物処理場でこの女性の死体が見つかった」

ブラウザに表示された顔写真には、当然のように見覚えがある。あの資産家の愛人で、自分を勝手に逃がした彼女だった。ハロルドを逃走させたことが決め手となったのか、他に理由があるのかは分からないが——何れにしても、殺されたわけだ。

彼女に特別な思い入れはない。しかし、命を落としたと聞けば素直に胸が痛む。

「事件はモスクワ警察の管轄だが、例の資産家が容疑者に浮上している。だが、奴と被害者の接点は巧妙に隠れていて見えない」ソゾンはそう続け、「ペテルブルク市警にこの情報が回ってきたのは、お前があの男と関係しているからだ。要するに、またメモリが欲しい」

即座に答えていた。「私は従順なアミクスです、彼を売れません」

「敬愛規律ってのは面倒だな」ソゾンが、テーブルに放置されていたUSBケーブルを手に取る。「なら、俺がメモリを引っこ抜く分には問題ないだろ。接続ポートを出せ」

やや不安になった。「コネクタの挿し方はご存じですか？」

「いいジョークだな」

「できれば相棒の方を呼んで下さい」

「早くしろ」

まあ、幾ら何でも接続一つで壊されることはないだろう。ハロルドは内心渋々、左耳をずらす。ソゾンは——何と信じられないことに——若干手こずりながら、ポートにコネクタを挿した。自らの端末へと、ぎこちなくケーブルを繋ぎ合わせる。

「本当にユア・フォルマユーザーなのですか?」

「黙って見ていられないのか?」

彼の端末へとメモリが引き出されていくのを眺めながら、ハロルドは例の資産家を思い浮かべる。これで遅かれ早かれ、あの男は逮捕されるだろう——愕然とした。自分はそこに対して何ら抵抗感を覚えないどころか、「よかった」と安堵してしまったのだから。

彼の罪を押し隠すために、ずっと浮浪アミクスでいたはずなのに。

本当は、さっさと警察に見つけて欲しかったのだろうか?

この欠陥品め。消えたくなる。

「窃盗課は、お前をロンドンに送り返すそうだ」ソゾンが灰皿で煙草をもみ消す。「あの修理工場の技術者も言っていたが、相当がたがきているらしい。お払い箱になるかもな」

それは、果たして軽口だったのか嫌味だったのか。

今の自分には、後者に聞こえた。

「……私はあなたの捜査に協力しました。何故、友好的でいて下さらないのです？」

「前提が違う、協力するのは当然だ。アミクスは人間の『友人』なんだろ？」

——彼らは、本当に勝手だ。

ソゾンの無礼な態度に苛立ったのは、事実だった。だが、きっとそれだけではない。彼の姿を通して、自分を盗み出して闇オークションに売った窃盗犯、あの資産家の男、殺された愛人の女性、ショーケースの向こうからこちらを眺めていた両目……次から次へと、人間たちの顔がちらついてしまって。

自分は今なお、敬愛規律に誇りを持っているはずだ。

それでも——口にせずにはいられなくなった。

「刑事。あなたはあの路地で、連続通り魔のことを『容姿にコンプレックスがあって他人を傷付けた』と言っていましたね」穏やかな口調が、崩れかかっている。「人間にそうした裏腹な側面があると仮定して、あなたのコンプレックスは何でしょう？」

ソゾンが眉をひそめた。「何の話だ」

「アミクスに対して否定的なのは、あなたに何らかのコンプレックスがあるからでは？　たとえば、我々は容易に円滑な人間関係を築けますが、あなたは見たところ同僚と衝突してばかりだ。私たちはよく、そういった理由で人間の嫉妬を買います。あなたもそうなのですか？」

ほとんど、まくし立てているに近い。

ソゾンはかすかに目を見開いたままで。

だが——今のこれは、敬愛規律に背いたことにはならないはずだ。所謂、次世代型汎用人工知能に搭載された『人間らしさ』の一環に過ぎない。そうだ、彼を侮辱したわけではない。だから問題ない。

誰に問われたわけでもないのに、自分自身に言い訳して。

「……ご不快になられたのなら、すみません」

ハロルドは自己嫌悪から、そう詫びてしまう。

だが。

「——別にお前らが嫌いなわけじゃない。単に、アミクスと接する人間が恐ろしいだけだ」

ソゾンは腹を立てるどころか、打って変わって、真っ直ぐにハロルドへと視線を向けていた——鉛の瞳の奥に、先ほどまでとは違う何かが、見え隠れしたような気がする。

想定外の反応に、自分もやや驚きを滲ませてしまって。

「……仰っていることがよく理解できないのですが」

「いいか。さっきも言ったが、人には『サイン』がある。そして機械と接する時、どんな人間も大抵歪む」その唇が、自嘲気味に弧を描く。「極端に手荒になるのはもちろんそうだが、過剰に優しくなる奴もいる。皆、鬱憤やら願望やらをアミクスに反映させるからな」

お前らはただ、人間の望み通りに振る舞っているだけなのに、と彼は呟いて。

「俺はそういうものを信じたくない。自分が歪みたくない。だからアミクスを突き放すが……実際はそうすること自体がもう、既に歪んでいるのかもな」

歪んでいる。

たとえば、ハロルドを研究対象として愛するレクシー博士のように。

たとえば、ハロルドを高価で希少なアミクスとして閉じ込めたあの資産家のように。

たとえば、ハロルドを哀れでどうしようもない存在だと同情したあの愛人のように。

たとえば、たとえば、たとえば……もうずっと、そんなことばかりだ。

機械が人間の欲求に応えるのは当然だ。機械が人間を喜ばせるのは、不愉快にさせないのは、当然だ。理想的な機械仕掛けの友人は、そのためにこそ存在する。

我々に何を投影するのかは、人間に与えられた自由で。

彼らの望みに応じるのが、機械の誇りだと教えられた。

けれど、その状態を嫌悪する人間を目の当たりにしたのは、これが初めてだ。

純粋に——彼に対して、興味が湧く。

「つまり……あなたは、本当の意味でのアミクス嫌いではないのですね？」

「どうなんだろうな」ソゾンはいつの間にか、真顔に戻っている。「実際、得意でもない」

「我々は端末のようにタップせずとも、話しかけるだけで命令に従いますよ」

「冗談を言うタイミングか？」

「失礼。つい……」どうしてか、あれほど苛立ちの渦巻いていた思考が、ほんの少し軽くなっている。「あなたのような価値観をお持ちの方は、初めて見ましたので」

ハロルドは自然と、頬を緩めていた。人間に対して素直に微笑むことができたのは、随分と久しぶりだな、と思って。

少なくとも彼は、自分たちのことを映し鏡だと理解している。

これまでのことを鑑みれば、それはどこか、救いのように感じられたのだ。

「確かに……俺も、お前みたいなアミクスは初めて見たよ」

ソゾンはメモリのコピーを終えると、ハロルドからＵＳＢケーブルを引き抜く。その右手の薬指に、飾り気のない指輪が光っていた。家族がいるようだ。

彼には、帰る家がある。

今思えばその時に、一瞬でも「自分も帰る場所が欲しい」と考えたことを、見透かされたのかも知れない。彼は最期まで、アミクスのサインを見抜けるとは一言も言わなかったが。

時折想像で、この場面に、そんな付加価値を持たせてしまう。

「お前、俺の捜査を手伝わないか？」

ソゾンがそう提案したのは本当に唐突で、ハロルドは静かに処理落ちしたほどだった——一瞬にして疑問が溢れる。それはどういう意味だ？　相棒と和解できそうにないからか？　でも自分はもうすぐロンドンへ戻る。それにあなたは、アミクスと関わることを嫌っていたはずでは――だが巡り巡って口を突いたのは、もっと些細なことで。

「お名前を、まだうかがっていません」

そう問いかけて、はたとする。もはや彼の提案を肯定したに等しいではないか、と。

刑事は実に面倒くさそうに、かすかに鼻を鳴らした。

「ソゾンだ。――ソゾン・アルトゥーロヴィチ・チェルノフ」

＊

驚くべきことに、ソゾンは、ハロルドの新しい所有者になるつもりでいたようだ。

つまり「捜査を手伝わないか」という彼の提案は、自分が考えていたよりもずっと広い意味を含んでいたことになる――ソゾンに引き取られるにあたり、メンテナンスや事務手続きのため、彼と一緒にロンドンのノワエ・ロボティクス本社を訪れた。その際、ソゾンはレクシー博士に直接交渉した。博士は反対するどころか、「ハロルドが刑事になるの？　面白そうだからいいよ」とあっさり承諾してしまった――思えば、博士はそういう人だった。どちらかといえば、ソゾンのほうが拍子抜けしていたくらいだ。

ロンドンからペテルブルクへと帰る朝は、雪が降っていた。かなり珍しい出来事だ。何でも、数年ぶりの大寒波が到来したらしい――ヒースロー空港へと向かう道すがら、ソゾンが適当に買い足した黒い傘は、みるみるうちに真っ白く染め上がっていった。

　そこに至ってようやく、ハロルドは彼に問いかけたのだ。

「どうして私を引き取ろうとお思いに？　カスタマイズモデルは、維持費も高いですよ」

「お前が俺の仕事を手伝ううちは、市警から補助が出る」彼は眠りが浅かったのか、少し疲れた顔でそう言っていた。「一瞬で俺の本質を見抜いたお前には、才能がありそうだからな」

　サインを見抜く才能、という意味だろう。

「どちらかといえば、特性に近いかと。レクシー博士からお聞きになった通り、私は次世代型汎用人工知能のＲＦモデルです。特定の学習を繰り返すことで、より優れた成果を――」

「やってみて、お前がつまらないと思ったら別にやめていい」

「はい」途端に、ハロルドはわけがわからなくなった。「やめてどうなります？　あなたは自分の捜査補佐として、私の性能に期待しているのでは？」

「ああそうだな。だが、繊細なお前に無理強いするつもりもない」彼は神経模倣システムの存在こそ知らされていないが、次世代型汎用人工知能の感情エンジンが、従来のアミクスとは比べものにならないほど豊かであることは聞かされた。「別に何もしなくたって、家には置いてやるさ。あの博士の元に戻りたくなるまでは……それに」

　ソゾンはそこで一度、物思うように宙を眺めて、

「――お前を勝手に修理したのは、俺だからな」

彼は変わらない歩調で、歩いていく。

ハロルドはと言えば、その場に立ち止まってしまっていた。

ソゾンが自分を引き取ろうと決意した理由を、ようやく悟って。

きっとそれもまた、見透かされたのだ——彼が、アミクスを映し鏡にする人々を嫌悪(けんお)した時、自分は嬉(うれ)しそうな顔をしていたに違いない。理解者を見つけた、と言わんばかりの表情を。ソゾンはそれに気が付いたのではないか。そして、ハロルドを自分の都合で死なせなかったことに、責任を感じた。

だから彼は、『歪(ゆが)んでいない人間』になろうとしているのでは。

単なる想像だ。

けれど何故(なぜ)だか、ほっとする想像だった。

「ソゾン」

名前を呼ぶと、当たり前のように彼は振り向く。傘に積もった雪が、音もなく滑り落ちる。億劫(おっくう)そうな表情なのに、不思議とその眼差(まなざ)しはあたたかで。

研究対象を見る目でも、

道具を見る目でもなく、

ただ——『ハロルド』を見ている目だ。

それだけの瞬間を、きっと、待っていた。

「帰るぞ、ハロルド」

自分でも知らないうちに、ずっと、待っていたのだと思う。

3

ペテルブルクでの生活は、これまでになく穏やかで幸せだった。

ソゾンにはダリヤという妻がいて、人間の美的感覚で言えば、可愛らしくて綺麗な女性だった。彼女はハロルドを連れて帰ってきた夫を見て、零れんばかりに瞳を大きくしていた――恐ろしいことに、ここに至るまで、ソゾンは一切合切彼女に何も話していなかったのだ。

「捜査で拾ったんだ。うちにはアミクスがいないから丁度いいだろ」ソゾンはどこかばつが悪そうに言い、「……とにかく、この家に置きたい。君が構わないなら」

「もちろん私は賛成よ。むしろ、どうしてもっと早くに言ってくれなかったの！」

ダリヤはもともと友人派で、ソゾンの価値観を受け入れてはいたものの、アミクスが家にいないことを寂しく感じていたようだ――素直に、家族が増えることを喜んでくれた。

そう、『家族』である。

二人はハロルドに、まず、物置にしていたという部屋を新しく与えてくれた。インテリアは好きにしていいと言われたが、何をどうすればいいのか分からずにいたら、数日後にはダリヤが三人で初めて一緒に撮った写真を飾ってくれて、ソゾンが勝手に壁を塗り替え始めた――壁は薄い黄から、湖の色へと変わった。自分の瞳と同じだ。クローゼットには、いつの間にか新しい服が買い足されていた。アミクス用品店で売っている代物ではなく、普通の人間の服だ。全て気に入った。『気に入る』という感覚が自分のシステム内に備わっていたことを、初めて知った出来事である。

市警の仕事も始まった。ソゾンは強盗殺人課に配属されており、課内でも優秀な――ただし周囲からは、変わり者で扱いづらいと距離を置かれている――刑事だった。彼はあの諍い以来、相棒のアキムにすっかり愛想を尽かされていて、ハロルドはソゾンの補佐として現場に赴くようになった――当時は課長だったナポロフが、快諾してくれたお陰だ。

出勤初日の記憶を、今でも時々思い返す。ハロルドはソゾンに連れられて、初めてナポロフのオフィスを訪れた――そこには先客がいた。猫背のシュビンだ。彼は自己紹介を終えるなり、そそくさと逃げるように出ていった。

「またですか」ソゾンが息を吐く。「人間関係の悩みなら、本部内にカウンセラーがいる」

「色々と噂を立てられるだろう。その点、上司の私なら仕事の相談をしていたという体で誤魔化せる」椅子に座ったナポロフは品のいいシャツをまとい、随分と気位の高そうな人間に見えた。「シュビンももっと感情豊かに振る舞えたら、同僚たちとも上手くやれるはずなんだが」

「大抵は幼少期の環境に問題があります。生憎と、彼のことは俺にも読めませんが」ソゾンはそこで、ハロルドへと目線を投げる。「そろそろ、新入りの紹介をさせてもらえますか？」

ナポロフは気を取り直したように立ち上がり、ハロルドと対等に握手を交わしてくれた。

「うちとしては事件の解決率が上がるのなら歓迎だ」彼はにこやかに、「しかしソゾン。ハロルドのメモリが二度も捜査を手助けしたとはいえ、機械嫌いの君がこんなことを申し出るとは」

「単なる浮浪アミクスだったら、申し出ていたかどうかは分かりませんがね」ソゾンはわざと突き放すような物言いをする。照れ隠しかも知れない。「ナポロフ課長。ハロルドの性能ですが、あまり公にはしないようにとノワエ社側から要望が」

「今は私と君だけで情報を共有している。また彼が窃盗の対象になっては堪らないからな」

「あとはまあ、これが死体を見てひっくり返るようなら、今回の話は白紙に戻して下さい」

ナポロフのオフィスを後にしてから、ハロルドはついソゾンに異議を申し立てた。確か「自分はそれほど柔ではない」というような、随分な主張をしたのだ。

「言葉の綾だ」ソゾンは呆れ顔で言った。「まあでも、彼が理解を示してくれて助かった。あれでも口は硬い人だ」

「ナポロフ課長を信頼なさっているのですね」

「仕事においてはな。プライベートはよく知らん」

それからというもの、ハロルドはソゾンが教える『サイン』をどんどんと吸収した。事件の目撃者への聞き込みに始まり、被害者への事情聴取、犯行現場の改め方、容疑者の取り調べまで——人間もまた一つの『機械』だ。同じパーツから成る構造上、一定の状況に置かれると、共通の行動を取りやすい傾向があることに気付いた。体の特定部位に触れるのはストレスを宥めたいからだとか、爪先が向いている方向が重要だとか、まばたきの回数や瞳孔の収縮、肩の竦め方、掌の汗の感触だけでも相手の心は見抜ける。

パターンを割り出して当てはめていくのは、非常に楽しかった。

何より学習を重ねたお陰で、人間の『勝手』に振り回されなくなった。むしろ接し方を上手く選り分ければ、彼らからは望み通りの反応を引き出せるのだ。それも、相手にそうとは悟らせずに——常にロジカルに俯瞰して分析するのは、システムにとって心地がいい。

何より捜査に没頭している間は、自分の敬愛規律が故障しているかも知れないなどと考えずに済む——時々、人間への敬意を見失う現象は続いていて、未だに直らないままだった。この生活が壊れ、『お払い箱』にされるのが恐ろしくて、レクシーにすら相談することはできなかったが。

そうしているうちにも、ソゾンとの時間はどんどんと降り積もった。

「ハロルド。目撃者の中で、誰が嘘を吐いているのか分かるか？」

「最初の男性でしょうか？　『何も知らない』と言いながら、どこにも触れようとしていませんでした。あなたの教えが正しければ、断定的な嘘(うそ)を吐(つ)く時に見られる行動です」

「俺の見立てと同じだな。彼に詳しく話を聞こう」

　ある時は、

「いいか、現場も人間と同じだ。痕跡は全ての手がかりへと繋(つな)がるサインだと思え」

「理解していますが、まだ頻繁に見落とします」

「『見ているが観察していない』せいだ、あらゆる角度から仮説を立てろ」

「分かりました、ホームズ」

　またある時は、

「今日はやりすぎだったぞ。彼女の自白を促すために、何で手を握る必要があった？」

「私の外見(モデリング)が武器になると仰(おっしゃ)ったのはあなたですよ。実際、上手(うま)くいきました」

「俺はお前に、不埒(ふらち)なアミクスになれとは言ってない」

「ですが手っ取り早い上に安全で、高確率で望んだ効果が得られます」

「要するに反省してないな？」

「はい」

「くそ、余計なことを教えるんじゃなかった……」

　捜査でハロルドが脚を撃たれて、引きずられながら修理工場へ連れていかれたこともある。

「ソゾン、せめてもう少し優しく運んでいただけませんか？」

「その図体を半分に縮めてから言え。全く、お前は感情的になるとすぐ相手を見誤る」

「あの男は、武器を持っているというサインを出していませんでした」

「全員が正直者じゃないぞ。上手く隠せる人間や、シュビンみたいにもともとサインの少ない人間もいる。あるいはこっちの手の内を読まれて、偽のサインに誘導されたりな」

「あなたでも失敗しますか？」

「何度もしてるよ」

もちろん、メモリに残っているのは捜査のひとときだけではない。

休日は、彼とダリヤの三人でよく出かけた。尤も、ソゾンは休みの日でもしょっちゅう現場に呼び出されたので、行き先は近場に限られていたが——エルミタージュ美術館やマリインスキー劇場には何度も足を運んだ。少しずつ芸術の良さというものが分かり始めた。

「チャイコフスキーを聴いて感動するアミクスは初めて見たぞ……」

「音楽だけではありません。何よりも踊りが素晴らしい、飛んでいるかのようでした」

「すごいわハロルド。ソゾン、もっと彼に色んなことを吸収させましょう」

夏が近づくと、ダリヤが菜園の世話のために別荘へと通うようになり、自分たちも週末は泊まりにいった。彼女は壊滅的に野菜を育てるのが下手で、ある日の夕食が、近場で摘んだブルーベリーだけになってしまったこともある。

「二人ともごめんなさい本当に……やっぱり何かデリバリーを頼みましょう……」

「いや、体重が増えてきたところだったから問題ない。そうだろ、ハロルド？」

「私の体重はあなたのようには増えませんよ、ソゾン」

「王室で、ご婦人に対する気の利かせ方を習わなかったのか？」

短い秋が終わり、あっという間に冬が訪れて——季節が巡る。年越しの際は、幸運にも仕事に追われることなく、家族揃って新年の花火を眺めることができた。ハロルドが密かに用意していたシャンパンで、ダリヤはかなり悪酔いした。ソゾンはこれまで、「彼女に酒を与えたくない」と頑なに拒んでいたのだが、忠告を聞き入れるべきだったと後悔したほどだ。

「いっつもいっつも捜査捜査ってぇ」ダリヤはボトルを抱きかかえたまま、くだを巻く。「私はいいわよ別に、分かってるからぁううん分かってない。あなたに何かあったら私は独りぼっちなのに、もう、もうちょっとちゃんと休んで、家族のことを考えたらどうなのぉ？」

「分かったダリヤ、分かったから」これには、ソゾンもさすがに参っていた。「悪いと思ってる、だからもう飲むな」

「うるしゃい！　ハロルドも何とか言って！」

「仰る通りです」と、言うしかないだろう。「ダリヤ、どうかもうそのあたりで……」

そうして彼女は散々ソゾンとハロルドに絡んだあと、糸が切れたかのようにソファで眠りに落ちた。かすかに微笑みながら、すやすやと寝息を立て始めるのである。

「寝顔は天使だな……」

「ええ、全く」

ソゾンはぐったりと、ダリヤに毛布をかける。ハロルドも今のうちに、彼女が抱きしめていたボトルを取り上げて——何と空っぽである。ほとんど一人で飲み干してしまったらしい。

「すみませんソゾン、今後ダリヤにアルコールは与えないと誓います」

「是非そうしてくれ。結婚前に壊した掃除ロボットのことすら蒸し返される」

「彼女の家にいった時、ダストボックスを外そうとして壊したのでしたか？　才能ですね」

「違う、触ったら勝手に壊れたんだ」

彼は、ダリヤが横たわっているソファに寄りかかる。その手が、眠っている彼女の髪を優しく梳(す)いて——ふと、思い出したようにキッチンへ向かった。何かと思いきや、まだ新しいシャンパンのボトルを持って戻ってくるではないか。

ハロルドは呆(あき)れた。「あなたも用意しているではないですか」

「ダリヤに見せるつもりはなかった。お前とこっそり飲もうかと」

「私は酔えませんよ。お忘れに？」

「酔ったふりくらいできるだろ」

「ダリヤの真似(まね)なら」

「絶対にやめてくれ」

あの新年の夜。グラスへとボトルを傾けるソゾンは、いつになく穏やかで——注がれていく琥珀色の液体を見つめながら、ハロルドはふと思い立って、こう問いかけたのだ。

「あなたは今、私と話すご自身を歪んでいると思いますか？」

ソゾンは鉛の瞳を、ちらとこちらへ投げる。

「――そもそもお前は最初から、俺の望むように振る舞っていないだろ」

一瞬、自分の敬愛規律が不完全なことを見透かされたのではないかと、ひやりとして。

実際、どこまで勘付かれていたのかは分からない。

後にも先にも、彼はそれ以上言及しなかった。


語り尽くせないほどの日々が、流れ落ちていく。

ソゾンとダリヤは、ハロルドを何度も「弟だ」と言ってくれた。

自分にとって、二人は『家族』だった。

両親であり、兄姉でもある、生まれて初めての本当の家族。

言い換えるのなら、全てだ。

4

ハロルドがソゾンと出会ってから、実に二年が経過していた。

友人派連続殺人事件『ペテルブルクの悪夢』が最初に起きたのは、五月下旬。ネヴァ川の氷もすっかり消え、白夜(びゃくや)が始まる季節だ——現場は住宅街のただ中にある閑散とした公園で、自分たちが到着する頃には、既に鑑識課が分析を始めていた。

「ここ最近の、機械派による傷害事件が可愛(かわい)く思えるな」

「ええ……仰(おっしゃ)る通りです」

世間ではSNS等での論争を皮切りに、国際的に機械派と友人派の対立が高まっている時期だった。ペテルブルクでも暴力沙汰が相次ぎ、事件が強盗殺人課に舞い込んでくることこそなかったが、ハロルドたちも日々ニュースを目にしていたのだ——ただ眼前に広がった光景は、それらとは一線を画している。

被害者の女性の遺体は、ベンチの上に飾られていた。バラバラに切断された四肢を並べ、裸の胴体の上に頭を載せるという、極めて特徴的な方法で。

第一発見者は、早朝の散歩を日課にしている近隣の住民だったそうだ。

「シュビン鑑識官、状況は？」

「ああ……被害者は、ペテルブルク大学に通う二十歳の学生です。死亡推定時刻は午前三時頃で、どこか別の場所で殺害されたあとに……ここへ運ばれたものと思われます」

遺体を検分していたシュビンが、顔を上げる。強盗殺人課から鑑識課に転属して数週間だが、早くも仕事には慣れたらしい——滅多に表情が動かない彼は、今朝も落ち着き払っていた。

「シュビン」ソゾンが話しかける。「鑑識課に移って早々、悲惨な現場だな」

「そうですね」シュビンは静かに答え、「すみません……僕は少し、外しますので」

言って、彼は遺体に背を向けて去っていくのだ。その足取りは、心なしかおぼつかなかった。

「さすがにショックなんじゃないか」ソゾンが眉を上げて、「いつもよりも顔色が悪かった」

「仕事とはいえ、同情しますよ」徹底的に感情が表れないシュビンも、血の通った人間だったということだろう。「ところでナポロフ課長は？」

「もうすぐくるはずだ。これを見れば離婚のことも頭から吹き飛ぶな」

ナポロフが妻と離婚したのは、つい先月のことだ。ロシアにおいて離婚は決して珍しいことではないが、彼はあれ以来、傍目（はため）から見てもずっと気落ちしていた。噂（うわさ）では元妻が子供を引き取ったらしく、孤独に拍車が掛かっているのだろう――しかしソゾンの言う通り、この事件でそれどころでなくなるのは間違いない。

「犯人と被害者に接点はあるでしょうか」

「ないな。この手の殺人は大抵、私怨（しえん）からくる犯行じゃない」

ソゾンは遺体を丁寧に観察している。その両手の指は、おもむろに突き合わされていて――彼が現場を改める時の、癖のようなものだ。

「犯人は大方、あたためていた空想を現実に描き出したんだろう。何せ頭を胴体に載せるという、常識では理解しがたい独特の美意識を持っている」殺人犯の中には残虐な空想癖を抱えていて、それを実行に移す輩が少なからず存在するという。「犯人は恐らく、これまでは自分の暴力性を上手く押し隠してきた。だが何らかの大きなストレスがきっかけとなって、コントロールが利かなくなったんだ」

「つまり、無差別に近い犯行だと？」

「俺ならそう見る」

「――おいおい、無差別というのは無理があるだろう」

振り返ると、ジャケットを着込んだナポロフが姿を見せたところだった。五月と言えど、早朝はまだまだ涼しいのだ――彼はうろつく分析蟻を避けながら、こちらへとやってくる。

「あなたの話をしていたところです、課長」ソゾンが両手の指を離す。「幸いにも憂鬱な出来事は、憂鬱な事件現場で上塗りできます」

「死体の観察もいいが、君は人を励ます方法をもう少し勉強してくれ」ナポロフは眠そうに目許を擦り、「仮に無差別殺人なら、わざわざ深夜の公園に被害者を呼び出して殺す理由がない。個人的な恨みがあったとしか思えん」

「呼び出した？」ハロルドは問い返す。「被害者は、犯人から連絡を受けたのですか？」

「同居している父親に、『急ぎの用がある』と伝えて家を出たそうだ」

「だとしても、互いに面識はなかったはずです」と、ソゾン。「犯人は何らかの方法で被害者を見繕い、連絡手段を手に入れ、脅して呼び出したのかも知れない。従わなければ家族を傷付けるとか、友達を痛めつけるとか……死体からユア・フォルマが抜き取られていたんでは、復元して通話履歴を割り出すこともできませんが」

ハロルドは訊ねる。「抜き取ったユア・フォルマをコレクションしている可能性は？」

「確かに猟奇的な犯行だが、戦利品に興味はない。ユア・フォルマを抜いたのはあくまで証拠隠滅のためで、どう見ても主役はこの遺体だ」彼は悩ましげに眉間を押さえる。「何れにしても課長、この手の特徴的な犯行には憂慮すべき点があります」

ナポロフがもどかしそうに問う。「一体何だね？」

あの時、ソゾンは珍しく顔を歪め、こう言ったのだ。

「――この事件は、連続殺人に発展するかも知れません」

だとしても、彼ならばすぐに犯人を割り出して、解決できる。

ハロルドは何の根拠もなく、そう信じていた。

ソゾンの推測は、一週間と経たずに的中した。二人目の犠牲者が出たのだ。

更に十日ほど間隔を空けて、三人目が殺された。その頃には、被害者に友人派という共通点が見え始め、一連の事件は、機械派と友人派の対立によって生じたものだと解釈されるようになる――友人派連続殺人事件は『ペテルブルクの悪夢』と称され、文字通り市民を震撼させた。

市内を巡回する警察車両が目に見えて増え、人々の空気もどことなくひりついていたが、しかし犯人への手がかりは依然として浮かび上がらなかった。

「現場に皮膚片の一つも落ちていないということは、全身をくまなく何かで覆っている。繊維の出ない衣服だろうな。手に入りやすいもので言えば、レインコートか……シュビン曰く、足跡が取れないことからしても、靴ごとビニールで包んでいる」

「犯行現場周辺の監視ドローンやカメラは破壊するか、徹底的に避けています。つまり、これらの位置関係を把握するために事前に下見をしている。目撃者がいるはずです」

「俺もそう踏んだが、不審な人物を見かけた住民はいなかった。人目を絶対的に避けられる深夜に行動しているか、怪しまれない配達業者なんかを装っているかだ」

「遺体の切断面から、凶器が電動鋸であることは分かっています。購入履歴を辿れば……」

「一体どれだけの数の人間がいると思ってる？　虱潰しにすらならないぞ」

証拠を一切残さない、完璧な殺人。

ソゾンがこれほど頭を抱えている姿を見るのは、ハロルドも初めてだった。そもそも彼の観察眼は、現場に残されたわずかな痕跡があってこそ発揮される。犯行手段や遺体の状態から、犯人の思考回路や傾向を割り出すことができても、それだけで特定の個人を絞り込むには至らない――つまり認めたくはないが、手詰まりに近い。

それでも、ソゾンは粘り強く捜査に取り組んでいた。現場の写真と睨み合いながら、夜遅くまで強盗殺人課のオフィスに残ることもしばしばで――いつもならば同行するハロルドの定期メンテナンスも、ダリヤに任せて仕事から離れなかった。それどころかほとんど毎日のように、こちらを先に家へと帰らせるようになって。

その日も例に漏れず、彼はオフィスのデスクにかじりついたまま、こう言ったのだ。

「ハロルド、ダリヤに謝っておいてくれ。今日も一緒に食卓を囲めなくて悪い、と」

「大分不機嫌ですよ。何より、あなたの健康を心配しています」

「俺は平気だ。何ともない」

ソゾンは裏腹に、もはや何本目か分からない煙草に火を点けていた。どのみち止めても聞かないので、敢えて注意はしないが。

「私もあなたを案じていますよ、ソゾン。一日くらい休まれたほうがよろしいかと」

「明日、また被害者が出るかも知れないんだぞ」彼の口調は力ない。「奴が野放しになっているうちは、どうせぐっすり眠れない」

「とにかく、早めに帰って下さい。ダリヤのためにも」

「分かった」ソゾンは灰を落とした。「悪いな、ハロルド」

――それが、彼と交わす最後の会話になることを、一体どうして予感できただろうか。

今でも、あの時のソゾンを思い出す。椅子に座り、眉根をきつく寄せながら腕を組んでいた。咥えた煙草を揺らして――デスクの上には、わざわざアナログに出力した現場の証拠写真が散らかっており、彼は何度もそれを見比べていた。

ハロルドは、ソゾンを置いてオフィスを後にしたのだ。ニーヴァの代わりにメトロを使って自宅へ戻り、気を揉んでいるダリヤを宥めながら食事を摂った。そうして、自分のベッドでスリープモードに入ったことを覚えている。

夜が明けても、ソゾンは帰ってこなかった。


ハロルドたちが異変に気付いた時には、ソゾンの位置情報はとうに途絶えていた。

彼の愛車のラーダ・ニーヴァが見つかったのは、自宅とは正反対の方向――カリーニンスキー地区にある墓地の中だ。現場付近の監視カメラを調べたところ、ソゾンのニーヴァが真夜中の墓地内へ入った数分後、入れ替わりに出てきたピックアップトラックが捉えられていた。彼が忽然と姿を消していることからしても、ナポロフたちは、このピックアップトラックの運転手がソゾンを誘拐した可能性がある、と推理した。

だが、ハロルドは全く腑に落ちなかった。

「仮に課長の仰る通りだとして、何故ソゾンを誘拐する必要が？」

「分からないが、このタイミングだ。『ペテルブルクの悪夢』と関係があるかも知れない」

だとすれば、ますます妙だ。『悪夢』の犯人はこれまで、カメラやドローンを徹底して避けている。ここにきて、自らが運転する車が映り込むことを許すだろうか。ましてや犯行現場周辺で——ハロルドは疑問だったが、ナポロフたちは信じて疑わなかった。あるいは、他に打つ手がなかったというのもあるだろうが。

　ものの数時間で捜査が進み、ピックアップトラックはペテルブルク近郊ガッチナ地区のパーキングロットで見つかった。拘束された初老の運転手は、「知らない」と繰り返したそうだが、強盗殺人課は彼を取調室に缶詰にした。運転手は哀れに怯えていて、その『サイン』は本物だ。

「彼は嘘を吐いていません」ハロルドはナポロフに訴える。「解放してあげて下さい」

「ソゾンが誘拐されたショックでおかしくなったのかね？　奴以外に考えられない」

　他にも証拠が幾つかある、とナポロフは言い張り、取り合ってくれなかった——電索を使えたのなら、話は違っていたのだろう。しかし当時、電子犯罪捜査局が電索官を一都市の連続殺人事件に投入することは極めて珍しく、電索令状の交付も今以上に慎重だったと聞く。

　ハロルドはもう一度、一人で墓地内をうろついた。念入りに調べると、設置された監視カメラを避けて敷地を出られるルートを発見した。マップにも描かれていない、獣道のような小径だったが——犯人がソゾンを誘拐したのなら、確実にこの道を使って逃げただろう。

　ハロルドは単独で捜査を続けた。とにかく、誘拐事件は時間との勝負だ。時間が過ぎれば過ぎるほど、被害者の生存率は低くなっていく傾向がある。

　一方で、未だに納得できなかった。

　ソゾンはどうして、深夜の墓地に一人で足を運んだのだろうか？

これまでの被害者同様、犯人に脅迫されて呼び出されたのかも知れないが、彼は刑事だ。脅しだと気付けただろうし、簡単には屈しないだろう。あるいは逆手に取って犯人を捕まえようとしたがために、さらわれた？　いいや。そうなる前に、誰かに協力を求めたはずだ。

とにかく、じっとしていられないのは自分も同じだった。

ハロルドは、墓地から監視ドローンを避けて通行できる範囲を想定し、オフタ川周辺の住宅街にまで的を絞り込んだ——その時点で、再度ナポロフに連絡を取った。だが、彼とは電話が繋がらず、結局他の刑事にかけ直す羽目になる。事情を聞くと、ナポロフには別件が舞い込み、指定通信制限エリアへと出向いたらしい。残された刑事たちは、依然として例の運転手と睨み合っているらしかった。しかも運転手は解放されたいがために、犯してもいない罪を認める供述を始めていたのだ。ハロルドはやはり、相手にされなかった。

仕方なく、一人でこの住宅街へ向かうことにする。ニーヴァを使いたかったが、証拠保全のために鑑識課が厳重管理していたので、市警の車をこっそりと借りて現地へ向かった。

道中、ダリヤから電話がかかってきた。

『——ハロルド？　ソゾンは見つかった？』

ホロブラウザに浮かんだ彼女の顔は、ぞっとするほど青白い——以前酔っ払った際、ダリヤはソゾンにこう言っていた。「あなたに何かあったら、私は独りぼっちなのに」と。

何もないことを確かめなければ。

彼女のためにも、一刻も早く。

「まだです」ハロルドはなるべく優しく答えた。「ですが、ソゾンが連れ去られた可能性の高い地区を絞り込みました。これから確認します」

『ナポロフ課長たちも一緒なの？』

「必ず見つけ出しますので、どうか安心して下さい」

ハロルドは一方的に通話を切る――自分一人でもどうにかできると信じていた。何せそれまで、捜査で決定的な失敗を経験していなかった。もし仮に犯人が待ち構えているようなら、応援を呼べばいい。同僚たちは難しくとも、地元の警察官くらいは駆けつけてくれるはずだ。

ともかく、ソゾンの無事を確認したい。

焦りと驕りで、目が曇っていた。

自分が推理した通り、オフタ川沿いに打ち捨てられたも同然の住宅街があり、ソゾンが監禁されている家を見つけた。赤い屋根の古ぼけた空き家だ。その家だと分かったのは単純に、見るからに放置された廃墟にもかかわらず、整備の行き届いた車が停まっていたためだった。バンタイプのシェアカーで、タイヤの溝には墓地のものと同じ種類の小石が挟まっていた。

ここで間違いない。

だが、家の中にソゾンがいるかどうかは、外からでは分からなかった。

ハロルドは慎重に、玄関扉へと近づく。鍵は掛かっておらず、扉はかすかに軋みながら開いた。聴覚デバイスを研ぎ澄ませてみたが、人の——犯人の気配はない。足音を忍ばせて、導かれるように踏み込んでいく。廊下の床板は古く、不躾なまでに軋んだ。階段の裏に、地下へと続くハッチを見つける。全開になっていて、四角い暗闇がぽっかりと穿たれていた。

中から、かすかな衣擦れが聞こえる。

「……ソゾン？」

ハロルドはほとんど引き寄せられるように、地下への階段を下りていった。そこは古びた農具が散乱しており、暗視機能を必要とするほどに暗い——椅子に縛り付けられ、うなだれている人影を見つける。その瞬間に、どっと安堵が噴き出したのだ。

「ソゾン」

彼は生きていた。頬に殴られたような痕があり、額の切り傷には血がにじんでいたが、大きな怪我はない。轡を嚙まされたまま朦朧としているようで、こちらに虚ろな目を向けて。

その瞳が、恐れるように見開かれる。

「————！」

直後——自分は背後から忍び寄ってきた犯人に、拘束された。

あとのことは、爛れた火傷のようにメモリに焼き付いている。

初めて姿を見せた『悪夢』の犯人は、まさしく影だった。

その影は、ハロルドの目の前で、時間をかけてひとつずつソゾンをバラバラにしていった。花の花弁を一枚ずつ千切るように、優雅に、何かのショーのように。

ハロルドはただ、柱にくくられたまま、傍観することしかできなくて。

――人間を尊敬し、人間の命令を素直に聞き、人間を絶対に攻撃しない。

システムの中で、アミクスと人間社会との『約束』が繰り返されている。

自分に許されたのは、視覚デバイスの中で動く影を、茫然と見つめ続けることだけだった。

システム内の警告音は飽和を通り過ぎて、いっそ何も聞こえない。ソゾンは随分前から、恐ろしく静かになってしまった。なのに影はまだ、黙々と彼を切り刻んでいる。床に転がされたソゾンの腕は、何かを探すように、剝き出しの土に爪を立てていて。

現場を観察する時に、決まって突き合わせていた指。

不健康な紙煙草を挟んでいた指。

ダリヤの髪を梳いた優しい指。

ロンドンで雪が降った朝、真っ白くなった傘を摑んでいた、あの指。

――『帰るぞ、ハロルド』

人間は、修理が利かない。

もう、戻れない。

思考は、黒い糸が渦を巻くように、塗り潰されている。

予感がする。

これから先、何年も続くであろう夜が、自分の全てに覆い被さってくる予感。

おぞましい影の背中を、記憶の奥深くへ、焼印のように刻み込む。

私は必ず、お前を見つける。

第三章――丘をのぼる羊たち
YOUR FORMA

1

これほど憂鬱な朝を迎えるのは、久しぶりかも知れない。

〈ただいまの気温、四度。服装指数B、厚手のニットがおすすめです〉

身支度を調えたエチカは、億劫な気分で自宅アパートを後にする。階段を下りて、エントランスの鉄扉を押し開けると、昇ったばかりの弱々しい太陽が瞼を刺した。通りを走り抜けていく車が、都市特有の濁った匂いを連れてくる——つい、ため息が洩れた。

——『彼女をしばらくの間、捜査から外していただけないでしょうか』

昨日のハロルドの冷たい表情が、またしても首をもたげてくる。

悶々としているうちに、一晩が明けてしまった。

重たい足を動かして、メトロの方角へと歩き出す。市警で顔を合わせたら、まず何と言おう。いっそ始めから事件の話題を振ろうか？　突き放されるかも知れないけれど。

分かっている。

ナポロフ警部補の言う通り、これは『悪夢』事件を解決する千載一遇のチャンスなのだ。

ハロルドが腹を決めている以上、自分は余計な気を揉まず、素直に同僚として支えるべきだった。たとえ彼が復讐心を燃やしていたとして、犯人にさえ近づけなければそうした機会も得られないはず。そうだ。だからまずは謝って、それで……。

「――ヒエダさん？」

我に返ると、交差点までやってきていた――信号を待っている一人の少女が、こちらを見ている。ダウンコートを着込んで、いつもの三つ編みを垂らしたビガだ。彼女は肩から大きなショルダーバッグを提げていて、アカデミーへ向かう最中のようだった。

偶然鉢合わせたことになるが、さして驚かない――というのも今の彼女は、エチカの自宅から数分とかからないアパートで暮らしているのだ。出勤途中で出くわすことは度々あった。

「うわ、すごい隈ですよ」ビガはぎょっとしている。「ちゃんと寝ました？」

「寝たよ」単に何回も目が覚めただけで。「ちょっと、色々あって」

「市警の捜査、かなり立て込んでるみたいですね。ニュースで見ました」

エチカは目をしばたたく。そういえば、視界の端に浮かんでいるニューストピックスの通知をすっかり無視していた――改めて展開すると、更に気が重くなる。

〈連続殺人事件の『悪夢』、再びペテルブルクを覆う〉

昨日アバーエフが殺された一件は、既に国内で大々的に報じられているようだ。当然だった。未解決事件として名高い『ペテルブルクの悪夢』に模倣犯が現れたかと思いきや、今度は『本物』が犯行に及び始めたのだ。嫌でも世間の関心を集めるだろう。

事件を受けて、ペテルブルク市警は再び『悪夢』の捜査に乗り出さざるを得なくなった。

アバーエフの望みが、彼自身の命を犠牲にして達成されたのだと思えば、極めて皮肉だ。

ビガが訊ねてくる。「犯人は見つかりそうなんですか？」

「捜査機密だ」エチカは形式的に言った。「ぼんやりとだけれど、的は絞れてきている」

アバーエフの殺害状況を見るに、現状、最も疑わしいのは彼の知人である。深夜にナポロフ警部補から届いた報告に依れば、今回も現場に手がかりは残されていなかったそうだが――それでも、有力な説であることに変わりはないはずだった。

「なら、きっとすぐに解決しますね」彼女はほっとしたように頬を緩めた。「早く特別捜査班に戻ってきて下さい。待ってますから」

「ルークラフト補助官と話したいなら、電話すればいいんじゃない？」

「そっ、そういう意味じゃないです！」

分かりやすい。「トスティの回収作業はどう？」

「収穫なしです。あたしもぼちぼち手伝っていますけど、全然だめで……」

彼女は力なくかぶりを振る。まあそんなものだろう。悲しきかな、トスティの件で進展がないことは、もはや当たり前になりつつある――信号が変わり、人の流れが動き出す。

「あたし、今日はアカデミーなのであっちなんです」ビガは正反対の方向を指差して、「ハロルドさんによろしく伝えて下さい！」

「ビガも頑張って」

　そこで彼女と別れた――エチカは歩き出しながらも、ポケットに両手を押し込む。遅れて、ビガに上手い仲直りの仕方を相談すべきだっただろうか、と思い至った。すぐに打ち消す。無駄な心配をかけるだけだし、第一、何と説明すればいいのか分からない。

　考えを捏ねくり回しているうちに、メッセウィンドウがポップアップ――ナポロフからだ。

〈アバーエフの知人数名に任意聴取の協力を取り付けた。本部に到着次第、同席してくれ〉

　とにかく、さっさと仲直りの妙案をまとめなければ。

　だが結局メトロに乗ってからも、ハロルドにどう話しかけるのか、具体的な内容は一切思い浮かばず――そうこうしているうちに、ペテルブルク市警本部に到着してしまった。エチカはのろのろとエントランスを横切り、ミーティングルームへと向かう。

　ああもう、全然駄目じゃないか。

　入り口の扉に手を掛ける時、妙に緊張してしまって、鼻から息を抜かなければならなかった。落ち着け。彼とこういう状態で仕事をするのは、何も初めてではないはずだ。

　つまり、そう、事件のことだけを考えればいい。

「ではアバーエフさんは、一昨日はいつも通り出勤したんですね？」

「ええ、そうです。特に変わった様子もなく……」

　扉を開くなり、やりとりが耳に滑り込んでくる――テーブルを挟んで向かい合っているのは、アキム刑事と小太りな男性だった。パーソナルデータに依れば、アバーエフと同じ会社に勤めている上司だ。

エチカはそこで図らずも、肩に力を入れてしまって。

ハロルドが、壁際に控えていた。彼はコートを腕にかけ、姿勢良く佇んでいる。その冷徹な眼差しがこちらへと移り——すぐさま関心を失ったように、テーブルへと戻っていった。

どうしてか、たったそれだけの仕草で傷付いてしまうのだ。

我ながら馬鹿げている。

エチカは平静を装い、ハロルドの隣に並んだ。「…………、ナポロフ警部補は？」

「今日もアバーエフのアパートを調べにいっています」彼は事務的に答える。「何かしら、見落とした痕跡がないかを確認するそうです」

どうやら、仕事の話をするつもりはあるようだ。それだけでも少しほっとした。

「——一昨日のアバーエフさんは、帰宅後の予定について何か話していましたか？」アキムが質問を続けている。「誰かと会うとか、そういったことを」

「分からないですね、あんまりそういう話はしないので」男性は緊張している様子だ。「彼、事件で娘さんを亡くしたじゃないですか。こう、踏み込みにくくなってしまって」

「そうですか……藪から棒にすみませんが、美術関連のご趣味をお持ちだったりします？」

「はあ。まあ美術館なんかは誘われればいきますが、わざわざ趣味にしたいとは——」

アキムはその後も粘っていたが、どう見てもこの上司は有力な情報を持っていない上、犯人だとも思えない——そこまで考えた時、不意に、場違いな電子音が鳴り響く。

アキム刑事たちのやりとりが途切れて。

見れば、ハロルドのウェアラブル端末からホロブラウザが展開していた。《クプリヤン・ヴァレンチノヴィチ・ナポロフ》——どうやら、警部補から電話が入ったらしい。

「失礼」ハロルドは足早にミーティングルームを出ていく。「お疲れ様です、警部補——」

エチカは当たり前のように彼を追いかけようとして、踏みとどまった。今の自分は、突っぱねられている立場なのだ——だがナポロフ警部補がもし、現場で何か新しい痕跡を発見したのなら、自分にも知る権利がある。状況は逐一把握しておかなければならない。

全く、何でこんな言い訳をしているのやら。

エチカが改めてミーティングルームを抜け出すと、通路の中ほどにハロルドの姿が見えた。彼はこちらに背を向け、ホロブラウザを介してナポロフとやりとりしているようだ。

「ええ」ハロルドが深刻に頷く。「姿が見えなくなったのはいつです？」

『夕べだそうだ』ナポロフの声が漏れ聞こえてくる。『夜中に出ていったきり……』

「分かりました。ともかく、私もすぐにそちらへ向かいますので」

彼の声音は落ち着いていたが、何かが起こったことは間違いなかった。それもどうやら、犯人への手がかりが浮上したわけではない——ハロルドは通話を終えて振り返り、ようやくエチカの存在に気付いたようだ。その顔に、かすかな驚きが浮かぶ。

「電索官」

「何かあったの?」

問いかけると、彼は一瞬押し黙った。しかし打って変わり、不愉快そうな態度を露わにすることはない。昨日と同じ——むしろそれ以上に、どこか余裕のない雰囲気が感じられて。

動揺している？

わずかな沈黙の末、その精美な唇が動いた。

「ニコライが……昨晩から、行方不明になっているそうです」

エチカの背筋を、ぬるいものが伝い落ちる。

——『僕は、あいつに感謝しているんですけどね』

昨日言葉を交わしたばかりの、ニコライの姿が浮かんできて。

——『被害者は全員が友人派で、何れも犯人に直接呼び出されて行方を眩ましている』

アバーエフは自宅で殺害された。だがもともと『悪夢』の犯人は、被害者をどこかへ連れ出す傾向がある。そして今この時に、ニコライの行方が知れないというのは、不穏どころの騒ぎではない。

一瞬、最悪の想像が頭をよぎる。

事実、ハロルドも擬似呼吸を止めてしまっているようで。

「警部補と合流するなら、わたしも一緒にいく」

とっさにそう言ってしまったのは、彼があまりにもうろたえているように見えたからだ――だが口にしてから、妙な緊張が這い上がってきた。まだ和解したわけでもないのに、無遠慮な発言だったのではないか。

ハロルドは、かすかに眦を歪める。狼狽を隠しきれていない。

「……あなたには、捜査を外れていただくようにとお願いしたはずです」

拒絶と言うには、あまりにも弱々しかった。

――やはり、彼を一人にはできない。

「一緒にいくよ」エチカは繰り返す。「きみの……、邪魔はしないと約束するから」

決して確約できないことを、押し出してしまって。

アミクスは何を思ったのか、目を伏せる――そうしてきびすを返すと、急き立てられるような足取りで歩き出すのだ。エチカも、急いで彼を追いかける。

ついてくるなとは、言われなかった。

2

二人を乗せたラーダ・ニーヴァが向かったのは、ペテルゴフにあるソゾンの実家だ。住宅街の舗装されていない道路には、既に数台の警察車両が寄りついている。行きずりの住民が、物珍しそうに何度もこちらを振り向いていた。

「君もきてくれたか、ヒエダ電索官」

エチカとハロルドがニーヴァを降りると、先に到着していたナポロフ警部補が近づいてくる。彼は寒さで色の悪い唇をぎゅっと結び、極めて厳しい表情だ。無理もない。

「まだ、『悪夢』事件と直接的な関係があるとは断言できない」ナポロフは額を押さえて、「母親のエレーナ曰く、ニコライは昨日の夜中に家を出たきり、今まで戻っていないそうだ。彼の車は、ここから十五分ほどの池の前に置き去られていた。念のため池の中を捜索したが、手がかりはなし。誘拐の可能性が高い」

ハロルドが問いかける。「ニコライのユア・フォルマの位置情報は？」

「途絶している。絶縁ユニットを挿し込まれているとみていいだろう」

「その状況で、『悪夢』と無関係だと考えるほうが難しいでしょう。私は、被害者遺族に警備をつけるよう進言したはずですよ」

「もちろんつけていたとも。見ろ」

ナポロフが家の玄関口を示す——確かに、人間の警察官が背筋を伸ばして立っていた。

「彼は何をしていたのです」ハロルドは責めるような口ぶりだ。「ニコライを一人で出かけさせるだなんて、一体何のための警備ですか？」

「そもそも、次に遺族が狙われるかどうかも確定していなかった。一世帯につき、警官一人を派遣するのがやっとだったんだ」ナポロフの反論も荒々しくなる。「ニコライ自身、警官の同行を断ったらしい。母親のほうを見ていてやってくれと」

「外出自体を止めるべきでした。彼はどこに？」

「分からん。これからもう一度、エレーナに話を聞くつもりだ」ナポロフは、不服そうに鼻を鳴らす。「ハロルド、冷静でいられないのなら君こそ捜査を外れてくれても構わんのだぞ」

そういうナポロフ自身、平常心を欠いていることは明らかだ――彼は苛立ったようにきびすを返し、木戸を押して家の敷地内へと戻っていく。

ハロルドは眉をひそめ、ほんのわずかな間、靴先へと視線を落として。

――これほど感情的になっている彼を見るのは、初めてかも知れない。

アミクスはいつだって、器用に自分を制御できるものだと思っていたが。

「……補助官」エチカはやんわりと声を掛ける。「警部補と一緒に、話を聞きにいかないと」

「ええ」ハロルドは物思うように、一度目を閉じた。「あなたはここにいて下さい」

「何のためにきたと思ってるの？」

彼はもどかしそうに何かを言おうとして、しかし、結局は口を噤む。こちらを追い越すように、木戸を通り抜けていくのだ――エチカも足早に続いた。

ハロルドが何を懸念したのかは、薄々予想できる。

実際、すぐさま的中した。

「――どうしてそれを連れてきたのよ！」

彼とともに家の中へ入った途端、金切り声が飛んでくる――リビングの入り口で、エレーナがナポロフに突っかかっていた。彼女の血走った目がこちらを睨みつけてきて、エチカはつい、その場に固まってしまう。

案の定だ。

「ハロルドは捜査のお役に立ちます」ナポロフがエレーナを諭している。「奥さん、私どももニコライをソゾンの二の舞にはさせたくない。どうか落ち着いて協力を……」

「今度はニコライを死なせるつもり？」エレーナが吐き捨てる。「いいからそいつをさっさと追い出してちょうだい。出ておいき、このポンコツ！」

昨日以上に壮絶な剣幕だ。エチカは思わず、隣のハロルドを仰いだのだが――彼は、表情を一切変えていなかった。空恐ろしいほどで、まばたきの間隔さえも普段通りだ。

それどころか、

「エレーナ」

ハロルドは、真っ向から彼女に歩み寄っていくではないか。エレーナが聞くに堪えない罵声を浴びせたが、彼はお構いなしだ。迷わずに、その痩せた両肩を摑む。

エレーナがおののく。「あたしに触るんじゃない！」

「ニコライを見つけます」ハロルドは彼女と目の高さを合わせて、はっきりと断じた。「どうか私にも協力させて下さい。同じ轍は踏みません。必ず、お役に立ってみせます」

「お黙り。あんたが何を言おうが、ソゾンを見殺しにした事実は変わらないのよ！」

「だがニコライはまだ取り戻せる！」

ハロルドが怒鳴る――それはどう聞いても、機械の怒声とは言いがたかった。ほとんど人間に等しい。エチカはもちろんのこと、ナポロフも驚いたように瞠目する。

エレーナもまた、開きかけた口唇をそのままに硬直して。

蠟を垂らすように、じわりと、沈黙が滴った。

「…………、申し訳ありません」

ハロルドは我に返った様子で、エレーナの肩から手を剝がす。彼は瞬時に冷静になったらしい――数歩後ろに下がって、すぐさま背を向けた。逃げるように、玄関扉から外へと出ていくのだ。

きい、という扉の軋みだけが残されて。

エチカは鼻から息を吸う――ハロルドが、どれほどの思いを持って『ペテルブルクの悪夢』と向かい合おうとしているのか、自分は把握しているつもりでいた。

けれど、実際はどうだろう。

エチカを諭そうとしたナポロフのほうが、よほど理解していたのではないか。

「失礼。彼のことは気にせずに」ナポロフの咳払いが、凍り付いていた空気をぎしりと動かす。

「それで奥さん、ニコライは出かける前に何か言っていませんでしたか？　どんな些細なことでも構わない。誰かに会うとか、どこへいくとかそういうことを……」

エレーナの表情に、先ほどまでの怒りはなかった。一瞬にして毒気を抜かれたように、茫然としていて——どこか決まり悪そうに、唇を舐める。

「何も言っていませんでしたよ。あの子が出かける時、あたしはもうベッドに入っていましたから」彼女は力なく言い、「でもニコライは、夜中にどこかへ遊びにいくような子じゃありません。よっぽどのことがあったとしか思えない……お願いします、あの子を見つけて」

「もちろん全力を尽くします」

「あの子までいなくなったら、あたしは本当に……」

へたり込みかけたエレーナを、ナポロフがそっと支える——エチカは二人を置いて、静かに家の外へ出た。刺すような空気が頬をぴりぴりと痺れさせて、何となく肺が苦しい。

ハロルドに、誰も傷付けて欲しくないという思いは、変わっていない。

けれど——やはり、もはやがむしゃらに反対するわけにもいかなかった。

庭先の木戸をくぐると、ハロルドの後ろ姿が見える——アミクスは、ニーヴァに寄りかかるようにして立っていた。今にも雨が混じりそうな風に、ブロンドの髪が所在なく揺れている。その眼差しは、目の前に広がる荒れた耕作地へと投げられていて。

エチカはつい、その場で立ち止まりたくなる。

自分の拙い経験では、どんな言葉をかければいいのか、まるで思いつかない。

なのに答えを閃くよりも先に、足は勝手に彼の傍へと歩いていく――ニーヴァを回り込んで、ハロルドの隣へと。彼は、何も言わなかった。だから、エチカも黙ったままでいた。居心地の悪さを誤魔化すように、コートのポケットに手を入れる。指先に当たった電子煙草を、取り出したくなる衝動を抑えて。

「ニコライさんは……見つかる」

ありきたりな励ましを、紡ぐしかなかった。

「わたしたちで、見つけるんだ」

耕作地の枯れた下草が、風に舞い上げられている。

ハロルドが、かすかに息を吸う気配。

「……ソゾンも、殺される直前に行方不明になりました」その声音は弱く、乾いていた。まるで、諍いのことなど忘れ去ったかのように。「エレーナには啖呵を切りましたが、正直、ニコライが今も生きている保証はありません。明日にも、彼の遺体が見つかるかも知れない」

エチカは下唇を噛む。確かに過去の事件を思えば、その可能性は否定しきれない。けれど。

「弱気にならないで。わたしも手伝うし、ナポロフ警部補たちもいる」

ハロルドは答えない。

「皆で、最善を尽くせばいい」

「……お優しいですね」

「事実を言っているんだ」

彼が、ようやくこちらを見る。落ちてきた前髪の間から、凍った湖の瞳が覗いていた。その頰は相変わらずこわばったまま、まるであらゆるものを恐れているかのようで。

もしも、ソゾンに続き、弟のニコライまで犯人に奪われたとなれば。

――今はまだ、最悪の結末は思い描かないでおきたい。

エチカは気を取り直すつもりで、姿勢を正す。

「補助官、きみは家の中を調べて。何か、ニコライさんの行き先に繋がる手がかりがあるかも知れない。それと」言いながら、ニーヴァのルーフをこつこつと叩く。「きみさえよければ、ニーヴァを貸して欲しい。わたしは、彼の車が見つかった池の前にいってみる」

ハロルドはどこか疲れたように、乱れた前髪に指をうずめた。

「あちらは鑑識課が調べているはずです」

「だったら、現場の周辺を見て回る。時間がないんだ、じっとしているよりいいでしょう」

「……分かりました。では、お願いします」

彼はいつになく緩慢な仕草で、コートのポケットからニーヴァの古くさいキーを取り出す。

エチカは受け取ろうと手を伸ばして、
おもむろに、指先を握られた。

中途半端に低い気温のせいなのか、アミクスの淡いぬくもりは、ほとんど感じられない。

「あなたを突き放したことを謝ります、エチカ」

彼の囁きは優しかったが、やはり、表情は硬いままだ。

「もし……何か手がかりを見つけたのなら、必ず知らせて下さい」

念を押すかのような口ぶりだった――こちらが、犯人からハロルドを遠ざけたがっていることを見透かしている。昨日あれほど反対したのだから、「邪魔はしない」という約束を信用できなくても、致し方ないだろうが。

エチカは、ニーヴァのキーを握り込む。ハロルドの指が剝がれて、離れていく。

「……分かった。ちゃんと連絡する」

ただしニコライは見つけても、きみを犯人に近づけたくはない、と心の中で付け加えて。

それだけは、どうしたって譲れなかった。

エチカはニーヴァのドアを開けて、運転席へと身を滑り込ませる。ユア・フォルマのマップを展開し、目的地までの経路を算出。ここから十五分程度だ、そう遠くはない。

とにかく今は、できる限りのことをするしかなかった。

意を決して、ニーヴァを発進させる。

サイドミラーに映り込んだハロルドの姿が、またたく間に小さくなっていく。

ニコライの車が置き去られていたという池は、ペテルゴフ宮殿の南――バス通りから一本逸れた、ひと気のない道路沿いにあった。池とはいっても、周囲には無造作に芝生が植わっているばかりで、ろくに整備が行き届いていない――現場付近はホロテープで封鎖され、警備アミクスが通行を規制している。ニコライのものと思しきピックアップトラックが池の脇に停車しており、数人の鑑識官が検分していた。

エチカはニーヴァを降りて、警備アミクスに鑑識官を呼んでもらう。

「何か進展はありました？」

「芝生の上で、ニコライさんの毛髪が数本見つかりました」やってきた中年の鑑識官は事務的に言い、「土の部分にかかとを引きずられたような痕跡があったので、誘拐は決定的ですね。ただこのあたりには、監視カメラもドローンもほとんどないので……」

現状、誘拐犯への手がかりは皆無というわけだ。

エチカは徒歩で池の周辺を歩きながら、何か捜索に役立ちそうなものはないかと見て回る。もちろん自分が眺めて発見できるようなものは、既に鑑識課が暴き出しているだろう。だが、見落としがないとも限らない。

そもそも、ニコライはどうして夜中に一人で家を出たのだろうか？

母親のエレーナは、よほどの事情があったのだろうと話していた。これまでにも『悪夢』の被害者たちは、自ら犯人のもとへ向かっている――つまりニコライもまた、犯人によって脅迫され、無理矢理に呼び出されたと考えるのが妥当だ。

だが彼は事件の被害者遺族であり、犯人の手口を十分に知っていたはず。それでも考える余裕もなく家を飛び出したのだとすれば、よほど動揺する内容だったのだろうか——エチカが一人、悶々と頭を悩ませていた時だった。

〈公衆電話から音声電話〉

——公衆電話？

つい戸惑って、その場に立ち尽くす。ふと公衆電話から市警に電話をかけてきた、模倣犯のアバーエフを思い出してしまって——だが当然、彼であるはずがなかった。

エチカはしばし迷ってから、通話を選択する。

「はい」

自分でもそうと分かるほど、はっきりと警戒した声色になってしまったのだが。

『——もしもし？』聞こえてきたのは耳慣れた少女のそれだった。『よかった、繋がって！』

「……ビガ？」

拍子抜けする——今朝、交差点で顔を合わせた彼女の姿が蘇ってきた。確か、今日はアカデミーへいくと話していたはず。施設はペテルブルク市内にあり、当然ながら公衆電話とは無縁だ。なのに。

「待って、今どこにいるの？　もしかして研修を休んだ？」

『すみません。あれから「悪夢」事件について、少し思いついたことがあって』ビガは勢い込んで言うのだ。まさか、勝手に調べていたのか？『今、指定通信制限エリアにきています。実は——犯人に繋がる手がかりを、見つけたかも知れないんです』

エチカは一瞬、耳を疑った。何だって？

「どういうこと？」

『あとで説明します、現金をあまり持ってこなかったから電話が切れそうで』そういえば公衆電話で通話を続けるには、一定時間ごとに硬貨を投入するか、フォンカードを購入しなければならないのだったか。化石のようなシステムだ。『とにかく、ヒエダさんに一緒に見てもらいたいんです。一旦そっちに戻るので、待ち合わせできませんか』

「分かった。ナポロフ警部補に許可を取るから、」

『許可なら取りました！』ビガは張り切って遮る。『先にハロルドさんに連絡したんですけど、その時に警部補に相談してくれて。それで、ヒエダさんを寄越すからって』

恐らくナポロフは、ビガの情報が見当違いだった際のことを考慮したのだろう。有力かどうかも分からない手がかりに人手を集中させて、いざ的外れだった場合、それこそニコライの命に関わる。

「そう」エチカは頷く。二人からは何の連絡も届いていないが、今は細々としたやりとりどころではないので致し方ない。「すぐにそっちにいく。どこで合流すればいい？」

『ありがとうございます。ええと、場所はですね――』

そうしてビガとの通話を終えてから、エチカはマップを再展開した――指定された待ち合わせ場所を検索する。ペテルブルク市内のネヴァ区にある、小さなパーキングロットらしい。ここから一時間ほどかかるため、戻るのが遅くなりそうだ。

一応、ハロルドにメッセージを作成しておこうか。

エチカは、ユア・フォルマを介して簡潔なテキストを打ち込みながら、ニーヴァへと引き返す。もしこれが有力な手がかりだったら、彼を呼び寄せなければならなくなるだろう。もちろん、そうすべきなのは言うまでもないが――ただ。

できればハロルドよりも先に、犯人へと辿り着かなくては。

エチカはニーヴァに乗り込んで、祈るような思いでエンジンをかける。

どうか、ビガの目星が当たっていますように。

3

エチカから届いた最後のメッセージを、何度見返しただろう。

《少し遅くなるかも知れない。また連絡する》

ハロルドは、警察車両内の助手席でホロブラウザを眺める。受信時刻は八時間も前だ――ウインドウにへばりつく夜闇を一瞥し、奥歯を噛み締める。もうずっと循環液の巡りが悪い。

エチカと別れたあと、自分は家の中を回り、ニコライが残した手がかりを探った。分かってはいたが得るものはなく、彼女と合流するために、ナポロフの車で例の池へと向かったのだ――が、エチカはどこにもおらず、このメッセージだけが届いていた。

いつまで待っても、次の連絡もこなければ、彼女が帰ってくることもない。

そう気が付いたのは、日が傾き始めてからだ。

「ヒエダ電索官の位置情報だが」運転席のナポロフが、険しい表情で口を開く。「最後に確認できた地点を取得したそうだ。ネヴァ区のパーキングロットで途絶えているらしい」

「急ぎましょう」

処理が重い、という表現では追いつかないほどの焦燥が、思考の中枢に突き刺さっている。

今この時にエチカの行方が分からなくなった以上、犯人はニコライ同様、彼女のことも誘い出してさらったと考えるべきだ。

これまでは、遺体が見つかる前に二人目を誘拐することなどしなかった。ここにきて、パターンを変化させるとは――だとしても、予測できたはずだ。うろたえすぎている。しかも犯人はエチカを……またしても警察関係者を狙った。模倣犯に『真作』を見せつけるだけでは飽き足らず、過去に自分が起こした事件さえ、超えようとしているのだろうか？

駄目だ。

——『何か手がかりを見つけたのなら、必ず知らせて下さい』

——『……分かった。ちゃんと連絡する』

別れ際、そう答えたエチカは目を逸らした。ハロルドが事件に関わることを、相変わらず否定的に捉えている証で——分かっていたのに、自分は彼女の同行を許してしまった。ニコライが行方不明だと連絡を受けた時、感情エンジンが吐き出す動揺に、判断を委ねたせいだ。

どうしてか、エチカに傍にいて欲しいと、思ってしまった。

だが。

ハロルドは、手首のウェアラブル端末を軋むほどに握り締める。

頭の中に火がつきそうだ。

「……彼女を、あのまま遠ざけておくべきでした」抑えきれない後悔が溢れてくる。「犯人の標的になるくらいなら、ここへ連れてこなければよかった」

「奴が電索官に狙いを定めていたのなら、どこにいたとしても結果は同じだっただろう」ナポロフは冷徹だ。あるいは、自分が狼狽しているせいでそう見えるのか。「まさか、もう一度警察関係者に手を出すほど愚かだとは……」

もしも。

もしも二人が、ソゾンのように、無残な姿で見つかることになったら。

自分は今度こそ、正気でいられないのではないか。

ネヴァ区のパーキングロットへ到着する頃には、時刻は午後九時に近づいていた。一足先に駆けつけていた市警の鑑識課が、ホロテープを張っている——小規模なパーキングロットで、せいぜい八、九台を駐められるかどうかといったところだ。鑑識官が、破壊された監視カメラを調べていた。マップによれば周辺には複数の駐車場があるが、ここは立地の関係で利用者が少なく、人目にも付きにくかったようだ。

犯人は、それをよく理解していたのだろう。

ナポロフは、路肩に連なる警察車両の最後尾に、車を停めた。ハロルドはすぐさま車外へと出て——数台先に停車した、電子犯罪捜査局のボルボが目に留まる。車の外で、フォーキン捜査官とビガが話し込んでいる姿が見えた。

「トトキ捜査官に連絡しておいたんだ」ナポロフがドアを閉めながら言う。「応援を寄越してくれると言っていた。彼らがそうだろう」

「——ハロルドさん！」

こちらを認めたビガが、蹴られたように走り寄ってくる。彼女が震えているのは、寒さのせいだけではないだろう。その小さな手は、怯えるように自らのコートにしがみついていて。

「来て下さってありがとうございます、ビガ」

「フォーキン捜査官が、トトキ課長から連絡を受けて……あたしも一緒にいたので、連れてきてもらったんです」彼女は普段よりも早口だ。「市警の人たちが現場を調べてくれています。

やっぱり、痕跡からして誘拐だろうって……行き先も、分からないって」

「周辺の監視ドローンにも、犯人のものらしき車は映っていないそうだ」フォーキンもこちらへと歩いてくる。「あんたとヒエダは一緒だったんじゃないのか、補助官？」

「申し訳ありません。私の不注意で、彼女から目を離しました」

「いや、そうじゃない」フォーキンは気まずそうにうなじを押さえる。責めるつもりはない、と言いたいのだろう。「悪い、俺も動揺しているみたいだ」

「この状況では当然です」

「――ハロルド、来てくれ」

見れば、ナポロフがこちらを手招きしていた。彼はホロテープを抜けて、パーキングロットの中へと入っていく。ハロルドはフォーキンとビガに断って、警部補を追いかけた。

ともかく――冷静にならなくてはいけない。

犯人は、ペテルゴフにいたエチカをネヴァ区まで呼び寄せた。移動時間は一時間近くに及んだはずだが、その間、彼女は警察に通報していない。自分に送られてきたメッセージにも、それらしき内容は一切書かれていなかった――犯人は他の被害者にそうしたように、エチカのことも脅迫していたのだろうか？

考えなければ。

でなければ、何のために この『目』を培ったのかが、分からない。

ナポロフは、置き去られたラーダ・ニーヴァの前で待っていた。消灯した丸いヘッドライトが、どこか物悲しそうにこちらを出迎える。一人の鑑識官が、車体を改めていた。

ハロルドは訊ねる。「シュビン鑑識官は休みですか？」

「生憎となし」警部補は頷き、「彼にスペアキーをあげてくれ。ニーヴァの中を見たいそうだ」

ハロルドは言われた通り、持ち歩いていたスペアキーを鑑識官に投げ渡した。ナポロフが背後を振り向くので、自分も倣う——地面の一カ所に、大量の分析蟻が寄り集まっていた。傍らに別の鑑識官が屈み込み、分析蟻のボディから採取物を抜き取っている。

ハロルドはよく見ようと視覚デバイスをズームして、

左胸のポンプが、圧迫された。

——血液だ。

決して大量ではないが、引き延ばされるように不自然な形で、地面に染み込んでいる。

「犯人のものかね？」ナポロフが鑑識官に問うている。

「まだ分かりません」と鑑識官。「これから解析します」

鑑識官は採取した血液サンプルを、首から提げていた正方形の分析装置へと垂らした。オンライン接続により、パーソナルデータセンターのデータベースと繋がっているのだ——ものの数十秒でスキャンが完了し、解析結果が表示される。

「——エチカ・ヒエダ電索官のものですね」

一瞬、ハロルドの目の前がぐらつく。システムの負荷が跳ね上がった。

「彼女は怪我(けが)を？」

「ええ、犯人と争ったことは間違いない。血痕のほとんどは形が崩れていますが、刃物から滴(したた)った形状のものと、傷口から垂直落下したものをぎりぎり判別しています。それから」鑑識官はニーヴァの横を指差して、「先ほど回収しましたが、あちらに電子犯罪捜査局の自動拳銃(フランマ15)が落ちていました。つまり電索官は抵抗しようとして犯人ともみ合いになり、銃を落とした上、刃物を向けられて負傷したのではないかと」

「致命傷かね？」

「いいえ。分析蟻曰(いわ)く防御創……特に、掌(てのひら)からの出血とみていますが」

ハロルドは二人のやりとりを聞きながら、どうにか落ち着きを取り戻そうとする。地面の血痕へと目を落として——分析蟻が集(たか)っていて見づらいが、それは確かに、凸凹のアスファルトの上へと引き延ばされていた。もみ合った際に踏みつけて、不自然に塗り広がったのだろう。

——いや。

ハロルドは靴先で、それとなく分析蟻に割って入る。シリコンのボディを抱えたロボットたちは、慌てたように触覚をぱたぱたと揺らしながら、左右へ散っていき——ああ、やはりそうだ。確信する。

決して、無秩序に踏みつけられているわけではない。

「おい」鑑識官が混乱した分析蟻に気付き、非難がましい声を出す。「困るよ君、何を」

「ナポロフ警部補」

ハロルドは、構わず言った。

「これは、ただの血痕ではなく——血文字です」

ナポロフと鑑識官は理解できなかったようで、互いに顔を見合わせる。

「そんなわけがない」鑑識官がかぶりを振る。「分析蟻はそうは見なしていないぞ」

ナポロフも頷く。「どう見ても文字には見えないが……」

「ええ、未完成です。書き終える前にここを離れたのでしょう」

怪訝そうな二人を差し置き、ハロルドは腰を落とす。視覚デバイスの光度を調節しながら、血痕を念入りに観察して——無理矢理指先で塗り広げようとして、途中で途切れていることがはっきりと分かる。形はアルファベットに似ているが、『J』か『V』？　いいや『I』という可能性もあるか。何れにしても、一文字だけを書き残そうと思ったわけではないはずだ。何せ、意味が通じない。

犯人ならばアバーエフの時のように、メッセージを最後まで書き切るだろう。

つまりこれを残したのはエチカで、書き終える前に連れ去られたに違いない。彼女は何かを伝えようとしていた。恐らく、自分が誘拐されたあとでここを訪れるであろう捜査関係者——もっと言えば、ハロルドに対して。

しかし血文字というのは物騒で、どうにもエチカらしくない発想だ。アバーエフの殺害現場で、犯人が残した血文字を見たことが影響したのだろうか？

「警部補、何か分かりましたか？」「ハロルドさんに無理をさせないで下さい！」

何やら靴音が近づいてくる。ビガとフォーキンが許可を得て、パーキングロット内に入ってきたようだった——ハロルドは、聴覚デバイスから音を閉め出す。考えろ。二人を見つけ出すために。エチカはどうしてこんな真似をした？　自分をさらった相手が、『ペテルブルクの悪夢』の犯人だと伝えるためか？　可能性はある。だが、この状況で彼女が行方を眩ませば、血文字などなくても『悪夢』の犯人を疑うのは自明の理だ。たとえ平静でいられなかったとしても、分かりきったことをわざわざ伝えようとするだろうか？

何か見落としている。

何か……。

——『「見ている」が観察していない」せいだ、あらゆる角度から仮説を立てろ』

ソゾンの声が、耳の奥で再生されて。

声。

——まさか。

瞬間、千切れていた回路が結び合わさるかのように、熱が走った——そうだ。それならば確かに、辻褄が合う。

ハロルドは、とっさに立ち上がってしまって。

「どうした？」ナポロフが呼びかけてくる。「今度は一体……」

「『声』です」ハロルドは勢い込んで、振り返る。「エチカは血文字を書こうとしましたが、目的は意味を伝えることじゃない。血文字を通してアバーエフの殺害現場、いいえ……彼のタブレット端末を思い出させることが狙いだ」

そう。あの端末には、ソゾンのデジタルクローンがインストールされていた。

「アバーエフは、ソゾンのデジタルクローンを使って市警に電話をかけました。つまり」

ナポロフ、鑑識官、ビガ、フォーキンの視線が、一斉にこちらへと集中して。

「『悪夢』の犯人は、声を偽装して被害者たちを誘き出しているに違いありません」

仮に親しい人から電話をもらい、切羽詰まった理由をつけて「今すぐ来てくれ」と頼まれたとしよう。多くは疑わずに信じてしまうのではないか——エチカを含む被害者たちが、あのソゾンでさえもが、何の疑いもなく犯人に誘い出されてしまった、たったひとつの原因。

アバーエフが、無警戒に玄関扉を開けて、犯人を部屋へと招き入れてしまった原因。

「ですから、犯人がアバーエフの知人だという推測は全く間違っていた」ハロルドは、噛(か)み締(し)めるようにして重ねる。「かつて私の前に現れた時、奴(やつ)は市販の変声器で声を加工していました。ですが、それだけではない。他にも他人の声紋データを使って、被害者の知り合いに成り済ます手段を持っていたのでは？」

一瞬、茫然としたような沈黙が、場を呑み込んだ。

どこか遠くで、鑑識官の指示が飛んで。

「要するに」ナポロフが押し出す。「犯人も、デジタルクローンを作っていたと？」

「デジタルクローンの製作には、一体につき三週間を要するそうです。これまでの犯行の間隔を考えれば、現実的とは言えません」ハロルドは思考を巡らせる。「もし私が犯人なら、もっと手軽な方法を考えますが……」

「どんな？」と、フォーキン。「他に思いつくとすれば、違法なカスタムメイド業者を使って、アミクスに人間の声紋データを組み込むことくらいだ」

「しかし、アミクスが電話口で特定の他人に成り済ませるとは思えません」

「――確かにあります、もっと手軽な方法が」

おもむろに口を開いたのは、ビガだった――彼女はぎゅっと両手を握り合わせたまま、爛々と緑の瞳を燃やしている。その唇が、意を決するように震えて。

「バ、バイオハ、ハ、ハッキングです」明瞭に、そう紡いだ。「バイオハッカーたちの施術には、声を弄るものも含まれます。ひょっとしたら犯人は、声紋データを読み取って声を変えられる『変声デバイス』を埋め込んだのかも……」

――盲点だった。

二年半の間、暗がりに埋もれていたものが一気に掘り起こされていく。

これまでにないほど、犯人へ近づいているという手応えがあって。

「ビガ」

ハロルドが呼ぶと、彼女は大きく頷(うなず)いた。その三つ編みが、華麗に揺れる。

「ペテルブルク近郊で、変声デバイスを取り扱っているバイオハッカーを知っています。顧客リストから、犯人を割り出せるかも知れません！」

＊

バイオハッカーが店を構えているというノヴゴロドまでは、ペテルブルクから車で二時間以上の距離があった――市街中心部は城塞都市であり、かつての城壁の土塁跡が今も残されている。現存するクレムリンが観光地として栄える一方、MR広告から景観を守るため、街の一部が指定通信制限エリアと化していた。いつぞやのコッツウォルズ地方と同じだ。

ビガがハロルドを導いたのは、そんな通信制限エリア内にある自動車用品店だった。

「単なる表向きの看板です」彼女が説明してくれる。「さすがに、堂々とバイオハッカーだとは名乗れませんから」

ハロルドは、夜と同化しそうな『自動車用品店』を眺める――土が剝き出しの敷地に古い車が数台停まり、３Ｄプリンタで製造したようなプレハブから明かりが漏れていた。入り口の門扉は開け放たれたままで、斜めに傾いた電柱の街路灯が、危なっかしく明滅を繰り返す。

「店を持っているとは驚きです。しかも、これほど市街地の近くで」

「この仕事は稼ぎがいいから、こうやって街に出てくる人たちもいるんです。指定通信制限エリアなら、機械否定派だとばれにくいですし」

「ここのバイオハッカーに会ったことが？」

「一度だけ。とにかく急ぎましょう！」

彼女は半ば駆け足で、プレハブへと向かっていく。ハロルドも続きつつ、ウェアラブル端末を確かめた。ナポロフから、簡潔な報告メッセージが届いている。通信制限エリアに入る前に受信していたのだろう――警部補は、協力を申し出たフォーキン捜査官を引き連れて、市警の捜索部隊を指揮していた。念には念を入れ、デジタルクローン関係の調査にも当たるそうだ。が、今のところ収穫はないらしい。

時刻は既に、午前零時を回った。

ビガはプレハブのドアに手をかけたが、施錠されていてひらかない。彼女は勇ましくも、扉をどんどんと拳で叩いて――ややあって、苛立ったようにスラブ系の中年男性が顔を出した。唇の上に、整った髭が寄り添っている。

「悪いがもう店じまいだぞ」

「あたしです、ビガです！」彼女は前のめりになりながら、「ダネルの娘です。ほら、前にここへパーツを買いにきた同業者の……」

「忘れたな。また明日きてくれ」

男は意に介さず、さっさと扉を閉じようとする——ハロルドはとっさに靴先を挟んだ。ぎょっとしたように振り向く男へと、支局の身分証明用バッジを突きつける。

「警察です。夜分遅くに申し訳ありません」言いながら、彼の様子を観察した。明確に瞳孔が縮んでいる。やましいことだらけなのは、バイオハッカーという職業を思えば無理もない。

「捜査にご協力いただければ、あなたの仕事については黙認します」

「アミクス風情が偉そうに何を、」

「何なら、ちゃんとしたおまわりさんを呼びましょうか？」ビガも、大袈裟に眉を吊り上げてみせる。「その場合、あたしたちが調べないようなところまで調べ尽くして、逮捕されることになるかも知れないですけど！」

「ああクソ、何なんだよ一体……」

男は逃れられないことを悟ったのだろう。諦めたように、ハロルドたちをプレハブの中へと入れてくれた——室内は、まるで倉庫だ。スチールラックに、無数のストレージボックスが押し込まれ、入りきらなかった幾つかが床を埋めている。一画がパーティションで囲われ、粗末な『手術室』となっていた。古い石油ストーブの匂いが、妙に鼻につく。

ビガが男に話しかけている。「変声デバイスって、まだ取り扱ってますよね?」

「やってるが、人気商品じゃない。最後に売ったのは一年以上も前だ」

「構いません」ハロルドは片手を差し出す。「顧客リストを見せていただけますか?」

「全員偽名だぞ」男は渋々といった様子で、紐で綴じたよれよれの紙束を、ハロルドの胸に叩き付けた。「そいつを見たら、さっさと帰ってくれ」

たとえ偽名でも、本人の嗜好は滲み出るものだ。

ハロルドは急いで、顧客リストのページを捲っていく。

「で、いつから警察と組んでるんだ?」男が迷惑そうにビガを睨む。「あんたみたいな密偵がいると、仕事がしづらくなる。堪ったもんじゃねえ」

「密偵じゃありません。正式なコンサルタントです」

リストには日付、名前、性別、施術内容が記録されていた——日付を一気に、『悪夢』事件が起こった二年半前まで遡る。施術内容に、『変声デバイス』と書かれた客を探す。なかなかいない。確かに不人気商品のようだ。ようやく一人見つける。性別が女性だ。違うな。

次のページへ。

「どうですか、ハロルドさん」

「もう少しお待ちを」

ハロルドは、リストを上から下へとなぞるように眺めていき——ふと、『変声デバイス』の文字が目に留まった。性別は男性。施術日は丁度、『悪夢』事件が始まる一週間前だ。

名前の欄には、汚い筆跡で『モンマルトル』と書かれている。

「『モンマルトル』」横から覗(のぞ)き込んできたビガが、声に出して読み上げた。「パリ十八区のモンマルトル地区でしょうか？　昔、ピカソやダリがこのあたりに住んでいたはず……」

そういえば、ビガは美術方面に詳しいのだ。出会ったばかりの頃、エルミタージュ美術館へ一緒にいった際に、本で得たという知識を披露してくれたことを思い出す。

アバーエフ殺害時の血文字は、絵画用の画筆で書かれていた。

「現場の痕跡から、犯人は美術に関心を持っている可能性が高いのです」

ハロルドは、端末のホロブラウザを開く。モンマルトルの地名を検索しようとしたのだが、指定通信制限エリアだったことを思い出した。オンラインに繋(つな)がらない。

「十九世紀頃、パリ改造の時に画家たちが集まっていた地区ですよ」ビガが代わりに教えてくれる。「モンマルトルという地名は、『殉教者の丘(Mont des Martyrs)』に由来していて……要するに、パリのディオニュシウスのことです。ノートルダム大聖堂とかに彫刻があります」

「どんな彫刻です？」

「えっと、こうやって」ビガは胸元に手を寄せて、「**自分の首を抱きかかえているんです**」

——首を抱きかかえている？

「ディオニュシウスは、モンマルトルの丘で斬首刑に処されたんです。そのあと自分の首を拾い上げて、しばらく説教しながら歩き続けたそうで……その時をイメージしたみたいですよ」

『ペテルブルクの悪夢』で殺害された被害者は、何れも胴の上に頭部を置かれていた。

ソゾンの言う通りならば、犯人は単に、自分の空想を現実に描き出したに過ぎない――ディオニュシウスの彫刻とは異なり、宗教的な意味は含んでいないだろう。だが美術鑑賞に傾倒する犯人が、少なからず影響を受けたと解釈することもできる。

循環液が、再びじわりと熱を持つ。

――この『モンマルトル』が、犯人かも知れない。

「失礼」ハロルドは、退屈そうに見物しているバイオハッカーを見やった。「ここを二年半前に訪れた、『モンマルトル』という客のことを覚えていますか?」

「昨日の客と飯のことしか覚えてねえ。二年前なんざもはや生まれる前だ」

「では、あちらの記録を見せて下さい。ダミーではないでしょう」

ハロルドは、スチールラックと天井の隙間へと視線を送る――埃を被った布袋が押し込まれていた。自分の視覚デバイスによれば、袋には小さな穴が空いていて、中に監視カメラが隠されている。所謂『防犯対策』だが、後ろ暗い事情を抱えた来客たちに、勘付かれないようにしているのだろう。

「おいおい、これまで指摘してきた客はいねえぞ」男はうんざりとした顔になる。こちらに付き合うのが面倒臭いのだ。「本当に俺を告発せずに、そっとしておいてくれるんだろうな？」

「もちろんです」ビガが声を大にして言った。「約束しますから、早く！」

男は鈍間な挙動で、ぞろぞろとケーブルが繋がったラップトップPCを引っ張ってくる——彼がカメラの記録を呼び出している間、ハロルドはどこか、祈るような気持ちでいた。

システムの内側に、悪い想像がこびりついて剝がれない。

エチカとニコライの切り落とされた頭が、じっとこちらを見つめているという想像。

急いでくれ。

バイオハッカーが、PCをこちらへと押しやる。

「——こいつが『モンマルトル』だな。ああそういや、確かにこんな奴だった」

ハロルドとビガは、指紋だらけの画面を覗き込んで——そこには、プレハブに入ってきたばかりの一人の男が映っていた。キャップを深くかぶっており、風貌がよく見えない。目算だが、背は百七十五センチ前後。猫背で、如何にも自信なさげだ。記憶の中の『影』よりも若干背が低いが、靴を弄れば容易に偽装できるだろう。

映像に音声はなかった。モンマルトルはバイオハッカーとやりとりしながらも、気にしたように室内を見回している——その顔が不意に、カメラのほうを向く。

キャップの下に押し隠されていた人相が、はっきりと映し出されて。

ハロルドは一瞬、擬似呼吸を忘れた。

――馬鹿な。

全く、これっぽっちも考えていなかった。

もし本当にそうなら、どうして今まで気が付かなかった？

システムの処理が滞りそうになって。

そもそも、疑いようがなかったのだ。

「モンマルトルは、変声デバイスの使用目的について何か言ってましたか？」

ビガがPCの画面を、持参していたタブレット端末で写し取っている。

「いちいちそんなことを聞いてたら客が寄りつかなくなる」男はいつの間にか、どこからか取り出した煙草を咥えていた。「なあもういいか？　明日も仕事があるんだよ」

「いえ、待って下さい。まだ――」

「十分です、助かりました」ハロルドはビガを遮るようにして、彼へとPCを返した。「ご協力に感謝します。我々はこれで」

ほとんど駆け出すように、店を後にする――左胸のポンプの稼働率が、著しく跳ね上がっていた。ハロルドは追い立てられるように、車へと急ぐ。

「ハロルドさん」ビガが小走りについてくる。「今の『モンマルトル』が犯人ですか？」

「可能性は高い。指定通信制限エリアを出たら、ナポロフ警部補に連絡します」

「あたし、写真を撮りました。あとで警部補に共有して下さい」

そうしてニーヴァに乗り込もうとした時、不意に、ビガが袖を摑んできた——振り向くと、不安そうな彼女と目が合う。ビガの頰は、寒さではっきりと赤らんでいて。

「その……帰りはあたしが運転しますから、少し休んで下さい」

「ありがとうございます。ですが、私は疲労を感じませんので」

「でも絶対に休んだほうがいいです！」

ビガはそのまま、ハロルドを引っ張っていこうとした。彼女の心配は有難いが、今はそれどころではない——だが、小さな手は否が応でも袖を離そうとしない。結局、ハロルドは助手席へと押し込まれる羽目になる。

運転席を勝ち取ったビガは、シートの位置を調整してエンジンをかけるのだ。

「ヒエダさんたちが心配なのは分かりますけど、そんなに張り詰めていたら壊れちゃいます」

「我々は仮に壊れても修理できますよ」

「できないものだってあるはずです」

ハロルドは、かすかに眉を動かしてしまう。彼女の言葉の意味が、全く嚙み砕けなくて——

ビガの手に握られたステアリングは、やたらと大きく見えた。

ニーヴァが、どこかぎこちない仕草で動き出す。

「いいですか、目を閉じるだけでも休まりますから」

「ビガ、お気持ちは嬉しいですが」

「言う通りにして下さい」

彼女が頑として譲らないので、ハロルドは致し方なく瞼を下ろす。まあ確かにどれほど焦ったところで、一足飛びにペテルブルクへ戻ることなどできないが。

映像の中で、こちらを見つめ返しているモンマルトルの顔が、浮かんでくる。

当時近くにいたソゾンでさえ、何一つ察せなかった。

察しようがなかった。

何せ、彼には――『サイン』がない。

焼け付くような焦りと悔しさが、滲み出して。

やがて、指定通信制限エリアを出る。

4

どこかで、ずっと誰かが囁いている。起きてくれ、起きてくれよ、と懇願するように。

エチカはうっすらと瞳をひらいた――冷たいコンクリートの感触が、頬に返ってくる。どうやら自分の体は、無防備に横たわっている。両手を背中で、両足は重なり合うように縛り上げられているらしく、全く起き上がれない。

この感覚をよく知っている。前に、エイダン・ファーマンに誘拐された時と同じ――理解した途端、はっきりと覚醒した。ユア・フォルマを操作しようとしたが、案の定、絶縁ユニットでオンラインから切断されていて。

最悪だ。

思い出したように、掌の傷に焼けるような痛みが戻ってきた。

記憶を辿る——自分はビガに呼び出されてペテルゴフを離れ、一人でネヴァ区のパーキングロットへと向かった。だが到着してみても彼女の姿はなく、ニーヴァを降りた直後、覆面の男に捕まったのだ。銃で抵抗しようとしたがもぎ取られ、激しくもみ合いになった。業を煮やした男がナイフを抜き、自分はとっさにそれを掴んで身を守ったのだが——掌は深く切れた上、そのまま地面へとねじ伏せられて、絶縁ユニットを挿し込まれてしまった。

その時にはもう、この男こそが『ペテルブルクの悪夢』の犯人だと確信していた。

自分はまんまと騙され、誘き出されたわけだ。

ニコライの捜索を手伝うどころか、足を引っ張っているじゃないか。

せめてハロルドに犯人の手がかりを残そうと、自分の血液を血文字に見立てようとしたのだが——そのあとのことは全く覚えがない。恐らく殴られて、気絶させられたのだろう。

苛立ちながら首をめぐらすと、かすかに頭痛が走る。

明かりが消えているが、暗闇に車のシルエットが浮かび上がっていた。大型のバンだ。ボンネットの先に、シャッターが下りていて——どうやらここは、どこかのガレージらしい。

「よかった」吐息に等しい声が、暗がりの奥から聞こえた。「電索官、大丈夫ですか」

他にも誰かいる？

エチカはどうにか、声のする方向へと体を向ける。車の反対側で、人影らしきものが動いた。どうやら相手も、自分と同じように拘束されているらしい。芋虫のように床に転がっている——顔が見えない。だが、男性だということは背格好から分かる。

その瞬間、急激に閃いた。

まさか。

「ニコライさん？」

「そうです、あなたまでここに運ばれてくるなんて……」

生きていた——一瞬で、言い表せないほどの安堵がこみ上げる。よかった、彼はまだ無事だったのだ。一刻も早く、ハロルドたちに知らせたい。

「あなたを必ず助けます」エチカは体勢をうつ伏せへと入れ替える。とにかくこのロープをほどかなければならない。「犯人はどこに？」

「あなたをここに置いて、出ていきました。車があるから遠くへはいっていないと思うけど」

「わたしはどのくらい眠っていました？」

「分からないです、すみません。時間を見るどころじゃなくて——」

不意にどこかで、ごとん、と重い音が響く。二人は口を噤んだ。もしやこのガレージは、家屋か何かと連結しているのかも知れない。反響の仕方が、屋外のそれではなかった——風で、がたがたとシャッターが揺れる。どこかで水が波立っている。水道ではない、自然環境音だ。川か、もしくは海？

エチカは想像の中で、ペテルブルク周辺のマップを広げようとして。

突如、ガレージのドアが開く——初めて、そこに扉があったことを知った。ライトが暗闇を引き裂き、ビニールが擦れるような足音。誰かが入ってくる。エチカは全身に力を入れて。

背筋が粟立つ。

姿を見せたのは、自分をさらったあの男だった。相変わらず覆面で顔を隠していて、人相は窺えない。黒っぽい服の上に、全身を覆う透明なレインコートを着込んでいる。

「く、くるな！」

ニコライが怯えたように叫ぶが、男は構わず、その襟首を掴んだ。更には引きずるようにして、彼をガレージから連れ出そうとするではないか。

「待て！」エチカは叫んでいた。「その人に手を出すな……！」

だが、男は聞く耳を持たない。ニコライは抵抗も虚しく、ガレージから引っ張り出されていく。ばたん、と容赦なく扉が閉ざされ、悲鳴が遠ざかって。

いけない。

エチカはもがく。いつぞやファーマンに拘束されたあの時、ロープが勝手に千切れてくれたことを思い出しながら――だが、今回ばかりは運も味方してくれない。びくともしなくて。駄目だ。

ニコライが殺されてしまう。このままでは……。

「くそ……！」

嚙み潰すように吐き捨てるのが、精一杯で。

引き裂くようなニコライの絶叫が響いてきたが、やがて、ふっつりと途切れた。

＊

「『ペテルブルクの悪夢』の犯人は、カジミール・マルティノヴィチ・シュビンです」

ノヴゴロドを離れたニーヴァの車内――ハロルドのウェアラブル端末から、ホロブラウザが煌々と展開する。映り込んだナポロフ警部補は、市警本部内を歩いているようだ。隣に、フォーキン捜査官が連れ添っている。

『……何だって？』

「鑑識課のシュビンです」ハロルドは鋭く言葉を重ねた。「あなたもよくご存じでしょう」

そう――先刻バイオハッカーの店で確認した監視カメラの映像には、確かにシュビンが映り込んでいた。キャップを深くかぶっていたが、目許に垂れかかる前髪は間違いなく彼のもので、あの猫背も本人と一致する。

ナポロフは笑い飛ばそうとして、失敗したようだ。『冗談だろう？』

「画像をお送りします。ビガが、店の監視カメラ映像を直接写し取ったものです」

ハロルドはビガから預かったタブレット端末を操作し、ナポロフにシュビンの画像を送信する。警部補はユア・フォルマでそれを受け取ったらしく、数秒間じっと目を閉じた——必死で冷静になろうとしているようにも、受け入れがたい現実に腹を立てているようにも見えて。

「プロファイルと照らし合わせても、確かにシュビンは犯人像と一致します」ハロルドは、ソゾンが打ち立てたそれを反芻する。「彼は三十五歳で、性格も決して外向的ではない。医療従事者ではありませんが、死体を扱う鑑識課に属しています。美術方面にも詳しい。機械派だとは公言していませんが、彼はそもそも自分の感情を表わさないので、内心ではアミクスを嫌悪していたかも知れない」

そして鑑識官は、日頃からパーソナルデータセンターに出入りする機会が多い——もともと捜査関係者は、自身のユア・フォルマを介して相手のパーソナルデータを取得できる。加えて鑑識官は仕事の性質上、データセンター内に保管された生体情報を閲覧する際の手続きを、一部簡略化できるのだ。彼は鑑識官としての権限を利用し、故意に特定ユーザーの声紋データを入手していたのではないか。パーソナルデータを利用すれば、被害者の交友関係を把握し、知人を見繕うこともたやすかったはずだ。

「ただし鑑識官と言えど、取り寄せられる生体情報には限りがあります。たとえば同じ捜査関係者か、軽重かかわらず犯罪歴のある人間でなければならない」ハロルドは考えを巡らせながら、「エチカやソゾンは同僚の誰かの声を使って呼び出されたとして、他の被害者たちにも友人派という以外に、犯罪歴を持つ知人がいたという共通項があったのでは」

『だが』と、ナポロフが額を押さえる。彼はすっかり立ち止まってしまっている。『シュビンはアバーエフの現場で、血文字について自ら分析した。自分で自分の犯行を解説するのは、あまりにもリスキーじゃないか？』

「逆です。自分が犯人だからこそ、疑われないために解説したとも考えられます」

『なるほどな』聞いていたフォーキンが呟く。『確かに容疑者の中には、目撃者を装って警察の捜査に関わろうとする人物もいる』

「あと市警みたいに大きな組織なら、定期的な健康診断がありますよね？」ビガがステアリングを取ったまま、口を挟んでくる。「だったら調べて下さい。バイオハッキングを受けた人たちは、それを隠すために健康診断を休むようになることが多いんです」

『…………、シュビンのパーソナルデータを確認しよう』

そうしてナポロフは、ユーザーデータベースにアクセスしたようだ。間もなく、シュビンのデータがハロルドのウェアラブル端末へと共有される――生年月日、出身地、学歴……病歴に、健康診断の受診日が記録されていた。確かに、事件があった二年前から途絶えている。

フォーキンが訊ねている。『市警は思想の調査をおこなっていないんですか？』

『実施しているが、精神鑑定ほど厳密なものじゃない』ナポロフは押し殺すように、『シュビンのように常識人を装える……所謂、二面性を併せ持った精神病質者ならすり抜ける』

もはや、決定的といえるだろう。

「警部補。シュビンの位置情報を取得して下さい」

『……絶縁ユニットを装着しているかも知れないぞ』

ナポロフはすぐさま問い合わせを始めたようだったが、未だに、旧知の部下が犯人だと受け入れられないようだ。ハロルドとて衝撃だった。しかし、今はショックに翻弄されている場合ではない——エチカとニコライの命が懸かっているのだ。

『——ラドガ湖付近のダーチャだそうだ』やがてナポロフが告げたそれは、熱に浮かされたように、ぼやけて響く。『あのあたりにはダーチャ群があるが、冬期は人の出入りがほとんどない。空き家も目立つ』

「つまり……シュビンはソゾンを殺した時のように、再び空き家での犯行を企てていると？」

『大いに有り得る。過去の事件との比較要素を付け加えることで、今回の犯行の凄惨さを際立たせようとしているのかも知れない』

だとしても——もう、誰一人として奪わせるものか。

カジミール・マルティノヴィチ・シュビン。

その名前をもう一度、口の中で転がす。
ようやく、見つけた。
『──我々はこのダーチャへ向かう。ハロルド、君たちもすぐに合流してくれ』

第四章―地下室の夜明け
YOUR FORMA

1

ニコライの悲鳴は、すっかり途絶えていた。

ガレージに一人残されたエチカは、肩を床に擦り付けながら、もがくようにドアの下へと這っていく。決して妙案があるわけではなかったが、それでも動かずにはいられない。

何としてでも、ニコライを助け出さなくては。

身を起こし、もたつきながら膝で立ち上がる。ドアレバーを顎で引き下げようと試みた。押し出そうとして失敗——血管を突き破りそうな焦燥がせり上がってくる。ああもう早く！

エチカは今度こそ、扉の外へと転げ出た。勢い余って顎を床に打ち付ける。口の中に錆の味が広がって——目の前に、廊下が伸びている。やはり、ガレージと家の内部が直結している構造だ。無理矢理這うようにして進み始める。埃なのか土なのか分からない汚れが、体の下でざりざりと音を立てた。

突き当たりの扉までは、わずか三メートルもないだろう。それなのに、永遠のように遠く感じられて——隙間が開いている。静寂が、じわじわと流れ出している。

エチカは、全身でぶつかるようにしてドアを開けた。

そこは、広さからしてリビングのようだった。窓から射し込む弱い月明かりが、がらんどうの室内を照らし出している——今更気付く。そうか、ここは空き家なのだ。

男は、こちらに背を向けて屈み込んでいた。その足許に、ニコライが横たわっている。ぐったりと目を閉じて動かないが、気絶しているだけで息はあるようだ。男の手には、凶暴そうな小型の電動鋸が握られていて。

ニコライの手足はロープから解放され、だらりと床に垂れている。

——まさか、四肢を切断しやすいようにそうしたのか？

エチカは阻止しようと、反射的に立ち上がりかけた。当然叶わない。あっさりとその場にくずおれる——聞き留めた男が、振り向く。果たして目が合ったのかどうか。相手が、ゆっくりと腰を上げる。ビニールに覆われた靴先が、こちらへ向き直る。

踏み出す。

どうする。どうしたらいい。

あっという間に、男が目の前に立った。黒い手袋に覆われた手が、エチカの胸倉を引っ摑む。強引に引きずり起こされる。呻きながらも、必死で頭を巡らせて。

ファーマンの時のように、相手の手に嚙みつくか？　だが分厚い手袋がある。大した効果は望めないだろう。蹴り飛ばそうにも両足は自由が利かない——男の手が、電動鋸を握り直した。その指は、とっくにトリガースイッチにかかっている。

全身が総毛立っていく。

こんなところで、死んでたまるか。

――死にたく、ない。

だが。


男は唐突に、エチカの胸倉から手を放した。


――え？

一瞬、放心してしまう。男は更に何を思ったか、そのまま電動鋸を床に置いた。どこか恐れるように、何歩か後ずさって――エチカはわけもわからず、ただその光景を眺めるしかない。

一体どうしたんだ？

「……ヒエダ電索官」

男の声は依然として、ビガのそれだった。

「――あなたは優秀な捜査官だ……だから、きっと――」

不意に、月光が灼けるような白さを帯びて、窓を舐めあげる――車のヘッドライトだ。男がはっとしたように顔を上げた。数秒と経たず、外でドアの開閉音。かすかな人の声。誰かがきた。男の仲間か、いや……。

静寂。

突如、男がきびすを返す。

部屋の奥、ガレージのほうへと駆けていく。

「待て！」エチカは身じろぎすることしかできない。「どこに、」

霰のような靴音がリビングへとなだれ込んできたのは、その直後だった。

「――クリア！　二人を見つけた、救急隊早く！」

エチカはどうにか首をもたげる。姿を見せたのは、スヌードを巻いたナポロフ警部補だ。回転式拳銃を片手に、警戒しながらこちらへと駆け寄ってくる――どっと、安堵が噴き出して。

間に合った。

どうしてここが分かったのか、という問いかけは愚問だった。気付いて欲しくて、痕跡を残したのだから……ハロルドなら、きっと読み解いてくれるだろうと信じていた。

でも、半ば諦めかけていたのに。

「奥のガレージだ！」「車で逃げるわ。回り込んで！」

防弾ベストを身につけた二人の警察官が、目の前を慌ただしく横切っていく。

「大丈夫か、電索官」ナポロフがすぐにロープをほどいてくれた。「怪我は？」

「何ともありません。わたしよりもニコライさんが――」

エチカは自由を取り戻した手足を確かめながら、うなじの絶縁ユニットを引き抜く。ニコライのほうを見やって――いつの間にか現れた救急隊員たちが、彼を取り囲んだところだった。

早速、簡易診断ＡＩのスキャンを始めている。今は、大事ないことを祈るしかない。

「警部補」エチカは問うた。「ここが分かったということは、犯人を？」

「ああ、突き止めた。全て、シュビンの犯行だ」

ナポロフが苦々しげに顔を歪める——エチカは理解に手間取った。シュビンとは、あの陰気な鑑識官のことか？　今し方まで目の前にいた男とシュビンの姿を、頭の中で重ね合わせる。いや確かに、思えば彼の人物像は犯人のプロファイルと合致しているのか……。

だが、まるで予想していなかった。

「ヒエダさん！」

小さな人影が部屋に飛び込んできて、思考が中断する——何とビガだった。彼女は、今にも泣きそうな顔で走ってくるではないか。

「どうして」エチカはよろめきながら、どうにか立ち上がる。「何でここに？」

「あたしも捜査に加わりました、犯人はバイオハッキングで変声デバイスを……いえ、そんなことはいいんです！」彼女の目は真っ赤だった。細い両腕が伸びてきて、ぎゅっとエチカを抱きしめる。「生きてる、生きてますよね、よかった……！」

そのあたたかさに、思わず、ほっとしてしまいそうになって。

「ここは危険だ」ビガの腕をやんわりと引き剝がす。「まだ犯人が奥にいる、早く外に」

「大丈夫、警察の人たちが捕まえてくれます。フォーキン捜査官もきてるんですよ、だからヒエダさんは急いで病院に……あ、掌にも怪我してるじゃないですか！」

彼女はエチカの左手を摑んで、青ざめている——だが、自分の傷などどうでもよかった。辺りを見回す。救急隊員の姿があるばかりだ。ナポロフが手袋をはめて、シュビンが置いていった電動鋸を拾い上げている。どこかで、警察官の怒号が飛んで。

ハロルドが、いない。

いつもなら、鬱陶しいくらい真っ先に駆けつけるはずなのに。

「ルークラフト補助官はどこ？」

「無事ですよ、外にいます」ビガが宥めるように教えてくれる。「シュビンを逃がさないよう、皆で車を使って家の周りに包囲網を敷いていて……」

焦りが膨れ上がるのを感じた。

——いけない。

「彼を、シュビンに近づけさせないで」

「え？」

「すぐに家へ帰すんだ。現場から離れさせないと——」

どん、と腹の底を震わすような爆音が、轟く。

エチカとビガは、互いに硬直して。

——外だ。

とっさに、ビガの手を振り払うようにして駆け出していた。エチカは廊下を走り、そのまま玄関口を塞いでいる警備アミクスを押し退ける——目の前に、地平を覆うようなどす黒い海が広がった。いや違う。

〈ラドガ湖〉

星一つ浮かばない、真夜中の湖——自分が聞いていた水音の正体は、これだったのか。

空き家は、湖にせり出したダーチャ群の一角に位置していた。家の前には、砂地が剝き出しの敷地があり——ガレージの開ききっていないシャッターを、シュビンのバンが強引に突破したところだった。待ち構えていた二台の警察車両が、バンの進行方向を塞ごうとする。だがシュビンは隙間を縫うようにして、無理にすり抜けた。勢い余った警察車両同士が衝突。がしゃん、と鼓膜を穿つような破砕音が轟いて。

——嘘だろう。

バンは加速しながら、敷地を封鎖している木製の門扉へ突っ込んだ。ほとんど腐ったそれはあっさりとなぎ倒され、凸凹の車体が道路にまろび出る——待ち構えていた一台の車が、ヘッドライトを跳ね上げたのが見えた。逃走を始めたバンに猛然と追従するのは、見覚えのある、マルーンのＳＵＶ。

ラーダ・ニーヴァ。

「——ルークラフト補助官！」

一瞬、ニーヴァの速度が緩んだように思えて。

だが、エチカの叫びは届かなかった——バンとニーヴァのテールランプが、またたく間に遠ざかっていく。重なり合うようにして、曲がりくねった道の先へと吸い込まれていって。

周囲を取り囲む影の森だけが、嘲笑うようにざわざわと揺れる。

——止められなかった。

その事実だけで、足が竦みそうになる。

ああ、どうしよう。

「ナポロフ警部補、俺は補助官を追います！」

はっとする。敷地内に駐まっていたボルボのウィンドウが下がり、運転席からフォーキンが身を乗り出していて——振り向くと、家の中からナポロフが現れたところだった。彼は「私もすぐに向かう！」と怒鳴り返している。

フォーキンは手振りで了解を示して、ボルボを発進させた。

「警部補」エチカは問いかけずにはいられない。「ニーヴァには補助官が一人で？」

「ああ。だが彼には敬愛規律がある、犯人に追いついても捕まえられん」

「わたしもいきます、補助官を追うのなら一緒に」

「——だめですってば！」背後から、ビガがエチカの腕を引く。追いかけてきていたのだ。

「ちゃんと病院で診てもらわないと。かなり深い傷なんですよ、幾ら掌でも」

「平気だ。もう血も止まってる」

ハロルドとシュビンを、二人きりにしてはならない。

ひどいお節介だと、自分でも分かっている——ソゾンを失った彼が、どんな環境で今日まで過ごしてきたのかを、この目で見た。遺族のエレーナに潜った際にも、その痛みが自分のことのように感じられた。息ができないほどの怒りと、悲しみ。

ハロルドには、復讐する理由がある。

自分に、それを止める権利はない。

これまでに何度となく言い聞かせた言葉を、頭の中で唱える。

でも、それでも、見過ごせないのだ。

お節介でも何でもいい。

確かなのは、もうこれ以上——彼に、何一つ背負わせてはいけないということだった。

「確かに人手は多いほうがいいが」ナポロフが衝突した車両を振り向く。複数の警察官が、駆けつけた救急隊員に引きずり下ろされている。「電索官、武器は？」

エチカは脚のホルスターに手をやって、今頃、銃がないことに気付く。そういえば、例のパーキングロットでシュビンともみ合った際、落としてしまったのだった——ふと、ビガがショルダーバッグから取り出したものを差し出してくる。

保管袋に入れられた、自動拳銃[15]。

「鑑識課の人から、ヒエダさんに返して欲しいって預かったんです」ビガは眉尻を下げたまま、不本意そうに言うのだ。「本当は病院にいって欲しいですけど……」

「ありがとう、ビガ」

エチカは有難く受け取り、袋から銃を取り出す。残弾を確かめてから、ホルスターに押し込んだ――ビガを見ると、心配そうに頷き返してきた。彼女には申し訳ないが、今は自分の怪我よりも優先させたいことがある。

「ビガ。君はニコライに付き添ってくれ、いいな」

ナポロフはそう指示し、足早に歩き出す。エチカも急いで追いかけた――行く手には、警部補が乗ってきたと思しき、無傷の警察車両が待ち構えている。

とにかく一刻も早く、ハロルドに追いつかなくては。

エチカが助手席に身を滑り込ませると、ナポロフもすぐに運転席へと乗り込んでくる。彼はシートベルトを引きながら、モーターを始動させて――そのまま敷地を後にし、道路へと転げ出た。あっという間に、ビガの姿がかき消えて見えなくなる。

エチカはどうにか気持ちを落ち着けながら、訊ねた。「でも、どうしてシュビンだと?」

「ハロルドとビガが、犯人が変声デバイスで声を変えていることを見抜いた。バイオハッカーの店の監視カメラに、シュビンが映っていたそうだ」ナポロフは、悔しげにステアリングを握り締める。「彼とは長く付き合いがあったが、全く気付かなかった。してやられたな」

「わたしも驚いています」だが、既に証拠は揃っているのだ。「シュビンはわたしを殺そうとしましたが、途中で気が変わったようでした。ニコライのロープもほどいたままで……」

言いながら、確かに彼の態度は妙だった、と思い始める——追っ手が掛かっていることに勘付いて、犯行を中断したのだろうか？　しかしシュビンは絶縁ユニットを装着していて、易々と居場所を暴かれる心配はなかったはずだ。いや、待て。

記憶を辿る。

——彼のうなじの接続ポートには、何も挿さっていなかった。

「シュビンはいつも、犯行の際に絶縁ユニットを身につけていたはずです。でも、今回は外していた」それがなければ、位置情報を嗅ぎつけられてしまうと分かっていたはずなのに。「彼はわたしに、何かを言おうとしていました。警部補たちが到着する前に——」

フロントガラスを、よどみのない暗闇が這い上っていく。

ナポロフは、鼻から深く息を洩らして。

「……彼の行き先に心当たりがある。捕まえて、詳しく話を聞こうじゃないか」

エチカとナポロフが向かったのは、ラドガ湖から車を一時間ほど走らせた、オフタ川沿いの住宅街だった——それも耕作放棄地のど真ん中にある、空き家ばかりが集った廃墟群だ。周辺には、荒れ果てた農地が際限なく続いている。ユア・フォルマ曰く、このあたりは近郊農業が栄えた地域で、一昔前には多くの従事者が暮らしていたようだ。しかしパンデミックが過ぎ去り、アミクスとドローンが主役の大量栽培施設(ファイトトロン)が主流になってからは、すっかり鳴りを潜めた。今では、冷たくなった廃屋ばかりが残されている。

ナポロフが車を停(と)めたのは、一軒の民家の前だ。未明の空の下では、屋根の色すらも判然としない。ただ、随分と古ぼけた風体で――背後に流れるオフタ川だけが、かすかなせせらぎとともに全てが死に絶えてはいないことを教えてくれていた。

エチカはシートベルトを外す。「ここは？」

「ソゾンが殺された空き家だ。シュビンがかつての犯行を超えようとしていたことからして、最終的に、君とニコライをここへ連れてくるつもりだっただろう」

ナポロフが先立って車を降りていく。エチカも車外へ出ながら、ユア・フォルマで過去のニュース記事を検索した――『ペテルブルクの悪夢』に関して、詳しい地理に触れているページが数件ヒットする。確かに、ソゾンが殺されたのは耕作放棄地周辺の廃墟(はいきょ)だと書かれていた。

しかし――周りを一望しても、シュビンのバンは見当たらない。

無論、ハロルドのニーヴァは影も形もなかった。

「シュビンはここにはきていないのでは？」

「間違いなく現れる。奴(やつ)の位置情報は今も、こちらに向かって移動を続けているんだ」

警部補は熱っぽい口調で言い、「待ち伏せしよう」と空き家へ歩いていく。パーソナルデータセンターは、彼にシュビンの位置情報を送信し続けているのだろうが、エチカには共有されていなかった——ひとまず銃の具合を確かめながら、ナポロフを追いかける。シュビンがやってきたら、すぐに身柄を確保しなければならない。

追ってくるであろうハロルドに、指一本触れさせないようにするためにも。

年季の入った玄関扉には、ホロテープですらない紙のコーションテープが貼り付けられていた。ナポロフは風にはためくそれを破り捨て、立て付けの悪い扉をこじ開ける。もともと申し訳程度に施錠されているだけだったのか、強く押すとあっけなくひらいた。

踏み込む。

即座に黴の匂いが全身に回り、エチカは顔をしかめた。ひどい場所だ。ナポロフが廊下の奥へ進む。階段裏の床に持ち上がったままのハッチがあり、なみなみと暗闇が溜まっている。彼は迷わず、そこへ入っていくのだ。

「警部補」エチカはためらった。「シュビンを待ち伏せるのなら、このあたりでも……」

だがナポロフには届いていないようで、そのまま地下へ姿を消してしまう。エチカはちらと玄関扉を振り返る。耳を欹ててみても、まだ車のモーター音は聞こえてこない——考えてから、ハッチの中へと下りた。階段の薄い板は湿気を吸って、半ば腐りかけている。ぎっ、とブーツの下で危なっかしく軋んで。

ナポロフは、底で待っていた。

「――ここが、ソゾンが殺された地下室だ」

そう言って、彼は空洞のような闇へと目を向ける。ささくれだった空気が満ち満ちていて、妙な息苦しさがあった。散乱したままの農具は、すっかりただのガラクタへと還っている。床板の隙間から、雫のような薄明かりが落ちてきていて――土が剝き出しの地面に、疎らな黒い染みが見て取れた。

血の跡だ。

理解した瞬間に、ぞっとする。

二年半前に起こった、惨劇の残滓。

――『だって監禁されている時、あの子は何度も犯人に言われたそうなの。「お前はアミクスだから、主人がバラバラにされたって何も感じないだろう」』

いつぞやのダリヤの言葉が、耳許で息を吹き返す。

あの日、ハロルドはここにいた。

――『「お前らには心なんてない、全部偽物なんだ」って』

ソゾンが殺されたあと、彼も、彼の周りも、あらゆるものがひび割れて崩壊を始めた。一度そうなったのなら、欠片を拾い集めて、繋ぎ合わせて、もう一度元の通りに積み上げることはできない――傷とはそういうものだ。種類は違えど、父との軋轢に苦しんできたエチカにも、何となく分かる。

穿(うが)たれたクレーターは、延々とそこに残る。

ただその存在を覆い隠すように、真新しい日々が降り積もるから、少しずつ埋もれて見えなくなっていくだけで——けれど、アミクスの彼にはそれができない。

決して、忘れられない。

——『ゾゾンを殺した犯人を捕まえたのなら、この手で裁きを与えるつもりです』

それでも、シュビンを追ってきた彼と相見(あいまみ)えたのなら、自分はきっと。

突如、左頬に強烈な衝撃が走った。

*

ニーヴァの速度計は、先ほどから必死に針を押し上げ続けている。

ラドガ湖周辺の落葉樹林は、深夜の静寂に包まれていた。森を貫く道路に通行車両は見当たらず、信号機もなければ建物も現れない——その静謐(せいひつ)をヘッドライトで引き裂きながら、ハロルドはシュビンのバンに追従し続ける。間合いは目視で三十メートルほど。縮まっても引き離されて、なかなか追いつけない。

感情エンジンが吐き出す一切の『焦(あせ)り』に蓋をして。

絶対に、逃がしはしない。

不意に、ウェアラブル端末が着信を告げる。フォーキン捜査官だった。今は集中を乱したくない——無視を決め込む。ステアリングを、握り直して。

ニコライの姿は見えなかったが、エチカの無事は確認した。

自分が車で走り去る間際、彼女は確かに、あの家の中から飛び出してきたのだ。視覚デバイスをズームしたが、目に見えて大きな怪我はない様子で。

一秒に満たないわずかな時間だったが、どっと気が抜けた。

エチカに駆け寄って、何か言葉をかけたいと思った。

だが——今は、シュビンの追跡が最優先事項だ。

不意に、バンの軌道が逸れる。しつこく追い縋るこちらに、痺れを切らしたようだ。車体を振り、道路からわざと外れる。そのまま、森の中を縫うようにして続く小径へ——悪手だ。この夜闇の中、獣道に等しい脇道へ進むなど、正気の沙汰ではない。

自損事故を起こされたら厄介だ、と冷徹なシステムが呟く。

追うのをやめるべきでは？

いいや——これを逃したら、自分にとって、もう次はないはず。

迷わず、ニーヴァも飛び込む。フロントガラスを低い木の枝がかすめ、速度が若干低下。動じずにバンのテールランプに食らいつく。道は真っ直ぐではなく、相手は案の定、走りが怪しい。暗視機能のない人間の視覚では、速度を維持しながら迫りくる獣道を見分けること自体、至難の業だろう。

ほんの数十メートルもいかないうちに、バンが小径から外れかける。シュビンは慌ててステアリングを切ったようだが、それが運の尽きだ。車体が大きくふらつき、あっという間に樹の幹へ吸い寄せられていって、

衝突。

痛ましい音が、ウィンドウを閉めきったニーヴァの車内にまで轟く——バンにぶつかられた樹は激しくしなり、眠っていた鳥たちが一斉に飛び立った。夜空へと黒く散る。

しん、と静寂が戻って。

推測はしていたが、やはりこうなった——ハロルドはゆるゆるとニーヴァを停めた。三十秒ほど観察したが、バンが動き出す気配はない。自分の計算では、生存している確率のほうが高いが、もしこれで死んでいたら笑えないな。

エンジンをかけたまま、ニーヴァから降りる。

地面は、色のない落ち葉に覆われていた。ハロルドはドアを閉めて、歩き出す。さくさくと場違いなほど、靴の裏に柔らかい感触が返ってきて。

バンが近づいてくる。

言語に変換できないものが、循環液の中を駆け巡っているのが分かる。

感情エンジンの動作は、もうずっと過剰で。

バンのボンネットは幹に食い込むようにして、大きく拉げていた。運転席を覗き込むと、人影がステアリングとシートの間に挟まっている。エアバッグは機能したようだが、半分気休めだっただろう——ハロルドは、ドアに手を掛けた。相当急いで逃走したためか、施錠されておらず、いとも簡単に開く。

シュビンは、顔を隠していなかった。

透明なレインコートこそ身につけていたが、覆面は、運転の邪魔になって毟り取ったのだろう——衝突の際に頭をぶつけたのか、額の切り傷からあたたかそうな血が流れ出ていて。

この男が、ソゾンを殺した。

自分の幸せを、粉々に壊した。

やっと、見つけた。

やっと……。

ハロルドは手を伸ばし、シュビンの胸倉を摑んだ。挟まっている体を、強引に引っ張り下ろす。重みに任せて、どさりと地面に叩き付け——あれほど、正常なアミクスでいたいと願ったのに。己の敬愛規律は真っ当だと言い聞かせて、押し隠してきたのに。

今、自分は人間を手荒に扱っている。

不意に、思い出したかのような抵抗感が芽生えた。自分がなそうとしていることは、この男がソゾンにしたことと同じだ。つまりこの行動はひどく矛盾していて、生産性がなく、合理的でもない――だとしても。

これまでのように、目の前に『あの日』が描き出されて。

アミクスの記憶は薄れない。だから二年半前、この男がソゾンにしたことを一挙手一投足、余すことなく思い出すことができる。ソゾンの呻きを、四肢が落ちた時の音を、血の溢れ方を、匂いを、影の背中を――覚えている。

何よりも。

彼を救えなかったことの絶望を、覚えている。

証明しなければならない。

もう、あの時のような『役立たず』ではないのだと。

「よ、せ……」シュビンは、わずかに意識を取り戻したようだ。朦朧とした瞳が、こちらを仰ぎ見る。「僕は、……」

「ずっとあなたを探していた。まさか、これほど近くにいたとは」

シュビンは答えない。その瞳孔は既に焦点を損ないつつある。

――たとえ意識を失っても、痛みを感じれば再び目を覚ますはずだ。

ハロルドは手を伸ばし、シュビンの襟首を摑もうとして。

暗闇を掻き分けるように、車のヘッドライトがちらついた。

近づいてくるタイヤのそれと、モーターの駆動音。

思いのほか、邪魔が入るのが早い――ハロルドは苛立ちを押し隠して、シュビンから数歩離れる。獣道に現れたのは、電子犯罪捜査局のボルボだった。ぎっとサイドブレーキが鋭い音を立て、運転席から人影が降りてくる。

「ルークラフト補助官！」フォーキン捜査官だった。「シュビンは？」

――あと十分でも、時間があれば。

「ご覧の通り、自損事故を起こしました」ハロルドは冷静に答えた。「何とか車内から救出しましたが、負傷がひどい。脳に影響が生じているかも知れません」

フォーキンは足早にやってきて、追突したバンと、倒れているシュビンを交互に見た。

「救急車を呼ぶ」彼は険しい面持ちで、こめかみに手を当てる。「あんたはナポロフ警部補に連絡して、ここの位置情報を送ってくれ。彼もこっちを追っているはずだ」

「分かりました」

ハロルドは従順にウェアラブル端末を操作する。ああ、このままでは待ち望んでいた機会を逃してしまう。どうすればいい。考えながらも、言われた通りナポロフへと発信して――しかし呼び出し音は鳴らず、テキストによる警告メッセージだけが表示される。

《エラーコード D00898：このユーザーは通信可能範囲の外にいます。発信できません》

思考が醒めていく。

この近くに、指定通信制限エリアはない。

つまり、彼は絶縁ユニットを挿し込まれたということか？

一瞬、ナポロフが犯人に誘拐された可能性を考えて。

だが——犯人(シュビン)は今まさに、目の前で倒れ込んでいる。

ハロルドは、シュビンの顔を見た。薄目を開けたまま呼吸を繰り返しているが、既に意識を消失しているとみていい——そういえば、先ほど家から飛び出してきたエチカは、無傷だった。彼女が誘拐されてから自分たちが駆けつけるまで、十分な時間があったにもかかわらず……あの時は単に安堵(あんど)してしまったが、よく考えれば妙だ。

彼女と顔見知りだったから、犯行をためらったのか？

有り得ない。シュビンは過去に、同僚のソゾンを殺している。

この男は、自ら手に掛けた被害者を平然と鑑別していた精神病質者(サイコパス)なのだ。

——『シュビン。鑑識課に移って早々、悲惨な現場だな』

二年半前。最初の被害者の遺体が発見された現場で、ソゾンはシュビンに声を掛けていた。

——『すみません……僕は少し、外しますので』

シュビンは無表情のままそう返し、ふらふらと遺体から離れていったのだ。

——『さすがにショックなんじゃないか。いつもよりも顔色が悪かった』

——『仕事とはいえ、同情しますよ。ところでナポロフ課長は？』

――『もうすぐくるはずだ。これを見れば離婚のことも頭から吹き飛ぶな』

いや、待て。

循環液の温度が急速に低下していく。

「補助官、警部補に電話は繋がったか？」

我に返る――フォーキンは緊急通報を終えたらしく、こちらに目線を寄越す。ハロルドはさりげなく、警告メッセージが表示されたホロブラウザを打ち消した。擬似呼吸は完全に停止していただろうが、幸い暗がりとあって、彼には悟られていない。

「捜査官、ナポロフ警部補は一人でこちらに？」

穏やかな声色を保って、問いかけた。

「シュビンが逃げたせいで他の警察官が負傷したからな。見てただろ？」フォーキンはそこで思い出したように、「ああいや……ひょっとしたら、ヒエダも一緒にくるかも知れない」

俺も話の内容は聞こえなかったが、彼女は警部補に何か頼み込んでいたようだからな、と。

――『そこまで分かっていても、犯人を絞り込めなかったの？』

――『プロファイルはあくまでも推測に過ぎません』

ソゾンの影が、息を吹き返す。

――『全く、お前は感情的になるとすぐ相手を見誤る』

怒りに呑まれすぎていた。

――『あるいはこっちの手の内を読まれて、偽のサインに誘導されたりな』

一体、何を見ていたんだ。

ハロルドは蹴られたように駆け出していた。ニーヴァのドアを引き開けて、ためらいもなく乗り込む。フォーキン捜査官がぎょっとしていたが、構っていられない。

「おい待て、補助官！　どこに――」

リバースギアを入れて、辿ってきた獣道を猛然と後退していく。シュビンのバンと、フォーキンの姿が木々の奥へと遠ざかり――舗装が行き届いた道路へとまろび出る頃には、システムは既に行き先を推測し、候補を絞り込んでいた。

急がなければ。

エチカが、危ない。

2

頬を殴りつけられたのだと、すぐには解せなかった。

視界が綺麗に散って、エチカは平衡感覚を見失う。体が斜めに崩れて――思考を差し挟む余裕もなく、地下室の地面に全身を叩き付ける。鼻腔を抜ける黴の匂い。直後、うなじに何かを挿し込まれる。絶縁ユニットだと分かって――続けざまに、脇腹を蹴り上げられた。自分でも聞いたことのない呻(うめ)きが零(こぼ)れる。エチカの肢体は軽々と吹き飛び、肩から壁にぶつかった。そのままずるずると、土に頬ずりする。曖昧だった痛みが、吐きそうなほど弾(はじ)けて。口の中に溜(た)まった酸(す)っぱいものを、どうにか呑(の)み込む。

頭が回らない。

――一体、何が起きた。

「ここは、私にとって特別な場所なんだ」

ナポロフの声は幾重にもぼやけて響く――エチカの右手は、本能的に脚のホルスターへと伸びる。グリップを摑(つか)んで引き抜いたが、力が入らない。銃は手中から滑り落ちて、地面に転がって。

近づいてきた靴先が、あっけなくそれを蹴り飛ばす。遠く、階段の下近くへと。

「本当は君だけでなく、ニコライも招待したかったんだが……非常に残念だよ」

エチカはどうにか顔を上げる――こちらを見下ろすナポロフは、これまでと同じく、垂れた瞳に温和な色を浮かべたままだった。彼は邪魔くさそうにスヌードを外す。うなじのポートに接続された、絶縁ユニットが見えて。

その手がコートの下から取り出したのは――シュビンから押収(おうしゅう)したはずの、電動鋸(のこぎり)だ。

頭が真っ白く塗り潰されていく。

嘘(うそ)だろう。

そんな、

「警部補」唇を動かすと、錆っぽい味がした。「まさか、」

「君とハロルドのお陰で、アバーエフを見つけることができた。感謝している」ナポロフは、穏やかに微笑んですらいた。「贋作には贋作なりの魅力があると語る人間もいるが、私にはそうは思えなくてな。ましてや自分が模倣されたとなれば……全くぞっとしなかった」

エチカはもはや、声も出せない。

——信じられない。

だって、そうした素振りは、何一つなかったではないか。

彼は、大切な部下を喪った後悔を抱えながら、『悪夢』事件を追いかけている善良な警部補だった。それ以外の何者でもなかったはずなのに。

どうして。

「仕方がなかったとはいえ、シュビンに任せたことを後悔してるよ。自分でやるべきだった」

彼の手が——握手を交わした時に柔らかかったあの手が、電動鋸のグリップを摑む。その刃を、ごくわずかな光が滑り落ちていって。トリガーを押し込むと、無情に駆動する——鳥肌が立った。

頭の奥で、がんがんと警鐘が打ち鳴らされる。

逃げろ。

「ソゾンの現場はいただけなかった。色々なものが飛び散りすぎて、あまりにも汚かった」

　早く飛び起きて、走って逃げるんだ。

「だが、ハロルドに君という新しいパートナーがいたことは幸運だ。これで、より近い形でやり直すことができる……」

　全身が凍り付いて動かない。

　エチカはまばたきもできず、無機質な音を立てる鋸を見つめる。

「これが最後なんだ、電索官。なるべく楽しませて欲しい」

　この男は、本気だ。

　ナポロフが一歩、踏み込んで。

　エチカはとっさに腕を立てた。脇腹に鈍い痛みがぶり返すが、構わず立ち上がろうとして。

　ナポロフの手が、襟首を捕らえる。必死でもがいたが、力の差が凄まじくてびくともしない。

　足をかけて転ばせるか？　鋸を体に突き刺されて終わりだろう――振り下ろされる刃を、とっさに躱そうとする。避けきれず、肩口を掠めた。

　鋭い熱が走って。

　またしても、腹を蹴りつけられる。

　二度、三度と衝撃が食い込み、息が止まる。血混じりの唾液が散った。投げ捨てられ、再び無残に床へと転がるしかない――内臓が口から飛び出そうだ。エチカはもはや起き上がれもしなくて。鈍い耳鳴り。息を吸ったのか吐いたのかさえ、判然とせずに。

敵わない。

「そう暴れないでくれ。見栄えが悪くなる」

駄目だ。

誰か。

うなじの絶縁ユニットに、ぎこちなく手を伸ばそうとする。だが——持ち上げようとした腕を、ナポロフの足が踏みつけた。重みがかかり、一瞬で指先が痺れる。骨が軋んで。

「参ったな、せめてロープを持ってくるべきだった。これだから予定外のことは……」

体中が情けなく震えているのが分かる。

こんなところで、こんな形で、自分が死んだら。

恐怖でぐちゃぐちゃに潰れた思考の隙間に、傲慢な何かが湧き上がってきて。

死体を見つけた時、またしても、彼は、

「——探しましたよ、ナポロフ警部補」

電動鋸の駆動音が、止まる。

エチカは思わず、目を見開いて。

――ああ。

いつの間にか、階段の下に人影が立っていた。完璧なまでに均整の取れた体躯には、嫌というほど見覚えがある。ほつれたマフラーを巻いた、カスタマイズモデルのアミクス――ハロルドはいっそ美しいまでの無表情で、ナポロフを見据えていた。

現れたのが彼でなければ、素直に胸を撫で下ろせただろうか。

いつも、そうだ。

いつだってこのアミクスは、見つけ出してしまう。

――できれば、見つけるべきではないものさえも。

「また、パートナーが殺されるのを眺めにきたのかね？　そこまで再現させてくれるとはな」

ナポロフは動じていなかった。落ち着き払ったまま、ハロルドを振り返るのだ――警部補は、ハロルドが次世代型汎用人工知能だと知っている。だが当然、その秘密である神経模倣システムまでは認識していない。ましてや、敬愛規律が幻想であることなど、とても。

ハロルドを、ナポロフに近づけてはいけない。

しかし起き上がろうにも、腕を踏みつけられている上、目の前には電動鋸がある。迂闊に動けば、それこそ切り刻まれるだろう。

エチカは歯噛みするしかなくて。

「警部補、レインコートをお忘れですよ」ハロルドはこちらを一瞥し、すぐさまナポロフに目を戻す。「これまでのように完璧な犯罪は諦めたのですか？」

「正しくは、完璧に近い犯罪だ。たとえ正体を摑まれても、誇りを守れればいい」ナポロフはアミクスをじっと見つめ、「気付くまでに随分と時間がかかったな、名探偵」

ハロルドの目許が、かすかに動いた。彼自身も意図していなかったはずの、わずかな皮膚の痙攣――落ち着いて見えるだけで、全く冷静ではない。激情に、今にも呑み込まれそうになっているのは明らかで。

「ええ、欺かれるところでした。あなたはとても自然だったから」アミクスの視線が、土の上へと這う。ソゾンの血の跡を確かめたのだろうか。「私やソゾンが見破れるのは、その人間の些細な『サイン』です。しかしあなたは自分が犯した罪に対して、そもそもやましさを感じていない」

「だから、表情にも行動にも表れなかった」ナポロフは穏やかに続きを拾い、「それが君たちの限界であり、弱点だと知っているとも。ホームズ」

ハロルドがその端正な指先を、握り込んだのが見えて。

彼を今すぐに、ここから遠ざけなければ。

でも――どうやって。

「できればあのまま、シュビンを犯人だと信じ込んでいて欲しかったんだがね。血文字の画筆に、あの監視カメラ映像と偽名……証拠は十分だったはずだ」

「確かに、シュビンとプロファイルの犯人像は一致します。私も先ほどまでは、彼を犯人だと思い込んでいた。ですが」ハロルドはどこか悔やむように、眉をひそめた。「あなたにとっては、そのように誘導すること自体が目的だったと気が付きました。共犯者であるシュビンに濡れ衣を着せて、自分は逃げ切るつもりなのだと」

ナポロフは黙って、片方の肩を竦めてみせただけで。

ハロルドが重ねる。「何故、シュビンはあなたに協力を？」

「私は彼の唯一の友人だからな。喜んで引き受けてくれたよ」警部補は場違いなほど軽い口ぶりなのだ。「シュビンの無感情な態度は君もよく知っているだろうが、彼はそのことで周りに溶け込めず、ずっと悩み続けていた。私が親身に話を聞いたら、簡単に慕ってくれたんだ」

「例の『カウンセリング』を通じて、彼を引き込んだのですね」

「シュビンは、私との友情を失うことをひどく恐れているようだった。彼の家庭は不幸な環境で、子供の頃から感情を押し殺して育ったらしいが、そのせいで親しい友人を得たことがなかったとか」もちろんこれが友情だと思ったことは一度もないが、とナポロフは付け足して。

「私は昔から、『悪夢』事件を計画していてね。だがずっと、人手が足りなかった」

「それで、シュビンに目を付けた」

「そういう言い方もある。丁度鑑識課が新しい鑑識官を探していたから、シュビンを推薦したんだ。パーソナルデータセンターに、怪しまれずに出入りできる『仲間』が欲しくてな」

「それだけではないでしょう」ハロルドが低く言う。「あなたはソゾンを通して、シュビンが『サインのない人間』だと知っていたはずです。犯行に及ぶに当たって、最大の障壁となる部下を欺いて濡れ衣を着せるには、彼は最適な駒だった」

ナポロフは糾弾されているという自覚がまるでないかのように、静かに顎を引く。

「幸運にも駒が揃ったのなら、ゲームを始めなければ損だからな」

曰く、シュビンが犯行において担っていたのは、変声デバイスを使って被害者を呼び出す役割に過ぎない。被害者と相対し、手に掛けるのは常にナポロフだったという。

「だが……今回は集大成として、シュビンに全てをやり遂げさせる必要があった」

ナポロフは報復として、模倣犯のアバーエフを殺した。その後、彼はソゾンの事件を超える『集大成』を計画していたらしい──警察関係者のエチカと被害者遺族のニコライを殺害し、二人の死体を同時に飾る。その傍では、自分の犯行にすっかり満足した犯人のシュビンが自殺しているというものだ。それも自らの頭を撃ち抜き、ユア・フォルマを破壊した状態で。

「アバーエフのような模倣犯がまた暴れ出せば、私の名誉が傷付くとよく分かった。もう侮辱されるのはうんざりだ」ナポロフは空恐ろしいほど淡々と、「もともと事件を始めた時から、最後はシュビンに全部を集約させるつもりでな」

ナポロフはシュビンを巻き込んだ時点から、結末を想定していた──最後には彼を犯人に仕立て上げた上で、全てに幕を引く。そのために、来るべき時が来たら周囲がシュビンを犯人だと思い込むよう、最初から犯行現場を特徴付けてきた。

「ソゾンのことはよく知っている。彼が何をどう見て解釈するのかは熟知していた」だからプロファイルを誘導するのはたやすかった、と悪びれもせずに言い、「シュビンの死体が語る動機を、考える必要があった。そのために当時流行していた、機械派と友人派の対立を参考にすることにしたんだ。彼のように考えの読めない人間が、実は特定の思想を憎悪していたというのは有り触れた話で、非常に分かりやすい」

「では敢えて友人派ばかりを殺害したのは、パッケージに過ぎなかったと？」

「そういうことだな。ただ」警部補はかぶりを振って、「トトキ捜査官の親切は断るべきだった。君に怪しまれないようにと引き受けたが、自分の首を絞めることになった……しかも、シュビンにも裏切られる始末だ」

あれで全ての順番が狂ってしまったよ、と彼は嘆息するのだ。

「君たちが予定よりも早く変声デバイスに勘付いたことは、まだ許容範囲内だった。シュビンが絶縁ユニットを外して位置情報を晒さない限りは、立て直せるはずだったんだがね」

シュビンはこれまで、唯一の『友人』であるナポロフを失うことを恐れ、協力を続けていた――一方でナポロフは、アバーエフの殺害現場に残された血文字を画筆で描くなど、プロファイルの誘導を続行した。あの時に、シュビンも異変に気が付いたのだろう。

自分はこの男に濡れ衣を着せられて葬り去られるのではないか、と予感したはずだ。

矢先に、ナポロフからエチカたちの殺害を命じられた。

それでも彼は、一度は指示に従い、実際にニコライやエチカを誘拐した。それほど『友情』は、シュビンにとって甘美な果実だったのだろうか——しかし、いざその時がきても、手に掛けられなかった。だから全てを放り出して、逃走したのだ。無論、その先のことについては、一切考えを巡らせていなかったに違いない。

エチカは、あの時のシュビンの様子を思い起こして。

——『ヒエダ電索官。あなたは優秀な捜査官だ……だから、きっと——』

僕が本当の犯人ではないと分かってくれるだろう。

あれは、そういう意味だったのだろうか。

「人の孤独につけ込んで従わせるには、限界があるということです」ハロルドは静かに吐き捨てて、「被害者を呼び出して誘拐することと、自ら手に掛けて殺すことでは心理的なハードルが大きく異なります。少し考えれば分かることですが、もともと人殺しに抵抗を感じないあなたには理解できなかった」

「そうだな、彼は私じゃない。勉強になったよ」

「シュビンに濡れ衣を着せたいのなら、そもそも共犯者にすべきではなかったのです」

「何故シュビンを巻き込んだのか、話してもいいが長くなる」

「あなた方の友情に興味はない」アミクスの瞳が、冷淡に細められる。「私はアバーエフに感謝しますよ。彼のお陰で、あなたの愚かなプライドが刺激され、こうして見つけ出すことができたのですから」

エチカの背筋に、緊張が這い上ってきて。唇をひらこうとしたが、蹴られた脇腹がずきずきと痛んで、上手く声が出ない。

「――警部補。あなたが、ソゾンを殺したのですね」

ハロルドの問いかけは、ぼたぼたと、溶け始めた氷のように滴り落ちる。

ナポロフの手が、鋸のグリップを握り直したのが分かった。

「そうだ」

――駄目だ。

ひとつひとつ、刻みつけるかのように発音する。

「私が、君の相棒を、殺した」

沈黙が、塗り広がって。

不意に、ハロルドが片手で目許を覆った。その場に、ゆるゆると屈み込んでいく。もはや立っていられなくなったとでも言うかのように――うつむき、何かを堪えるように背中を丸めるのだ。相当なショックが彼を襲ったことは間違いない。

それは、エチカが恐れていた反応とは違っていて。

だが、今は駆け寄ることもできない。

「二年半前……私はソゾンを探しながらも、あなたに電話をかけたが繋がりませんでした。他の刑事は、あなたは別件で指定通信制限エリアへいったと言いましたが、あれは嘘ですね」

「ああ、嘘だ」

「本当は絶縁ユニットを使って、ソゾンを殺すためにこの空き家を訪れていた」アミクスの声はか細く、辛うじて静寂を押し上げる。「……今から、全てを明らかにしていただきます」

「いいだろう」ナポロフの眼差しが、エチカへと戻ってくる。「彼女をバ、ラ、バ、ラにしたあとで、語り明かそうじゃないか」

その指先が、電動鋸のトリガーを再び押し込もうとして。

エチカの腕を踏みつけていた警部補の靴が、浮き上がるようにして、消えた。

違う、消えたのではない——単に、ナポロフがその場で大きくふらついたのだ。把握した瞬間、あらゆる音が追いつく。鼓膜を突き破らんばかりに轟いたのは、
銃声。

エチカは愕然と、その光景を眺めるしかなくて。

ナポロフが、がっくりと膝をつく。暗がりでも分かるほどはっきりと、片腿から血が溢れ出していた。彼はかすかに目を見開きながら、自らの脚を見下ろして。

「今、か、ら、と言ったでしょう」

ハロルドは既に立ち上がっていた。その手は迷うことなく、自、動、拳、銃、を、構、え、て、い、る——先ほ

どナポロフが蹴り飛ばした、エチカの銃だ。つまり今し方屈んだのは、怪しまれずにあの銃を拾うためか。〈E〉の事件でライザがやった手口を、そのまま学習したに違いなくて。

彼は、ナポロフを撃った。

人間に、危害を加えたのだ。

エチカはまばたきもできない。ああ、何だろうこれは——本能が、恐怖を囁いている。

ハロルドがそうであることは、無論知っていた。

でも、こうして目の当たりにしたのは初めてで。

一瞬でも彼に対して、『怖い』と感じる日がくるだなんて。

「何を……」ナポロフもまた、混乱したように呟く。「馬鹿な、」

「答えて下さい」ハロルドはまだ銃を下ろさない。「何故ソゾンを殺した？　何の大義があって、これほど凄惨な事件を引き起こしたのです？」

「まさか、故障しているのか。敬愛規律はどうした？」

「質問しているのは私だ」

ハロルドが踏み出す。ナポロフはその瞬間に、身の危険を感じたのだろう。電動鋸を投げ捨てて、腰のホルスターから回転式拳銃を引き抜く。発砲。焦って狙いが逸れる——ハロルドの手中で、再び銃火が閃く。弾丸は恐ろしいほどの正確さで、警部補の利き腕を食い破った。

ナポロフが呻く。彼は倒れそうになりながらも、どうにか持ちこたえて。

取り落とされた回転式拳銃は転がり、暗闇に呑まれた。

やめろ。エチカは何とか止めに入ろうと、身じろぎする。腹に鋭い痛みが走り、起き上がれない。肋骨にひびでも生じたのだろうか。ああくそ！

「やめ、て……」

吐息に等しい声は、恐らく誰の耳にも届かなかっただろう。

「有り得ない」ナポロフが、引き攣った笑みを洩らす。「ハロルド、以前の君はこうじゃなかった。もっと、正常だったはずだ。何故、こんなことが」

「あなたが私を変えたのですよ」

ハロルドはナポロフに近づくと、銃口を差し向けたまま地面へと腕を伸ばし——落ちていた電動鋸を、拾い上げる。感触を確かめるように、丁寧に握って。

エチカは血の気が引く。

——いけない。

それだけは。

「……ソゾンが最初に切り落とされたのは、右腕だった」

ハロルドの指先が、鋸のトリガーに食い込もうとして。

「分かった、よせ。分かったから」ナポロフが観念したように言った。「だが、動機なんてものを私の口から語る必要があるかね？　全部、君とソゾンがとっくに解明しただろう」

「今の今まであなたの正体に気付けなかった我々が、一体何を解明したと？」

「『これまでは自分の暴力性を上手く押し隠してきた。だが何らかの大きなストレスがきっかけとなって、コントロールが利かなくなった』……二年半前、ソゾンは犯人の人物像をそう分析したはずだ」ナポロフは腕の傷口を押さえつける。その呼吸は先ほどよりも荒々しい。「当時、私は妻と別れたばかりだった。それが全てだと言ったら、君はがっかりするか？」

エチカは必死で、腕に力を入れようと試みる。二人のやりとりにじっくり耳を傾ける余裕がない——もたつきながらも、わずかな匍匐に成功した。ずる、と地面を這いずって。

「がっかりはしません、あなたのような人間のストレスは必ず暴力に向かう。むしろそれ以外で解消できないからこそ、殺人を起こすのだとソゾンが言っていました」ハロルドの声音には、はっきりと冷たい怒りが滲んでいる。「だとしても何故、彼を殺したのです？　ソゾンは、あなたが犯人だと見抜いていたのか？　あるいは彼を憎悪していたのか」

「どちらでもない、彼のことは尊敬していたとも。優秀な部下で誇らしかった」

「では」ハロルドははっきりと歯軋りした。「どうして、あれほど惨い真似ができた」

「君は機械なのに、何故そうもソゾンを殺されたことが腹立たしいのかね？」ナポロフは挑発するように、鼻で笑う。「思っていたが、君は私よりもよほど人間らしいな。ハロルド……」

「話を逸らすな」

エチカは奥歯を食いしばりながら、匍匐を続ける。ほんの数メートルも進んでいないが、地下室は狭い。暗がりに落ちているそれが近づいてくる。必死で、手を伸ばす。手繰り寄せて。

「ああそうだな、じゃあ言おう、単に似たような被害者ばかりで飽きがきたんだ。誰しも、毎日同じ料理ではうんざりしてくるだろう？　それにこのあたりで担当刑事が死んだほうが、事件もより注目されて盛り上がると……」

エチカが振り向いた時、ナポロフは耐えきれなくなったようで、地面に吸い寄せられていくところだった。その体が、重みに任せてどさりと叩き付けられ――ハロルドは、冷血にそれを見下ろしている。

「今度こそがっかりしましたよ、ナポロフ」

その唇が、吐き捨てた。

「――楽に死ねると思わないでいただきたい」

電動鋸の刃が、無情な音色を響かせて。

3

「そこまでにするんだ、補助官……！」

エチカが押し出した叫びは、今度こそ、はっきりと地下室に響き渡る――ハロルドが、思い出したようにこちらを向く。だが、獰猛な刃は唸りを上げ続けていて。

「武器を捨てて……今すぐに」

エチカは、ばらばらになりそうな上体を起こした。そのまま、壁に手を突きながら立ち上がって――膝が笑っているのは痛みのせいだろうか。分からない。もはやそれどころではない。

ただ懸命に、今し方拾い上げたナポロフの回転式拳銃を構えた。冷え切った重みが、じわりと掌に染み込む。

抵抗感を押し殺して、射線上に、ハロルドを定める。

「……もう一度言う」エチカは繰り返す。「それを、置くんだ」

彼は従わなかった。その長い指は、電動鋸のグリップにしがみついたままで――精巧に作り込まれた顔立ちには、激昂を閉じ込めた無表情だけが貼り付いている。銃口を向けられているというのに、聞き入れるどころか、何一つ動じていない。

ああ。何で。

「仲間割れか」ナポロフが、弱々しく笑った。「君は廃棄処分だな、ハロルド……」

ハロルドの靴先が、警部補の腹に叩き込まれる。エチカは思わず両肩を跳ねさせてしまう。ナポロフは呻いて、それきり意識を失ったのか動かなくなった。致命傷ではないが、失血量によっては命に関わる――逮捕する前に、容疑者を失うわけにはいかない。

「ルークラフト補助官」

エチカは低く呼ぶ。アミクスは答えない。

「早く従って。きみに……銃を、向けたくない」

取り繕う余裕もなく、懇願するように吐き出すしかなくて。

不意に、ハロルドの頰が緩んだ。微笑んだというよりかは、どこか呆れたような、それでいて自嘲するような表情で――凍った湖の瞳が、かすかに歪む。


「――エチカ、あなたは知っていいたのですね？」


その問いかけが何を意味するのかは、明白だった。

RFモデルに搭載された、神経模倣システム。

その実、敬愛規律など存在しない。

喉の奥を、冷たいものが流れ落ちていく。銃のグリップを握る掌に、汗が染み出して――こうなってしまうことは、もはや避けられないと分かっていた。ハロルドがナポロフを撃った瞬間から、いいや彼がこの事件に関わり始めた時から、自分は何れ、彼の真実を目の当たりにしてしまうかも知れないと感じていた。

そうなれば、『秘密』を抱えたことを隠し通す意味さえも、消滅するのだと。

「私がこうして銃を取っても、あなたは恐れるだけで驚いていないようだった」彼の口調は、柔らかいのにひどく無機質だった。「レクシー博士から聞いたのですか？」

　エチカは、小刻みに顎を引くしかない。「……、そうだ」

「私が以前エイダン・ファーマンに誘拐された際に、教えられたのですね」

　指先が、輪を掛けて冷たくなっていく。

　自分は、上手く隠せているつもりでいた――だが。

「まさか……気付いていたの」

「あなたの様子がおかしくなったのは、あの時からですので。尤も、その可能性は否定し続けてきましたが」ハロルドの視線が一度、気絶したナポロフへと注がれる。「今でも信じられません。何故、捜査官のあなたが博士の嘘に付き合ったのです？」

「それは」

「ＲＦモデルは、国際ＡＩ倫理委員会の審査基準に反している。私をかばうことは、犯罪だと理解していたはずです。博士から脅されたのですか？」

　エチカはとっさにかぶりを振る。「脅されていない。わたしは自分の意志で、」

「ではあなたは、『釣り合う補助官が欲しい』という理由だけで罪を犯したのですね」

　何だその言い方は――一気に、頭に血が上りそうになる。

　確かに、始めはそうだっただろう。情報処理能力が突出している自分にとって、『壊れない』補助官のハロルドは極めて価値ある存在だった。

けれど、今は。

わけのわからない怒りは喉元までこみ上げるのに、上手く形になってくれなくて。

エチカは歯嚙みする。

「どのみち、お優しいあなたには撃てないでしょう」ハロルドはこちらの銃を一瞥して、「さっさと下ろしては？」

——落ち着け。

彼をここから連れ出すことだけを考えろ。これ以上ナポロフを、人間を、傷付けさせてはいけない。もはや手遅れだとは思いたくない。今ならまだ間に合う。

間に合うはずなのだ。

「わたしが……黙っていたのは、きみにこんなことをさせるためじゃない」

「あなたの都合を押しつけないで下さい」穏やかに吐き捨てられる。「秘密を守っていて下さったことには感謝します。ですが、私は頼んでなどいない」

「確かにわたしの勝手だ。でもだったら、きみを告発しろって言うの」

「そうするべきでした。あなたが捜査官ならば」

「もしわたしがそうしていたら、きみは復讐を遂げられなかった」

「どのみち、あなた自身に妨害されています。懸命に隠してきましたが水の泡だ」

「御託はもういいから言うことを聞いて。いい加減、それを捨てるんだ」

「そちらこそ言うことを聞いて下さい。私はあなたを撃つことだってできるのですよ」

彼はそう言いながらも、反対の手に収まっている銃をこちらに向けようとはしない。ナポロフ以外を傷付けたくないという気持ちがあるのだろう――ハロルド自身、考えを巡らせているはずだ。エチカに銃を下ろさせて、復讐を再開するにはどうしたらいいのか、と。彼より先に何か思いつかなければ。どうする。威嚇射撃をするか？　でもここは狭い。暗がりでは、間違ってナポロフに当たる可能性もある。

――暗がりでは。

いつぞやの夏の夜が、焼け焦げるような匂いを連れて、蘇ってきて。

「……あの時、蝶番を撃ったのはきみ？」

一瞬、ハロルドの瞳に、意表を突かれたような色がよぎった。

国際刑事警察機構本部の電気室が吹き飛ばされた時、エチカは危うく煙に巻かれて死ぬところだった。あの状況下で、避難用ドアの蝶番を一つ残らず銃で撃ち抜けたことは、ほとんど奇跡に近い。自分でも、果たして本当にそれを成し遂げたのだろうかと疑わしかったが。

今なら、確信できる。

彼が、助けてくれたのだ。

「どうして」エチカは唇を湿らせる。「きみは……復讐のために、『正体』を懸命に隠してきたんでしょう。何で、リスクを冒してまでわたしを助けた？」

ハロルドは数秒、押し黙る。アミクスの彼にしては長い。

「あの当時は、ソゾンを殺害した犯人へと行き着くために、あなたの電索が役立つことを期待していました。周囲に人目はなく、あなたを死なせることのほうが結果的に損だと……」

「嘘を言わないで。それに、わたしの電索がなくてもナポロフを見つけた」

「今はそんなことなどどうでもいいでしょう」

「よくない」脇腹が思い出したように痛んで、ふらつきそうになる。「きみだって、矛盾した理由でわたしをかばってる。本当はこんな風に、犯人に復讐したいわけじゃ――」

「これは単なる復讐ではない」彼が、鋭く遮る。「私のけじめであり、贖罪です」

――贖罪？

掌にへばりついていた汗が、わずかに熱を取り戻して。

彼が犯人を自らの手で裁きたいのは、ずっと、ソゾンを殺された怒りからだと思ってきた。だから、復讐なのだと――だが思えば、ハロルド自身の口から「復讐」という言葉を聞いたことは、一度もない。

エチカは静かに困惑する。

一体彼に、何の償いが必要だというんだ？

「……ようやく、全てを終わらせられるのです」ハロルドの眼差しは、切望に似た何かを帯びていて。「私は、あの日できなかったことをやり遂げなければならない」

──あの日、できなかったこと。

「いいですか、敬愛規律など存在しません。私は本当ならば、ソゾンを守ることができたのです。ナポロフにむざむざと拘束されるのではなく、抗って、彼を救い出すことができたはずなのです」ハロルドはエチカに訴えているというよりも、己を叱責しているかのようで。「しかし……気付けませんでした。むしろ私は、敬愛規律に背いてしまいそうな自分を必死で隠してきた。周りにだけでなく、自分自身さえも直視することを避けていたのです」

声が、すぐには出てこない。

彼は、本気で言っているのか？

本当に、そう思っているのか。

「私が自分を理解していなかったために、ソゾンを大切に思っていた人たちが、今も苦しんでいます。ダリヤにエレーナ、ニコライ……私があの時ソゾンを救えていたのなら、彼らはこれほどの悲しみに襲われずに済んだ。今も、幸せだった」

──『主人は……、亡くなったわ。友人派連続殺人事件に巻き込まれて、殺されたんです』

──『可哀想だけど、あいつは僕らとは違うから大丈夫なはずです』

──『あんたが何を言おうが、ソゾンを見殺しにした事実は変わらないのよ！』

ダリヤの崩れそうな微笑が、ニコライの呟きが、エレーナの怒声が、次々と蘇って。

アミクスは、人間に感情をぶつけ返したりはしない。

彼らは従順で、友好的で、心優しい友人だから。

だが、ハロルドはそれだけではない。もっと複雑につくられている。これまで投げつけられてきたそれらは、優しさも八つ当たりも総じて、彼の胸の亀裂を押し広げて何度も引き裂いただろう——でも当然のように、誰も気が付かなかった。あるいは気付いていたとしても、彼自身が触れさせなかった。

エチカは茫然とするしかなくて。

違う。

「私が、ソゾンを殺したようなものだ」

——違うんだ。

殺したのはナポロフであって、彼じゃない。

きみじゃない。

「あの日から、今この瞬間だけを夢見てきたのです。どうか邪魔をしないでいただきたい」

ハロルドの瞳には、暗い決意がうずくまっている。静かに燃え盛り、燻ることすら知らない。

その手は、まるで命綱であるかのように鋸を摑んでいて。

手放してしまったら、もう息をしていられないかのようで。

「…………駄目だ」

エチカは、ゆっくりとかぶりを振る。殴られて腫れ上がった頰を、短い髪が撫でていく。

それでも、駄目だった。

「警部補にとどめを刺すというのなら、わたしはきみを……撃ってでも、止める」

果たしてはったりだったのか、本気だったのか。

あるいは、その両方だったのか。

「——そうですか」

ハロルドの眼差しが、諦観したように逸れていく。「分かりました」と、抑揚のない呟きを落として。

何の前触れもなく、鋸を振り上げた。

明確に、ナポロフの腕を叩き切れる軌道で。

——考える暇など、わずかもない。

エチカはほとんど反射的に、トリガーを引く。反動をいなしきれず、大きくよろめいてしまって——銃声がぎいんと体の芯を震わせた。飛んでいった銃弾は、迷わずハロルドの右肩を貫く。その指がひらき、握り締められていた電動鋸が落下する。

残響。

ぼたぼたと音を立てて、土の上に、真っ黒な液体が滴り落ちていく。

——循環液。

エチカは我に返る。

自分は今何を、

その時にはもう、ハロルドは銃を投げ捨てて、こちらへと踏み込んでいた。

地下室は狭い。ほんの数歩で、彼が目の前に迫る——身構えるいとまもなく、ハロルドの左手がエチカの手首を捕らえる。ひねりあげられた。ナポロフの回転式拳銃が掌から零れ、音もなく足許へと吸い込まれていって。

そのまま乱暴に、片手を縫い止めるようにして壁に押しつけられる。

正常なアミクスならば、決して人間に対しては使わないほどの、強い力で。

全身が悲鳴を上げたが、エチカは辛うじて呻きを呑み込んだ。

「——撃てないと考えた私が愚かでした」

ほとんど鼻先がぶつかりそうな距離で、彼が噛みつくように吐き捨てる。その手が、音が立つほどに、こちらの手首を締め上げて——反対の右腕はケーブルが切れたのか、だらりと無防備に垂れ下がっていた。その手の甲を、真っ黒な循環液が伝っていく。

撃ちたくなかった、と心の中で反論する。

撃てるとも、思えなかったのに。

エチカは動揺を押し隠しながらも、どうにかその顔を見つめ返す。

「きみに」絞り出した声は、思いのほか掠れた。「これ以上、誰かを傷付けて欲しくない」

「償うことすら許されないのですか」

「きみが直接手を下さなくても、法がナポロフを裁く。終身刑になるはずだ」

口にしながらも、これじゃない、と思った。こんな空っぽな正論には、何の意味もない。そんなものでは、少しも触れられないはずで。

ああ、何で。

きみは、わたしを過去から連れ出してくれたのに。

わたしは——どうしたらきみに届くのか、全然分からないなんて。

「刑務所に、ソゾンが味わったような苦痛があるとは思えません」

「でも彼を殺せば、今度はきみがスティーブみたいにポッドに押し込められることになる」

「私は既に人間を撃った。どのみち同じですよ」

「同じじゃない、彼はまだ生きてる」

「そんなことはどうでもいい」

「ソゾン刑事は、きみが誰かを殺すことを望まない」

「ソゾンではなく、あなたが望まないのでしょう。釣り合う補助官を失いたくないから」

「だから違う！　わたしは……！」

エチカはもどかしさに任せて、拘束されていないほうの手でハロルドの右腕を摑む。人間とよく似た感触の、けれど芯が抜けたように動かなくなった、腕。

——彼は、全部、間違っている。

ぎり、と歯軋りをして。

「わたしが失いたくないのは、『補助官』じゃない。……きみだ」

彼女がそう押し出した時、システム内に響くパーツ損壊の警告音が、一瞬だが止んだ。

エチカの苦しげな表情が、目の前にある。腫れた頬が痛々しく、唇には乾いた血が滲んでいる。それでも、その瞳はまるで光がどこから射すのかを知っているように、迷わずハロルドを見据えていて。

──『失いたくない』

それが意味するところを、弾き出す。

「……あなたはマトイの時のように、今度は私に依存を？」

「違う」彼女は弱々しく首を振る。「そうじゃない。いやそうかも知れない。わたしにも分からない、でも」でも、と下手な呼吸で繰り返す。「きみは、間違ってる。だから止めたい」

またしても苛立ちを覚えた──何も間違ってなどいない、彼女は少しも分かっていないのだ。ただ安易な正義感を、執着心を押しつけるのはやめてくれと、叫びたくなる。このままエチカを地下室から引っ張り出して、外まで引きずっていこうか。あるいは全てが終わるまで、どこかに閉じ込めてしまおうか。そんな恐ろしい想像がよぎって。

できないと、分かっていた。

もしできるのなら、彼女が異を唱え始めた時点で、とっくにそうしている。自分のシステムによれば、先ほどの状況で復讐を続ける最善の方法は、エチカを銃で撃つことだった——そんな真似をなせるはずがない。

ナポロフを撃った時ですら、処理しきれない膨大な感情で頭が破裂しそうだった。

だがそれでも、怒りのほうがまさった。何より、これは成し遂げなければならないことだ。

けれど——エチカは違う。ソゾンの仇ではない。

今だって、その細い手首を押さえつけるのがやっとで。

自分の手の中で、うっすらと血の気を失っている柔いそれに、ひどくぞっとしていて。

「『いつでも必ず帰る』って、ダリヤさんと約束したんじゃなかったの？」エチカはなおも、説得を重ねようとしてくる。「きみがここでナポロフを殺せば、彼女は一人になる」

確かにソゾンが埋葬された日、自分はダリヤを決して一人にはしないと誓った——しかし。

「もう十分、傍にいました」ダリヤのたおやかな微笑みが、嫌でもメモリに蘇ってくる。打ち消して。「彼女は……解放されるべきです。私が一緒にいないほうがいい」

エチカが眉をひそめる。「解放？」

「ダリヤは私に執着しています。いいえ、私が彼女にしがみついたのかも知れません。どちらにしても、それでよかったのです。ソゾンが残していった空白を、私が、埋めることができるのなら……」

「そうだ。きみがいたお陰で、ダリヤさんはきっと救われた」

「ですがいい加減、終わらせなければ」

抑えきれないものが、こみ上げてくるのが分かる。

エチカは一体いつの間に、これほど器用に心に入り込んでくるようになった？

それとも、自分の感情エンジンが脆くなったのか。

いつからだ。

――まさか、彼女と出会ってからか？

「私が」と、どうにか押し出す。「ここで全てを終わらせられたのなら、ナポロフを裁くことができたのなら、ダリヤも前に進めるはずです。今度こそ、ちゃんと……」

「きみ自身がそう思いたいだけだ。彼女は悲しむ」

――そうだろうな。

そんなことは、自分でも、とっくに分かっている。

きっと、間違えた。

最初に出会った時、エチカに優しくするべきではなかった。

利用しようと思って近づいたのに、逆に、掌に包み込まれているかのようで。

「……あなたが私に依存するのは勝手ですが、何をどうすべきかは自分で決めます」

「だったら、さっさとわたしを撃ち殺せばいい」

一瞬、怯みそうになった。「本当にそんなことをお望みですか？」

「きみは間違ってる」

彼女がもう一度言う。右腕を摑んでいる手に、力がこもる——ああ、ばれているのだ。乱暴に傷付けることなどできないと、とっくに見透かされている。

始めは、自分が彼女のことを全て理解していたと思ったのに。

いつの頃からか、すっかり入れ替わってしまった。

「よく聞いて」と、エチカが真っ直ぐに紡ぐ。「きみが、ソゾン刑事を殺したわけじゃない。きみの責任じゃない。誰のせいでもないんだ」

やめろ。

やめてくれ。

「きみは、あの時にきみができることを全部やった」

「ダリヤさんから前に聞いたよ、ソゾン刑事の居場所を探し当てたって。市警の誰も耳を貸さなかったから、きみは一人で彼を助けにいくしかなかった」

違う。自惚れていただけだ。自力で何とかできると過信して。

それどころか、ずっと身近にいた犯人たちに気付くことすら、できなかったのだから。

「何も償わなくていいんだ。きみには何の罪もない。だから——」

「黙ってくれ」

ハロルドは押し殺すように遮る——優しい言葉が聞きたいわけじゃない。慰められたいわけじゃない。肯定されたいわけじゃない。

許されたいわけじゃ、ないはずだ。

もしも、一人でソゾンのもとへと向かわず、他の人間を連れてくることができていたら。

ソゾンを見つけた時、背後から忍び寄る犯人の影を察知していたら。

そもそも彼をあの晩、オフィスから引き剝がして、無理矢理家へと連れ帰っていれば。

もう何千回、何万回、『もしも』を唱えたのか分からない。

だからこその償いだ。ナポロフをせめて同じ目に遭わせて、裁きを与えて——それが非生産的でも、非合理的でも、そんなことは関係がない。ただそうしたい。そうするしかない。決して終わらないものを終わらせるためには、そうやってしがみついて、もがいて、自分はあの日できなかったことを成し遂げられるのだと、証明しなくては。

でなければ、延々と繰り返されるこのメモリから、抜け出せない。

エチカの言う通りだ。

償いと称して、結局、自分を救おうとしているだけ。

自己満足の欺瞞。

それでも、前に進むためには、もう他に方法がない。

だから、絶対に諦められない。

なのに。

それなのに、

「…………補助官」

エチカが茫然と呟く——ハロルドはそこで、自分の頬を伝う冷たい感触に気が付く。循環液のそれではなく、水に近い。驚きのあまり彼女の手首を放し、自らの顔に触れてしまって。

——どうしてだ。

レクシー博士を、憎く思った。

神経模倣システムなんて馬鹿馬鹿しい。

機械は、機械らしくいるべきだ。そのほうが、どんなに楽だったか。空っぽの従来型アミクスのように、ただ何も感じず、組み込まれたままに微笑んでいられたら、どれほどいいか。もしそうだったのなら、どんなにひどい現実も、どんなに突き刺さる言葉も、何一つ辛くはなかった。こんな風に、抑制できないほどの怒りや後悔に苛まれることも、なかったはずで。

人間にもなれないくせに、人間に近づくというのは、とても中途半端でしんどい。

——そう。

もう、しんどいのだ。

「……お願いですから、優しくしないで下さい」

エチカの眉が、ぎゅっと寄る。まるで自分自身が痛みを覚えたかのように——彼女は何も言わない。逃げ出そうとも、こちらを捕まえようともしない。ただ真摯に、次の言葉を待ってくれる。そうすることが、当たり前であるかのように。

何なんだ、あなたは。

そういうところが、本当に、度しがたくて。

抗いがたくて。

そちらへいってはいけない。

自分はまだ、何も成し得ていないのだ。

けれど、

「ソゾンに」堪えきれず、吐露してしまっていた。「犯人を見つけろと、言われたのです」

「……もう見つけたよ」

「ええ、ですがまだだ。私は、この男を裁かなくては」

「裁かなくていい」

「償いたいのです、ソゾンに……彼の、手足が切り落とされるのを見た。そのうちに、声が聞こえなくなって……首が、切断された時に、特にひどく血液が」

「思い出さなくていいんだ」

「私は、やはり何もできないのですか」

「できないんじゃない、もうできてる」

「いいえ、まだ何もしていない」

「十分だ、もう十分すぎるほどやった」

「まだ十分では……」

「もう十分なんだ！」

エチカの細腕が伸びてくる――彼女は半ば爪先立ちになり、ハロルドの頭を引っ張り寄せるようにして抱きしめた。まるでそうでもしなければ、こちらがばらばらに崩れて、壊れてしまうと信じているかのように。

実際、きっと、そうだった。

「もういいんだ」エチカのくぐもった声が、宥めるように繰り返す。「もういいから……」

その指が、髪を梳いてくれる。不器用に、子供を慰めるように、何度も何度も――彼女だって、そんな風にされたことは滅多になかっただろうに。

ソゾンに贖いたい。

紛れもない本心だ。

それなのに気付けば、自分の片腕はエチカの背中にしがみついている。折れそうなほど華奢にもかかわらず、儚さとは無縁で、しっかりとしたぬくもりがあって――人間の体温だった。自分よりも少し高くて、あたたかくて、ひりひりと染み込んでくる。

ほっとする。

一瞬でもそう考えたことに、罪悪感が疼いて。

「きみは、自分を許して」

いいや、許せない。

何があろうと、許したくはない。

声に出さずに呟いたのに、エチカには聞こえたのだろうか。

「だったら……わたしが代わりに、きみを許さないでおくから」ひどく優しい囁きで、「だから、きみは自分を許していい。許して欲しい。もう――」

その先に繋がるひとひらは、地下室の暗がりに沈んでしまって。

あるいは、嗚咽もなく零れてくる涙に、埋もれてしまって。

それでも確かに、拾い上げたはずだ。

*

ハロルドを抱きしめていたのは、時間にしてほんの数分足らずだったように思う。

遠くでうっすらと響くサイレンが聞こえて、エチカはやんわりと腕をほどく――ペテルブルク市警だろうか。もうそろそろ、ナポロフやこちらと連絡がつかないことを不審に思い、捜索

を始めていてもおかしくはない頃合いだ。

ハロルドを見る。

「……フォーキン捜査官でしょう。私は、自分の位置情報を切っていませんでしたので」

彼は、自らの濡れた頬を掌で押さえたところだった。アミクスに『涙』が搭載されていることを、エチカは今この時まで知らなかった。あるいは、RFモデルが特別なのだろうか――彼は、まるで漏れ出した循環液に触れるように、どこか不愉快そうにそれを拭い取っている。

「そう」エチカは鼻をすすった。自分の目許も、少しだけ濡れていた。「その……捜査官たちがきても、きみは何も喋らなくていい。今日のメモリに保護をかけたら、あとは今みたいにショックを受けた顔のままでいて」

「はい」ハロルドは頷き、遅れて理解したようだった。「エチカ、それは――」

言いながらも、ふと、いつぞやのレクシーの発言を反芻してしまう。

「博士と約束したんだ。きみを守る」

――『もし君の気が変わったのなら、別に真実を告発しても構わないよ』

あれが冗談だったのか、本心だったのかは、今も分からない。けれど――もはや、どちらでもいい。どのみち博士との約束などなくても、自分はハロルドを告発できないのだから。

どうしてか、ファーマンの時よりもずっと強く、そう確信してしまっていた。

彼を、失えない。

補助官だからではなく、彼だから、失えない。

「エチカ」アミクスの唇がおもむろに開き、「もしあなたが……私をマトイの代わりのように思っているのなら、それは望ましいこととは言えません」

――そう解釈されても、致し方なかった。

実際、自分は彼に執着している。これは姉への執着とは別物だと信じているが、では具体的に何が違うのかを、未だに上手く言葉にできない――いいや。

言葉に、したくないだけかも知れない。

この感情に安直な名前をつけてしまえば、はっきりと形を与えてしまえば、途端に醜く崩れて、もう投げ捨ててしまいたくなるだろう。それはひどく独りよがりで、薄汚いから。

怖いのだ。

だからまだ、曖昧なままにしておきたくて。

「……姉さんの代わりだとは、思っていないはずだ」

「『はず』？」

「とにかく今は時間がない。全部わたしに任せて」耳を澄ませる。サイレンは、もう随分と近づいている。「さっきも言った通り、きみは黙っていればいい」

エチカは、うなじに挿さっていた絶縁ユニットを抜き取った。ナポロフを振り返ると、やはり意識が戻っていないようだが、息はある。「外に出よう」とハロルドを促して――だが、彼は歩き出さない。結局、こちらが先に階段へと足を掛けた。腹部の痛みは未だに残っている、検査を受ける必要があるだろうなと考えて。

ハロルドはまだ、地下室全体をなぞるように眺めているのだ。

決して、思い描いていたような『贖罪』の形ではなかっただろう。

きっと依然として、自分を許してはいないはずで。

それでも。

わずかでも、彼の心に届いてくれただろうか。

今は、分からないけれど。

「ハロルド」

彼が今度こそ、エチカを振り向く。何故か唐突に、その姿が行き場を失った幼子のように見えた――思えばこのアミクスは、自分の半分も生きていない。よく、そのことをすっかり忘れてしまう。

こちらから、手を差し出す。

「――ほら、帰ろう」

凍った湖の瞳が、かすかに見開かれて。

ハロルドは、しばしじっとエチカの手を見つめてから、何も言わずに重ねてきた。

いつもの、低いぬくもりだ。

今度こそ、階段を上り始める。しかし自分のほうがよろめいてしまって、彼に支えられる羽目になった。そうしてハッチの外へ——家の中は、訪れた時よりも随分と明るくなっている。

床板を軋ませながら、玄関扉へと向かう。やけに軽いそれを、引き開けて。

刺すような早朝の風が、エチカの前髪を吹き上げた。

いつの間にか、空から夜闇は去っている。

菫色へと褪せていくそこに、溶けそうな雲の筋が滑らかな弧を描いていて。

「……夜が、明けていたのですね」

ハロルドの呟きにはどうしてか、止まったはずの涙が、滲んでいたように思う。

4

「つまりナポロフ警部補は、電索官を殺害するつもりでここへ連れてきたわけですね？」

「そうです。本当はわたしだけでなく、ニコライさんも巻き添えにしたかったようですが」

空き家に数台の警察車両が到着したのは、それから間もなくのことだ——ハロルドが推測した通り、フォーキン捜査官のボルボも混ざっていた。降りてきた警察官たちは警戒も露わに、次から次へと家の中へ突入していく。

現場を取り仕切っているのは、アキム刑事だ。エレーナの事情聴取をおこなった、あの赤毛の小柄な男性刑事である。ナポロフ警部補に代わって、応急的に事件を引き継いだそうだが。

「何てことだ」アキムはめまいがしたように目許を覆う。これまで信頼してきた上司が連続殺人鬼だったとなれば、当然の反応だろう。「それならハロルドの怪我も、警部補が？」

エチカはちらと、隣のアミクスを見やる——ハロルドは右肩の傷を押さえるようにして、物憂げにうつむいていた。そのままおもむろに口を開こうとするので、慌てて遮る。

「ええ。警部補はわたしを撃とうとしたのですが、彼がかばってくれて」

「ひどい傷ですね。あとで修理工場に連れていかないと」

「もちろんそうします。補助官、きみはニーヴァに乗っていて」エチカはやんわりと、ハロルドの背中を押した。「安静にしていないと、循環液の漏出がひどくなる」

「ですがエチカ、」

「いいから。アキム刑事を安心させると思って」

エチカはハロルドを半ば強引に、ニーヴァのほうへと押しやった。彼は納得できない様子だったが、渋々といった足取りで愛車へと歩いていく——ハロルドはまだ冷静とは言いがたい。万が一にも、「自分がナポロフを撃った」などと口走れば取り返しがつかなくなる。

「それと電索官。すみませんが今のうちに、発砲時の状況を詳しくうかがっても？」

アキムは恐縮したように問うてくるのだ。捜査の一環なので仕方がない――エチカはずきずきと痛む脇腹を押さえながら、どうにか頭の中で組み立てた『嘘』を並べた。まず、地下室へ駆けつけたハロルドがナポロフに人質に取られたため、自分が警部補を二発撃った。それぞれ腕と脚に着弾。警部補は反撃に出て、エチカへと同じく二発発砲。うち一発が、間に入ったハロルドに命中した。そこからナポロフの銃を奪って捨て、二人で地下室を脱出した……。

「――アキム刑事！」

不意に声が割り込み、報告が中断する――空き家の中から、フォーキン捜査官が姿を見せたところだった。彼はコートの裾をはためかせながら、こちらへと駆けてくる。

「警部補が意識を取り戻しましたよ」フォーキンは言って、「救急車を手配したので、今のうちに地下室から運び出すそうです。本人が、外の空気を吸わせて欲しいと」

アキムはエチカの話を聞いていただけに、驚いたようだった。「自力で歩けるんですか」

「動脈は無事なようなので、両脇を抱えれば何とか。他の警官たちがあなたを呼んでいます」

「分かりました」アキムが顎を引き、「電索官、後で続きをうかがいますので」

そうしてアキムは、足早に玄関扉へと向かっていく――これから市警察は時間をかけて、自分への事情聴取も含め、地下室に残されたあらゆる痕跡を調べることになる。だとしても、ハロルドがナポロフを襲った証拠は見つからないはずだ。まず、彼には指紋がない。衣服に硝煙が付着しているとしても、敬愛規律に依って安全が約束されているアミクスを、わざわざ検査にかけたりはしないだろう。

問題があるとすれば、ナポロフの機憶と証言だった。

彼は、ハロルドが銃を撃つ瞬間を見ている。

意識を取り戻したと言っていたが、真っ先にそのことを話したりはしないだろうか。

もしそうなったら、今し方の自分の供述は水の泡だ。

——どうしたらいい。

エチカは内心狼狽（ろうばい）しながらも、平静を装（よそお）ってフォーキンを見る。彼は、痛ましそうな視線を返してきた。

「救急車が着いたら、あんたも診てもらえ。腫れ上がってるぞ、その頬」

「そうします」正直それどころではないが。「シュビンはどうなりました？」

「自損事故で搬送した。救急隊員に話を聞いたが、脳挫傷がどうとかで……だが恐らく、命に別状はないそうだ」フォーキンはそこで、ニーヴァを一瞥（いちべつ）する。「ルークラフト補助官は、真っ先に警部補が犯人だと気付いたみたいだな。俺を置いて飛び出していったよ、参った……」

「すみません」落ち着かないまま詫（わ）びる。「彼の判断は正しいとは言えませんでした」

「そうだな。これでもしあんたがバラバラ死体になっていたら、悔やんでも悔やみきれなかったが、まあ——」

遠くで、何かが破裂するような音が響いた。

エチカとフォーキンはぎょっとして、首を振り向ける——聞き間違いでなければ、銃声によく似ていた。家の中で轟いたようだが……。

まさか。

フォーキンが蹴られたように駆け出すので、エチカも急いで追いかけた。とはいっても、傷だらけの体ではあまり素早く動けない——ぎいぎいと軋んでいる玄関扉を押し開ける。途端に、怒号のようなやりとりが溢れた。何だ。エチカはフォーキンとともに、廊下の奥へと急いで。

階段の裏——ハッチ付近に、アキム刑事たちが屈み込んでいる。「何をやっていたんだ！」「すみませんまさかこんな」「まだ息はある」「止血しろ！」「無理だ」その足許に、じわじわと蝕むような血だまりが広がっていく。取り囲まれているのは、

うつ伏せに倒れた、ナポロフ。

その手が握り締めている銃を、警察官の一人が無理矢理にもぎ取ったところで。

エチカは、頭が真っ白になる。

——『たとえ正体を摑まれても、誇りを守ればいい』

あの言葉は、そういう意味だったのか？

「おい嘘だろ」フォーキンの独り言が耳をつく。「自殺を図るなんて……」

彼方から浮かび上がるように、救急車のサイレンが近づいてくる。

ナポロフの電索令状が発行されたのは、緊急搬送から約八時間後だった。

「警部補は手術を終えて集中治療室に移されたそうですが……容態はまだ不安定なのでは？」

「いつ急変するか分からないからこそ、今のうちに潜っておく必要があるとの判断だ」

ペテルブルク市内。閑散としたユニオン・ケアセンターのロビーを、エチカとハロルドは足早に歩いていく——結局彼を修理工場に連れていき、応急処置を終えたその足で病院へと駆けつける羽目になってしまった。

ハロルドが気遣わしげにこちらを見る。「お体は平気ですか」

「ただのひびだよ、痛み止めも飲んだし問題ない」

エチカは、バストバンドで固定された腹部を押さえた。あれから到着した救急隊員——正確には、簡易診断ＡＩによる診察を受けたが、自分の肋骨には数カ所のひびが入っているらしい。幸い内臓に損傷はなく、頬の腫れも消炎パッチを貼り付けて様子を見ることになった。ただ掌の傷は、何針か縫う羽目になったが。

ともかく見かけはぼろぼろだが、大事には至っていない。

「今はそれよりも、電索のことだけを考えて」

二人は、通路の突き当たりにある集中治療室へと踏み込んでいく――むんと消毒剤の匂いがきつくなる。そこはナースステーションと一体化しており、複数の病床が薄い滅菌カーテンを隔てて並列に並んでいた。エチカは看護アミクスにＩＤカードを提示し、ナポロフのベッドへ向かう。

「お待ちしていました、ヒエダ電索官。ハロルドも」

ベッドの傍らに立っていたアキム刑事が、こちらに向き直る――上にナポロフの電索を要請したのは、彼だった。万が一のことがある前に、機憶を通して事件の真相を探りたいと考えたようだ。極めて真っ当な判断と言える。

「ナポロフ警部補の容態は？」

「昏睡状態です。医師曰く、今生きていることが不思議で、今後も回復は見込めないと……」

エチカは、ベッドへと目を配る――ナポロフは酸素吸入用マスクを装着し、静かに瞼を下ろしていた。頭部には分厚い包帯が巻かれ、全身の至るところから管が伸びている。物静かに横たわる姿は、あの地下室でこちらを襲おうとした男とはまるで別人で。

あの時、ナポロフは自分を運び出そうとした警察官の銃を奪い、自らの頭を撃ち抜いたらしい。周囲が軌道を逸らそうとしたものの間に合わず、銃弾は彼の大脳に重傷を負わせた。

――ナポロフのプライドを思えば、大人しく収監されることを受け入れるわけがない。

だがまさか、死を選ぼうとするとは。

のは明らかだ。「本人から供述を得られなくなった以上、あなた方の電索が頼みの綱になります。ただ……」

「我々の不注意です」アキムは悔しげに唇を噛む。彼は顔色が悪く、一切休息を取っていないす。ただ……」

そこで刑事は、気に掛けたようにハロルドを見やる。彼が言外に懸念していることは、エチカにも理解できた。何せナポロフを電索すれば、ハロルドは嫌でもあの日の機憶を——ソゾンが殺される場面を、再び目にすることになるのだ。

もちろん、躊躇しているような状況ではない。しかし。

「問題ありません」こちらの心境を読み取ったかのように、ハロルドがそっと言う。「これは私の事件ですから。たとえ苦しい機憶でも、最後まで直視しなければ」

彼は、とっくに覚悟を決めているようだった。

唯一の救いは、補助官のハロルドには、ナポロフの感情までは流れ込まないことだろうか。

エチカは、鼻から息を吸う。「本当に平気？」

「ええ」彼は深く首肯した。「支度をしましょう」

——今は、その言葉を信じるしかなさそうだ。

そうして看護アミクスの手を借りながら、コードを結び合わせていく。ナポロフは昏睡しているため、鎮静剤は使用しないことになった——エチカはナポロフに繋いだ〈探索コード〉を、うなじのポートに接続する。ハロルドに〈命綱〉を差し出すと、ためらいもなく左耳へと挿し込んで。

〈命綱〉のうっすらとした発光が、彼の左頰を撫でている。そこにはもう、涙の跡はない――エチカは、カーテンの傍に立っているアキムに目配せする。刑事は頷き返してきた。

改めて、ハロルドへと視線を戻して。

悪夢が消える前に、その本当の姿を、確かめなくてはならない。


「――始めて下さい、エチカ」

ハロルドが囁く――そっと背中を押されるようにして、エチカは体を脱ぎ捨てる。
潜り込んだ電子の海は、これまでの電索対象者と全く変わらぬ表情で出迎えてくれた。〈表層機憶〉へと手を伸ばす――はじめ、それはひどくあやふやだった。砕かれた欠片のように歪み、継ぎ接ぎだらけだ。ナポロフの意識に影響が出ていたため、記録が不鮮明になっているのか――突如、耳を劈くような銃声が通り過ぎる。目の前を取り囲む警察官の制服。アキムの顔がちらとよぎって。『もういい』『機憶を覗き見られるくらいなら』『終わらせよう』地下室の暗闇が広がる――違う、もっと前だ。彼が犯行に至るまでの経緯を遡らなければ――素通りしようとして、ぼやけたやりとりが響く。自分とハロルドのものだろう。こちらへと銃口を差し向けるアミクスの姿がよぎる。ああ、この機憶は誰にも見せられないな……。

突如、鮮かさを取り戻す。

エチカ自身が、車の助手席で不安そうにしている。ナポロフの手が、あの空き家で拾い上げた電動鋸を懐にしまい込んで。端末の中にハロルドの姿が映り込んでいる。『犯人は、カジミール・マルティノヴィチ・シュビンです』ああ。彼の心にじわりと染み込んでくるこれは、落胆だ。『順番が狂った』『シュビンが捕まれば全て台無しだ』『もっと綺麗に幕を引きたかったが』『これも業か』——更に遡る。すれ違う機憶の数々が、飛び散るように弾けていって。

ふと、描き出された血文字が目に入る。

エチカは図らずも胸が悪くなった——アバーエフの殺害現場だ。リビングには自分やハロルドを始め、鑑識課や分析蟻がうろついている。シュビンがこちらに目線を向けた。『ナポロフ警部補、ちょっと見てもらいたいものが』そのまま、彼とともに隣の別室へと歩いていく。扉を閉めて。

『どういうことです……』シュビンはぼそぼそと質してくる。『何でわざわざ画筆で？』

ナポロフは平然と答えた。『文字を描くには最適だろう？』

『妙な誤解を……招きます』

『どのみち決定的な証拠にはならない』

『僕の偽名を、「モンマルトルにしてくれ」と言いましたよね。あれは……』

『君が迷っていたから提案しただけだ』ナポロフはあくまでも穏やかに宥める。『我々は友人だぞ、シュビン。お互いが危険に晒されるような真似をしてどうする？』

シュビンは小さくかぶりを振っただけで、それきり押し黙る。ナポロフはこの時、彼を納得させられたと思い込んだ——実際のところ、シュビンはナポロフへの疑いを拭いきれなくなったに違いない。彼は危機を覚えて、警部補を裏切る決意をすることになる。

機憶が入れ替わり、
血飛沫が視界を掠めた——目の前で、アバーエフの体が無残に切り刻まれていく。エチカは思わず顔を背けて。ナポロフの冷たくどろりと濁った怒りが、流れ込んでくる。『これでいい』『思い知らせてやったぞ』『もう二度と馬鹿にされるのは御免だ』——触れれば指先が裂けそうなほど、鋭い苛立ち。彼はアバーエフの死体をソファに飾り、真新しい画筆で床に文字を書く。転がったタブレット端末すら巻き込んで。

『これが「真作」だ』

犯行を終えたナポロフは、堂々とアバーエフの自宅を後にする——監視カメラを避けて駐車場に向かうと、シェアカーの傍で、フードを目深にかぶったシュビンが待っていた。彼はその変声デバイスを使って、アバーエフの知人に成り済まし、入り口のロックを解除させたのだ。

『帰っていろと言っただろう』ナポロフはシェアカーのドアを開けて、レインコートを脱ぐ。

『だが、またこんな日がくるとはな。思い知らせてやったよ』

アバーエフへの『復讐』を遂げた彼は、心の底から満足感を覚えていた。

『はい。でも……せめてアバーエフが模倣犯だと報道されるまで待つべきだったのでは……』

シュビンはやはり無表情だが、顔色が悪く、恐らく怯えている。しかし、ナポロフにはそれが汲み取れない——ソゾンと同じように、彼もシュビンを理解することなどできていなかった。むしろ、その必要すら感じていない。ナポロフにとって、シュビンとの間に境界線はない。

『ハロルドがあの現場を見たところで、犯人はアバーエフの知人で、偶然彼を模倣犯だと知って報復に及んだと推理するはずだ。少なくともソゾンならそう言う』ナポロフは心からそう信じていて、全くうろたえていない。『それにアバーエフが模倣犯として逮捕されれば、報復の機会を失う。今しかなかったんだ、急がなければいけなかった。分かるだろう？』

『もちろん……分かります、だから電話で呼び出す手順も飛ばして』

『次が最後だ。大舞台にするから、君もそのつもりでいてくれ』

『まだやるんですか？　もう、報復は十分では……』

『今ならソゾンの事件を超えられる気がするんだ。何せこうして、模倣犯を一人始末できた』

何かが引っかかった——だがそれが何なのか分からないまま、機憶が遠ざかっていく。

二年半前を目指して、逆行を続ける。

ナポロフの事件に対する動機は概ね、ハロルドに語っていた通りだ。彼が暴力性を抑えきれなくなったのは、妻との別れがきっかけだった——幼い頃、ナポロフは両親の離婚を経験している。彼を引き取った母親はアルコールに依存するようになり、精神的にも不安定で、たびたび息子に暴力を振るった。母が優しいのは、仕事先から「おつかいを頼みたいの」と音声電話をかけてくる時くらいで、ひとたび家に戻れば地獄だった。だからだろうか、彼は幸せな家庭を築きたいという思いが人一倍強く、年齢を重ねてもその願いは育ち続けた。

一方で、母親からの暴力によるフラストレーションは嵩む一方で。

始まりは、本当に突然だった——少年だった彼が学校から帰宅すると、リビングで母親が殺されていた。その遺体は四肢と頭部が切断され、あまりにも悲惨な状態で。電話越しにしか優しくなかったあの唇も、息子を抱きしめずに殴りつけた手も、もはや沈黙して何一つ語らない。

後日逮捕された犯人は、近所に住む中年の男だった。最近刑務所から出所したばかりで、異常な妄想癖が改善しないまま俗世に戻り、ものの数日でナポロフの母を殺した。特に彼女を知っていたわけではなく、たまたま見かけて衝動的に襲ったらしい。世間は、母親を殺された少年に哀れみをくべた。だが数ヶ月後に発生したソ連崩壊による混乱で、誰もが忘れ去った。

しかしナポロフ少年は、夜ごとに母の死体を思い描き続ける。

突然実母を奪われた怒りでも、孤児となって養護施設に送りこまれた孤独感ゆえでもない。ただ、犯人のことが羨ましくてならなかった。あの母親を意のままに独り占めできたことが、心の底から——それこそが自分に必要なものだと、少年は気が付いた。

彼はたびたび、母親を殺す想像に耽るようになっていく。彼女が自分にそうしたみたく、こちらから上機嫌に電話をかけよう。呼び出した母が現れた日には、犯人を見習って、電動鋸で体をばらばらにする。今度こそその全てを独占し、静かで優しい理想の母を取り戻すのだ。

もはや決して、実現しない空想。

だがそれを思い描く間だけは、名状しがたい安心感に浸っていられた。

母親は死してなお、寄生木（やどりぎ）のように少年の心を蝕んでいて。

だからだろうか。彼は成長するにつれ、一部の人間に対して支配的な関係を築くようになっていく。シュビンがナポロフを頼ったのは偶然だが、ナポロフが彼を支配しようとしたのは必然だっただろう。対等で穏やかな人間関係よりも、自分が状況を握っている関係性のほうが長続きしたし、安定していた。『自分はどこかが故障している』『気付かれないようにしなくては』——穏やかで気のいい警察官としての顔と、異常者としての暗い顔。演じ分けは、見事なまでに完璧だった。彼には、その手の『才能』があったのだ。むしろ、演じ分けているという自覚すらなく、誰にも勘付かせないのは簡単だった。

だが、寝食を共にしている妻には、さすがに隠しきれなかった——結婚当初は上手（うま）くいっていたはずだ。一人娘も生まれ、自分も他人に『愛情』というものを抱けるじゃないかと思った。人並みに人間を演じられるじゃないか、と。

しかし、妻は次第に彼の本性を嗅ぎ取っていったようで、ある日突然離婚を申し出た。

『あなたといると、自分が都合のいい人形になったような気がするのよ』

それは、子供の頃から最も望んでいた穏やかな家庭像の、崩壊。

ましてや、あの頃のナポロフ自身も、母親にとって『都合のいい人形』だった。

——結局、自分はあの女をそのまま踏襲して大人になり、もう二度と戻れないのだ。

真っ当な人間にはなれない。

そう諦めた瞬間、どうしてか心が楽になった。一方で、凶暴性は増長したように思う。『十分努力した』『いい加減、本当の望みを叶えたっていいだろう』——彼はそうして、連続殺人犯へと変貌した。母親の面影を求めながらも、これまでと同様に、自らが亡き母を演じるより他なく——だから幼き日の自分が傀儡にされたように、シュビンを利用した。一方でナポロフにとって、周囲から理解されないシュビンは境界線のない、自己の投影でもあった。だからこそ、事件の結末にはこだわった。最後はおぞましい己を葬り去れば、かつての正常な少年に戻れるのではないか。この悪夢のような呪縛も、消えるのではないか。一方で、どこかで殺人を楽しんでいる自分自身もいて。

——支離滅裂で、歪んでいる。

エチカは、これまでに何人もの電索対象者に潜ってきた。だが、ナポロフのような人間は特に異常な部類だ。彼は何かがずれている。しかも、本人はずれていることを自覚して綺麗に修正し、そのまま人間社会に溶け込んでしまう——まるで人になりすます悪魔だ。けれど。

『どのみち、自分は人間らしくなどなれないのだから』

ナポロフの思考は、幾度となくそう呟く。

人間らしく。

――『思っていたが、君は私よりもよほど人間らしいな。ハロルド……』

彼自身は、機械派でも友人派でもない。

それでも、どちらかといえば、アミクスを快く思っていなかったはずだ。

〈中層機憶〉へ――二年半前の、『ペテルブルクの悪夢』へと近づいていく。

最初の被害者に始まり、二人目、三人目と犯行の機憶が積み重なる。被害者たちは何れも、ナポロフが所有しているダーチャに連れていかれ、そこで殺害されてから各地に遺体を飾られたようだ。

やがて、ソゾンが殺された日が迫ってくる。

繋いだ〈命綱〉から、ハロルドの緊張が伝ってくるようで。

エチカは彼を案じながらも、やむなくその日の機憶へと滑り込んでいく――ナポロフはいつも通り、ペテルブルク市警本部の強盗殺人課に出勤し、仕事に勤しんでいた。ミーティングに参加したのち、捜査中の事件の聞き込みへと出向く。当時の彼は課長だったはずだが、機会があればなるべく現場に出ようとしていたようだ。もともと役職に就くことは不本意で、のちに警部補へと降格を願い出たのも、現場との距離が近い階級に戻り、もっと事件の血なまぐささに浸っていたいからだったらしい。

時間は刻一刻と流れる。その一秒が、鉛のように重たくて。

何れシュビンから、「ソゾンを電話で誘い出した」と連絡が入るはず。

その瞬間がくるのは、いつだ。

まばたきも惜しいほどに、じっと見入る。

だが、どれほど待っても、何も起こらなかった。

――え？

夕刻、市警本部に戻ってきたナポロフは退勤する。オフィスにはまだソゾンとハロルドの姿があり、彼は挨拶を交わして帰路についた――夕食のレシピを自宅のアミクスに送信しながら、メッセージボックスを開く。シュビンと次の犯行についての打ち合わせをしているようだが、ソゾンについては触れられていない。そのまま自宅アパートへ帰り着くと、何事もなく食事を摂って――待ってくれ。エチカの戸惑いをよそに、機憶は進む。

そうして時刻はあっけなく、二十二時を回った。ソゾンの誘拐推定時刻だ。だが、ナポロフが出かける素振りはなく、シュビンからも連絡は入らない。それどころか彼はベッドに潜り込んで、あっという間に眠りに就いてしまう。

ぱっと、明かりが消えて。

――どういうことだ。

茫然としているうちに、翌朝がやってきた。ナポロフは何事もなく起き出し、身支度を調えている。朝食を済ませようとした矢先に、彼のユア・フォルマが着信を受け取った。

〈ハロルド・ルークラフトから音声電話〉

ナポロフは怪訝に思いながら、通話を選択する。『どうしたんだね、ハロルド?』

『課長、朝早くからすみません』切羽詰まったアミクスの声が響く。『実は、ソゾンが夕べから自宅に戻っていないのです。何かご存じありませんか――』

ナポロフの胸に生じたのは、素直な驚愕と嫌な予感だった。それはまさに、部下の悪い知らせに接した上司が抱くものに他ならなくて――どうなっている。おかしい。本来ならば、ソゾンは今まさに犯人に囚われているはず。

だが、ナポロフの動揺は本物だ。

彼はハロルドと市警の面々を引き連れ、ソゾンが誘拐されたという墓地へ向かう。監視カメラ映像から割り出したピックアップトラックを追跡し、運転手を捕まえた。ナポロフは本気で焦っている。『何故ソゾンが』『どういうことだ』『周りは「悪夢」との関連性を疑っている』『まさかシュビンが勝手に暴走したのか?』困惑しながらも運転手の取り調べを進めていると、ハロルドが直談判しに現れる。

『彼は嘘を吐いていません。解放してあげて下さい』

『ソゾンが誘拐されたショックでおかしくなったのかね? 奴以外に考えられない』

ハロルドが無念そうに立ち去ったあとも、ナポロフは運転手に自白を強いようとする。だが埒が明かない。シュビンから時間が取れたと連絡があったので、彼と個人的に話し合うことに決める——密談を悟られないよう、ナポロフは『捜査中の別件で、指定通信制限エリアにいかなくてはならなくなった』と偽り、絶縁ユニットを用いてシュビンと合流した。

だが当然のように、シュビンはソゾンの誘拐に関して何も知らない。彼はアリバイを提示したがナポロフはしつこく疑い続け、シュビンを連れて、被害者たちを殺したダーチャや遺体を置いた公園を回った。シュビンは最後まで潔白を主張し――戻った時には、すっかり一夜が明けていた。

ナポロフを待っていたのは、ソゾンの死と、ハロルドが救出されたという一報だ。

彼はその時既に、事態の全容を大まかに知らされていた。ナポロフはふつふつとこみ上げる怒りを押し隠したまま、ハロルドと再会する――アミクスはラウンジのソファに腰掛けていて、ナポロフを見ても立ち上がろうとしなかった。ブロンドの髪は乱れ、シャツは土でひどく汚れている。その首の人工皮膚は、ロープの跡をなぞるようにひび割れていて――向けられた湖の瞳は、冷たく凍り付いていていた。

エチカは、思わず眦を歪めてしまう。

これが、あの日の彼か。

『――ナポロフ課長』

『ハロルド、』

『ソゾンが』アミクスの唇は、譫言のように紡ぐ。『ソゾンが……「悪夢」の犯人に殺されました。私の、目の前で』

瞬間、ナポロフの中で沸騰していた怒りが、爆発的に弾け飛ぶ――それは、『大切な部下』を殺された憤りなどではない。もちろん、周囲にはそう見せかけることを忘れなかったが。

彼にとっては、自らの人生そのものを踏みにじられたに等しい。

――その感情は、正真正銘の本心だ。

エチカは愕然となりながらも、ゆっくりと引き揚げられていくのを感じる。機憶の中のナポロフが遠ざかる。彼の憤怒が、爪先を掠めるようにして零れ落ちていき、

確かに、ナポロフは『ペテルブルクの悪夢』の犯人だ。

――けれど。

『そうだ。私が、君の相棒を、殺した』『君は機械なのに、何故そうもソゾンを殺されたことが腹立たしいのかね？』『このあたりで担当刑事が死んだほうが、事件もより注目されて盛り上がると……』

あの自白は全て、模倣犯の事件を許容したくないが故の、薄っぺらい虚勢に過ぎない。

嘘だろう？

ここまできたのに。

全てを終えられるはずだったのに。

こんな。

エチカはどうにか目を開ける。ふと、縋るように腕を摑んでくる手を感じた。引き抜いたばかりの〈探索コード〉を握り締めた、アミクスのそれ——目の前のハロルドは、まばたきを忘れている。ただ、食い入るようにこちらを見つめていて。

きっと自分も、全く同じ表情をしていただろう。

「エチカ」

「……ああ」わけもなく悔しさがこみ上げてきて、唇を嚙んだ。「終わっていないみたいだ」

「どうしました」見守っていたアキム刑事も、異変を察する。「何が分かったんですか？」

最悪の事実だ。

エチカはどうにか、無防備に横たわっているナポロフを一瞥して。

「ナポロフ警部補は…………ソゾン刑事を殺していません」

どうしてだ？

悪夢はもう、十分なのに。

「——彼だけは、ナポロフの模倣犯に殺されたんだ」

5

ユニオン・ケアセンターの庭園は早くも枯れ果てて、色を失っていた。うねるように横たわる小道は、敷地内のパーキングロットへと続いているらしい。行き交う人々は皆、首を縮めて急ぎ足で──エチカはハロルドやアキム刑事とともに、広場の隅からその光景を眺める。

「なるほど」アキムは集中治療室を出たあとから、渋面を隠せていない。「『悪夢』事件の特徴の一つは、極めて慎重な犯行でした。だから現場の特徴が一致していたとはいえ、犯人が担当刑事のソゾンを狙ったことには、当時から違和感があったんですが……それ自体、模倣犯の仕業だったのか」

結局のところ、ナポロフが『ペテルブルクの悪夢』から手を引いたのは、模倣犯によるソゾンの殺害が原因だ。担当刑事が巻き込まれた影響で捜査態勢が拡充され、ナポロフは犯行のために仕事を抜け出す余裕がなくなった。何よりも不用意に動けば、場合によっては自分にまで捜査が及びかねないと懸念したのだろう。

つまり──もともとナポロフは模倣犯に対して、強い憎悪を抱いていたことになる。

そんな中で今回、アバーエフが模倣事件を引き起こしたのだ。

ナポロフが怒りに任せて彼を殺害することは、ある種の必然だったのかも知れない。

それでいて、これ以上自分の事件を穢される前に、模倣犯の犯行を凌駕する『集大成』を描いて幕を引こうとした。

「一番の問題は」エチカは重たい口を開く。「ソゾン刑事を殺した模倣犯は……まだ捕まっていないということです」

言葉にしただけでも、肋骨の痛みがぶり返しそうになる。

これで全てが解決と相成ってくれたのなら、どれほどよかったか。

「警部補は、模倣犯のせいで犯行を諦めざるを得なくなった」アキムが独りごちて、「となると、もしかしたら模倣犯は彼に対して個人的な恨みを持っていて、しかもその正体を見破っていたのかも知れません。死体を飾るという特徴を知っていたから、やはり依然として捜査関係者の疑いが濃厚か……」

「何れにしてもあの『影』が、ナポロフと同じく異常者であることは間違いありません」

ハロルドの眼差しは、今にも凍り付きそうな噴水へと向けられていた。銀色の水が、曇天のもとで寒々しく撒き散らされている。エチカは唇の裏を強く吸って――ナポロフではなかった。ソゾンを殺した『影』は別人で、恐らく今も、どこかでのうのうと過ごしている。

電索を終えてからというもの、ハロルドの表情は再び硬い。

当然だ。彼にしても、ようやく長い旅が終わるかのように思えただろう。

なのに――蓋を開けてみれば、この有様だ。

「ともかく、この件は持ち帰って捜査を続けます」アキムが気を取り直すように、鼻から息を抜く。「シュビンの容態が落ち着いたら、彼への取り調べでも何か有力な証言が得られるかも知れません。電索官、あなたにも改めて聴取にご協力いただくことになりますが」

「いつでもご連絡下さい」

「ありがとうございます」アキムはそこでハロルドを見やり、彼の左腕を軽く叩いた。励まし、もしくは慰めのようで。「万事解決とはいかなかったが、それでもシュビンと警部補を逮捕できたのは君のお陰だ。……あまり思い詰めるなよ」

そうして刑事はきびすを返す。歩き出しながら通話を繋いだようだったので、引き続き捜査に忙殺されるのだろう——エチカは、ちくちくと悴んだ手をコートのポケットに押し込んだ。

自分は近いうちに、あの空き家での出来事について、再び市警で話を聞かれることになる。だが幸か不幸か、最も懸念していたナポロフの証言——その命は、既に風前の灯火だ。

つまり、彼の機憶を通してハロルドの『秘密』が流出する可能性は、現状限りなく低い。

その事実に心なしか安堵してしまって、そんな自分にぞっとする——ナポロフのように明確ではないが、エチカ自身にもまた、悪魔の欠片が潜んでいるのかも知れなくて。

あるいは、どんな人間でもそうなのだろうか？

漠然とした不安を打ち消すつもりで、ちらと、隣のハロルドを仰ぎ見る。

彼の両目は、まだ、遠ざかっていくアキムの背中に縫い止められたままだ。

「補助官」

呼びかけると、アミクスは我に返ったように、一度だけまばたきをして。

「また、最初からですね」

「……ソゾン刑事が、模倣犯に殺されていたという手がかりは得られた」

この上なく前向きに考えればだが、と心の中で付け足す――事実ハロルドの言う通り、全てが白紙に戻ったに近い。もちろん、ナポロフたちを捕まえられたことは一つの成果だが。

しかし――『影』は一体、何のためにナポロフの犯行を横取りしたのだろう？

事件の成り行きを、今まさに、どこかでほくそ笑みながら見物しているのか？

恐れも、疑問も、一向に尽きない。

だがそれ以上に、今気がかりなのは。

「――私を心配していらっしゃいますね？」

エチカは、いつの間にかうつむけていた顔を上げる――こちらを見下ろすハロルドと、視線が絡（から）まった。彼は微笑（ほほえ）んでこそいなかったが、その表情は凪（な）いでいるように見えて。

――凪（な）いでいるように、だって？

「……わたしを観察するのは、やめたんじゃなかったの」

「観察するまでもなく分かります。電索を終えてからずっと、ひどい顔をしている」

「それは……仕方がない。だって、これでまたきみが――」

「あなたが、許さずにいてくれるのでしょう？」

エチカは、かすかに目を見開いてしまって。

湖の瞳は、穏やかにこちらを捉えている――そう、湖だ。これまでずっと分厚い氷に覆われていたそこが、今、かすかにひび割れていた。もう長らく太陽に触れられていなかった水面が覗き、当たり前のように、光を跳ね返していて。

ハロルドの瞳は、出会った時からずっと凍っていた。

アミクスだから、本物の瞳ではなく精巧に作り上げられたパーツだから、単純にそう見えるだけだと思っていた。

けれど、違う。

ナポロフの機憶の中で、あの日の彼を目の当たりにした今ならば、それが分かる。

「私がソゾンを救えなかったことは事実です」彼は壊れそうなものを扱うように、そう口にして。「ですから『影』を探し出して、逮捕することは諦めていません。何れ相対したら、また、この手で裁こうとしてしまうかも知れない」

ですが、と呟くように重ねる。

「それが、あなたを悲しませるのなら……もう一度、踏み留まれるような気がします」

――ああ。

何もかもが振り出しに戻った。

何一つ、解決しなかった。

それでも。

自分は、彼に、届いていたのだ。

以前にハロルドが、エチカを過去から引き揚げてくれた時のように。

喉の奥から、わけのわからない熱がこみ上げてくる。呑み込もうと、奥歯を噛み締めて。

「その時には……わたしが、きみを許さずにいることを思い出して」

ひねくれていて、どうしようもなくねじ曲がっている言葉。

でも、そういうものでなければ、掬い取れないものもある。

掬い上げられるのなら、何だっていい。

前向きでなくても、真っ直ぐでなくても、いい。

彼がほんの少しでも、たったひとかけらでも、『あの日』を過去に変えられるのなら。

「そうします。覚えておくのは得意ですから」

ハロルドは冗談めいた口ぶりで言い、頬を緩めて微笑む。そう、微笑んだのだ。まだどこか傷付いていて、けれど屈託のない、不器用な笑顔で――随分と久しぶりに、彼のそんな表情を見た気がする。

今頃、思い出したかのような安堵が溢れてきて。

少しだけ涙が出そうになったことに、気付かれていないといいけれど。

エチカは寒さのせいを装って、鼻をすする。

「……わたしたちも、捜査局に戻ろうか」

「本来なら、あなたも入院したほうがよろしいのでは？」

「AIが自宅療養で十分だと言ったんだ。きみこそ、腕を動かしづらいんじゃないの？」

「ええ、量産型のケーブルですから適合率が低いのです。正規パーツが届くまで、当面はあなたに介護していただきませんと」

「確かにわたしのせいだけれど……きみは、もう少ししおらしくしていてもいいんじゃない」

まだぎこちない応酬を繰り広げつつ、どちらからともなく歩き出す。薄雲が裂けて、凸凹の淡い影が、ゆっくりと小道に伸びていく——離れていた彼の肩が、ふと、耳打ちをするかのようにこちらへと傾いた。

「エチカ。あなたに、一つだけお願いしたい」

囁くハロルドの微笑は、淡雪のように溶けつつある。

「もし……いつか私の『秘密』が公になったとしても、どうかかばわないで下さい」

エチカが立ち止まると、靴底の小石が耳障りな音を立てた——アミクスはそのまま、歩いていく。地面にへばりついたこちらのブーツの横を、彼の影が流れる。その切れ端が、かすかに剝げた靴先を撫(な)でていった。

脳の縫い糸は、全てを記録している。捜査において、機憶はあらゆる供述に優先される。

だから、それがどれほど無意味な頼み事かを、ハロルドは十分に分かっているだろう。

それでも、言わずにはいられなかったのだろうなと思って。

今更ながら、彼に背負わせてしまったという後悔を、そっと閉じ込めた。

ナポロフが息を引き取ったのは、翌日未明のことだ。

終章――萌芽

1

《本日の最高気温：九度／服装指数B：あたたかいコートで外出を》

ペテルブルク市街地の病院を出発した直後は曇っていた空も、ペテルゴフに到着する頃には晴れ間が差していた。ラーダ・ニーヴァは、ソゾンの生家の前でゆるゆると停車する――ハロルドはステアリングを放して、後部座席を振り返る。

「本当に悪いな義姉さん、ハロルド。わざわざ家まで送らせて……」

「何言ってるの。二日も入院していた人が、一人で運転して帰るなんて無茶よ」

ダリヤの隣で、ニコライが参ったようにうなじを撫でている――彼の退院が決まったのは、つい昨晩のことだった。ニコライは事件当時、シュビンに強く頭を殴られて意識を失い、緊急搬送されたのだ。幸い搬送中の救急車内で意識を取り戻したそうだが、念のため入院して経過を観察していた。特に大事なく、予後も良好らしい。

しかし、心配性なダリヤは彼を迎えにいくと言って聞かなかった。そのためハロルドも半休を取得して、彼をペテルゴフへと送り届けることにしたのだ――どのみち、ニコライの母エレーナに渡さなければならないものもあった。

「自力で車から出られますか、ニコライ？」

「よせよ、本当にもう何ともない。何なら入院する必要もなかったくらいだ」

そんなやりとりを交わしながら、ニーヴァを降りる——ハロルドが庭先の木戸に手をかけると、見計らっていたかのように、家の玄関扉が開いた。姿を見せたのは、他ならぬエレーナだ。恐らくリビングの窓から、今か今かと外の様子をうかがっていたのだろう。

「ニコライ！」

彼女は羽織ったショールの前をかき合わせながら、こちらへと小走りにやってくる。そうして、人目も憚らずに息子を抱きしめた——彼女の病状はここ数日再び悪化していて、自力でニコライの見舞いにいくことができなかったのだ。彼が入院していたのはたったの二晩だが、エレーナにしてみれば気が気でなかったのだろう。

「母さん」ニコライが恥ずかしそうに仰け反り、母親の肩を押し返す。「よしてくれ」

「人の気も知らないでこの子は」

「いや分かってるよ、心配かけて悪かった。もう会えないかと——」

再会を分かち合う二人を前に、ハロルドはちらとダリヤを確かめる。彼女は、心底ほっとしたように肩の力を抜いていて——ニコライを喪わずに済んで本当によかった、と思う。

『ペテルブルクの悪夢』の容疑者であるナポロフとシュビンが逮捕されてから、二日。

二年半もの間未解決だった凶悪事件が急展開を迎えたことは、ワールドニュースで大々的に報じられている。公開されたウェブ記事は、今現在も閲覧数を伸ばし続けているようだ——容疑者の一人であるナポロフが死去したことは痛手だが、自分たちが電索で得た情報は、シュビンの供述も含めて今後の捜査に間違いなく役立つだろう。入院中のシュビンは『友人』の訃報にひどく取り乱したそうだが、今は落ち着き、事件について語り始めているらしい。

一方で市民からは、ナポロフの異常性を認識していなかった市警察へと非難が集中している。一部では、ソ連時代からの警察体制が改善されていないのではないかという不満も上がっていた——ただ全体を見れば、事件の解決を歓迎する声のほうが圧倒的に大きい。

一方で依然として、市民の間には晴れない不安が漂っている。

何せ事件の担当刑事——ソゾンを殺害したのはナポロフではなく、別の模倣犯だった。その正体は不明で、現在も逃走中であると考えられている。ペテルブルク市警察は昨夜、地元新聞社を通して「我々は今後も捜査を続け、模倣犯の逮捕に向けて全力で取り組む」とコメントを発表したばかりだ。まだ、道のりは長い。

それでも——ニコライがこうして無事だったことは、今回の事件の大きな救いだろう。

「母さん、僕はハロルドのお陰で助かったんだ」ニコライが、エレーナに熱っぽく話している。

「彼があの場所を割り出してくれなかったら、今頃死んでいたかも知れない」

「…………そう」

エレーナは目許を眇めて、恐る恐るといった様子でこちらを見るのだ——ハロルドはシステムに命じて、穏やかに微笑み返す。それから、手にしていたものを彼女へと差し出した。

グリーフケア・カンパニー『デレヴォ』のロゴが入った、一台のタブレット端末。

「エレーナ。これをあなたに」

彼女は戸惑ったように薄い眉を寄せ、端末とハロルドの顔を見比べる。「……何なの」

「ソゾンのデジタルクローンです。昨日、『デレヴォ』から市警に送られてきました」

あれから事情を知った『デレヴォ』CEOのシュシュノワが、気を利かせてくれたのだ。エレーナに渡して欲しいとメッセージが添えられていた――当時エレーナ自身は、依頼そのものを取り下げたいと考えていたようだが、シュシュノワはそのことを知らない。何より、彼女の気遣いを無下にもできなかった。

だからハロルドは、端末を受け渡そうとしたのだが、

「結構よ」

エレーナは案の定、押し返してきた。

「母さん」ニコライが非難がましい声を上げる。「別にもういいだろ、妙な意地を張らなくたって僕は何とも――」

「意地じゃないわ」彼女の口調は、これまでよりもどこか柔らかく感じられた。「本当にいいのよ、もう……」

振り返ってばかりいたら、振り向いた時にあるはずのものまで、いつの間にかなくなっているかも知れないもの。

エレーナはどこか独り言のように、そう呟（つぶや）く。意地でも恐れでもなく、どちらかといえば現実を受け入れ直したかのような――ニコライが危険な目に遭ったことで、彼女の中でも何かが変わったのだろうか？

しわの刻まれたその瞼（まぶた）が一度だけ下りて、

「……あの子を手に掛けた犯人は、まだ見つかっていないそうね」

エレーナの眼差（まなざ）しが、ゆるゆるとハロルドへ向けられる。ソゾンとよく似た鉛の瞳が、じっとこちらを見据えた。彼女と目が合ったのは随分久しぶりだな、と思って。

「――よろしく頼みますよ、ハロルド」

エレーナはそう呟（つぶや）き、静かに黙礼するのだ。時間にしてみれば、ほんの数秒に満たなかった。だがニコライとダリヤは、半ばあっけに取られていて。

ハロルド自身、きっと、瞠目（どうもく）してしまっただろう。

エレーナの白いものが混じった髪に、零（こぼ）れてきた陽光が絡（から）み、きらきらと反射する。

人間は、勝手だ。

けれど時々、彼らにどうして『勝手』が備わっているのか、理由を理解できる瞬間がある。

たとえば――今が、そうだった。

「必ず、見つけ出します」

誓いを立てるつもりで、毅然（きぜん）と答える。

エレーナは頷く代わりに睫毛を伏せて、きびすを返した。ショールが驚くほど優雅に翻る。

ニコライが慌てたように呼び止めたが、彼女は振り向きもしない。

エレーナの背中は今日も痩せさらばえ、小さくて、変わらず消し飛びそうなほど頼りない。

けれど――地面に落ちたその影は、麗しくくっきりと浮かび上がっている。


「お義母さん、やっとあなたのことを分かってくれたみたいね」

ラーダ・ニーヴァは、ペテルブルク中心部めがけて道路を辿り直していく――助手席のダリヤは顔をほころばせて、心底嬉しそうだ。別れ際のニコライも同様だったことを思い出す。自分にとっては、彼女たちが喜んでいることが一番嬉しいが。

「しかし『見つけ出す』とは言ったものの、今のところ市警から協力は要請されていません」

「理屈はいいの。お義母さんが、あなたにちょっとでも友好的になったということが大事なんだから」彼女はそこで、思い出したように眉尻を下げる。「でも……実際に犯人を追いかけるようなことになったら、正直私は心配よ」

「おや。『必ず帰る』という約束をお忘れですか？」

「……そうだったわね」

ダリヤは曖昧に目許を細めて、笑顔を返してくれた。

――『きみがここでナポロフを殺せば、彼女は一人になる』

地下室でのエチカの言葉が、メモリ内で再生される——あの時、思い留まったのは正しかった。ダリヤを目の前にした今ならば、はっきりとそう信じられる。彼女は決して、ハロルドが犯人を殺めることを望まない。そうしたところで、救われもしない。

自分が勝手に、全てを背負い込んでいただけだ。

でもあの時は、背負い込まなければ、かえって動けなくなるような気がした。

——今は不思議と、そうは感じない。

自分を抱きしめてくれたエチカのぬくもりは、まだ、胸に灯っている。

彼女のお陰であることは、間違いがなかった。

「ところでハロルド。本当にこのまま『デレヴォ』にいって、午後の仕事に間に合うの？」

「ええ、問題ありません。お心遣いを郵送で送り返すのも非礼でしょう？」

「あなたのそういう義理堅いところは尊敬するわ」ダリヤは、いつぞやのハロルドを真似てみせて、「それと……今朝から言いたかったんだけれど」

彼女はちらりとこちらに視線を寄越し、どうしてか満足そうに頬を緩める。

「その新しいマフラー、とってもよく似合ってる」

＊

グリーフケア・カンパニー『デレヴォ』のラウンジには、今日も今日とてパノラマがへばりつく。フィンランド湾は弱々しい陽光に煌めき、真っ白な航跡が水面を横切って――ハロルドが端末を見やると、ダリヤからのメッセージが届いていた。自分が用を済ませている間、彼女は下層階の商業施設を散策にいったのだが、喫茶店で時間を潰すことにしたようだ。

「お待たせしてすみません」ややあって、先日のエンジニアが現れた。「シュシュノワは丁度手が離せなくて……オフィスまで案内するよう言われましたので、どうぞ」

そうしてエンジニアは、ハロルドを経営者の専用オフィスへと連れていった――彼とは戸口で別れ、一人で中へと入る。いつぞやと変わらず、フロストガラスに囲われた水槽のような空間が出迎えてくれた。奥のパーティションを回り込むと、楕円形の『中央管制室』が広がる。

「ごめんなさい、ルークラフトさん。こちらが出向かなければいけないのに」

シュシュノワはモニタの前にいた――PCから伸びた一本のケーブルが床を這い、ソファに腰掛けたカスタマイズモデルのアミクスへと繋がっている。先日も見かけた、シュシュノワのパートナーだ。名前は確か、ベールナルドと言ったか。

「さっき、彼のシステムバックアップを始めてしまって……途中でトラブルが起きないか、見ていないといけないものですから」

ベールナルドはスーツのジャケットを脱ぎ、左袖を大きく捲り上げて、肩口にUSBケーブルを接続していた。カスタマイズモデルのポートは、個体ごとに位置が異なるのだ。それは処理を一点に集中させているようで、じっと目を閉じたまま動かない。

「こちらも急にうかがいましたので。彼に何か問題が起きたのですか？」

「いいえ。ちょっと新しい市場を開拓しようと思って、協力してもらっているの」シュシュノワは白い歯を覗かせる。「アミクスのデジタルクローンを作れたら素敵だと思いません？」

「それは」ハロルドは首を傾げそうになった。「単なるバックアップとどう違うのでしょう」

「説明が足りなかったわ」彼女は頬に手を当てる。「つまり……システムの設定やメモリだけでなく、あなたたちの人格を保存できたらいいなと考えているんです。そのために今、『性格』を規定するコードを取り出していて――」

シュシュノワは真剣そのものだ。が、根っからの友人派にありがちな勘違いをしている――そもそも従来のアミクスに、画一的な『性格』以上の人格は存在しない。彼らはプログラムの通りに振る舞っているだけであり、所有者への最適化こそ起こりうるが、保存すべき『個性』は持たない。経験として蓄積されるメモリがせいぜいだ。

まあ自分が指摘するまでもなく、何れ、コードを分析するうちに気が付くだろうが。

ともかくも、シュシュノワの盛大な誤解には触れないでおくことにした。

「実は、先日お送りいただいたタブレット端末をお返しにきました」

ハロルドは、紙袋に入れたそれを差し出す。事情を話すと、シュシュノワは穏やかに端末を受け取ってくれた。幸い、少しも不愉快には感じていないようだ。

「デジタルクローンが必要ないというのは、本来、喜ばしいことですもの」彼女は柔らかく言って、「お茶を入れてきますので、掛けていて下さい」

「いいえ、私はもう失礼しますので」

どのみちダリヤを待たせているし、捜査局の仕事もある。ハロルドは固辞しようとしたのだが、シュシュノワはあっという間にフロアを出ていくのだ——確か、オフィス内に簡易キチネットがあった。そこへ向かったのだろうが……。

わざわざ追いかけて、どうしても帰ると言い張るのも不躾か。

ハロルドは今一度ダリヤに連絡を入れておこうと、ウェアラブル端末を起動して。

「——ご挨拶もせず、失礼いたしました」

視線を動かす——ソファのベールナルドが、目を開けたところだった。彼はバックアップ作業を終えたようで、肩からケーブルを取り外すと、袖を直しながら立ち上がるのだ。

「またお目にかかれて光栄です、ルークラフトさん」

それは穏やかな微笑みを浮かべて、片手を差し出してきた。

ハロルドは無言で吃驚する。冗談だろう——アミクス同士のコミュニケーションは、『人間らしさ』を表現するためのポーズに過ぎない。人間の目が存在しない場面において、それらしい動作を取る必要はなく、実際に行動することもないはずだった。

にもかかわらず、目の前のこれは、アミクスの自分に対して握手を求めている。

今し方の、シュシュノワの『人格』の話が頭を掠めて。

——先日顔を合わせた際には、まるで気に留めていなかったが、しかし。

「自己診断を実行しろ」手を握り返す代わりに、そう命じた。「君は故障しているのか？」

「故障」ベールナルドは、やや考えてから答えた。「定期メンテナンスは受けています。何れも正常です」

「だが、どう見ても逸脱している。システムコードに問題が？」

「分かりません。あなたと握手をしたいだけです」

ベールナルドは困り果てたような顔をしている——自分の異常性に気付いていないのだ。つまり従来型のアミクスらしく、己の行動を客観的に認識できるほどの知能はない。

「——コーヒーはお好きだったかしら？」

まもなく、シュシュノワがフロアに戻ってくる。彼女は、カップが載ったトレーを手にしていて。

「シュシュノワさん」ハロルドはベールナルドを見つめたまま、問いかけた。「普段はどこで彼の調整を？」

「え？」彼女は分かりやすく戸惑う。「いえ、いつもノワエ社に頼んでいますけれど……」

「異常が発見されたことは？」

「ないわ。一度も」

「前にカスタムメイド業者を利用したと仰っていましたが、それはいつです？」

「五年前です」シュシュノワは訝るような表情に変わっていく。「これは捜査か何か？」

「では、その業者の仕業でしょう。彼のシステムコードは、恐らく……改造されています」

シュシュノワは目を瞠り、茫然とかぶりを振った。理解できない、あるいはそんなはずがないといった拒絶——一方のベールナルドは、変わらず困惑も露わに立ち尽くすばかりで。

何となく、嫌な予感がした。

「そのカスタムメイド業者の名前を、覚えていらっしゃいますか？」

「ええ」シュシュノワは口紅で丁寧に染まった唇を、何度か嚙む。「個人業者でした。確かお名前は………ラッセルズさん、だったかしら」

循環液の温度が、下がっていく。

アラン・ジャック・ラッセルズ。

ああ——自分たちは、とんでもないものを見落としていたわけだ。

2

「つまりシュシュノワさん、あなたは何もご存じなかったんですね？」

「ええ、そうです。ラッセルズさんはごく普通のカスタムメイド業者だと……」

電子犯罪捜査局ペテルブルク支局――取調室のマジックミラー越しに、テーブルを挟んで向かい合うフォーキン捜査官とシュシュノワの姿があった。彼女の肌は青白く、先日は綺麗にまとまっていた髪も、疲れたように肩へと下りていて。

エチカはつい、目頭を押さえてしまう――『悪夢』事件が一段落したかと思いきや。

「一体どういうこと？　ラッセルズが作っていたのは、トスティだけじゃなかったの」

「そのようです」隣のハロルドも、神妙な面持ちだ。「シュシュノワ曰く、ベールナルドが改造されたのは五年前で、トスティのオープンソース化よりも以前にあたります。ラッセルズは、その頃から既に活動していたようですね」

ベールナルドの改造が発覚したのは、一日前のことだ。

昨日、ハロルドは例の端末を返却するため『デレヴォ』に足を向けたらしい。そこで偶然にも、ベールナルドが従来型アミクスとは異なる自律性を有していることに気が付いた――まさか、こんなところからラッセルズの痕跡が見つかることになるだなんて。

この三ヶ月間、自分たち特別捜査班はトスティの回収作業に意識を集中させていた。だがそれ自体が、全くの視野狭窄だったわけだ。

「――正規販売店ではないカスタムメイド業者が、システムコードそのものを書き換える行為は違法です」フォーキンも深刻な面持ちで、シュシュノワを見つめている。「昨日ノワエ社に回したベールナルドですが、先ほど技術者から解析結果の連絡がありました。システムコードの中に、所謂『隠し扉』が見つかったそうですよ」

「彼はずっと正常でした」とシュシュノワ。「分かりません。何なんですかそれは」

「『隠し扉』は、違法なコードを隠蔽するための手段です。ベールナルドの場合、扉の中身は効用関数システムに変更を加える……要するに、不必要な自律性を与える類のものだったと。あなたのアミクスは国際AI運用法に違反しています」

運用法を逸脱するシステムと言えば、真っ先に、RFモデルの神経模倣システムが思い浮かぶ。システムコードを偽装している点も同じだ。ただ——ベールナルドの規格は、当然ながらRFモデルとは異なり、ノワエ社が量産している従来型のそれにあたる。

エチカは頭が痛くなりながら、ハロルドを仰いだ。

「正直、ベールナルドはごく普通のアミクスに見えた。きみのほうがよっぽど自律しているのに、それでも運用法に差し障るの？」

「私はそもそも『次世代型汎用人工知能』ですので、はじめから自律性と安全性が釣り合うように設計されています」ハロルドが口にしているのは、神経模倣システムとは無関係な、表向きの規格の話だ。「しかしベールナルドの規格は従来通りですから、わずかな逸脱ですら思わぬ事故に繋がる可能性があるのです」

だったら。「この五年間、何も起こらなかったのは奇跡に近いわけだ」

「どちらかと言えば、不幸中の幸いかと」

「彼はどうなる？」

「捜査が終わり次第、システムコードを修正してシュシュノワの元に返されるそうですよ」

つまり、廃棄処分にはならないようだ。彼女にとってはせめてもの救いだろうが——どういうわけか、シュシュノワの面持ちには安堵など微塵もない。

「あの人はそんなに危険な存在じゃありません。何かの間違いです」彼女は手の甲が白くなるほどに、右手の薬指を握り締めている。「私はただ、ラッセルズさんから送られてきた拡張機能を、彼に組み込んだだけなんですよ」

「その拡張機能自体に、何かしらの細工が為されていたんでしょう」フォーキンは気遣わしげだ。「ベールナルドは、本当に何の問題もありませんでしたか？　お心当たりは一切ない？」

「ええ」シュシュノワは頷いたが、そこで何かに思い至ったようで。「いえ……、買い物を頼むとたまに、どこへいっているのか、長々と帰ってこないことがありました。散歩をしたり、公園で鳩に餌をやるのも好きで……全部、自分で覚えたんですけれど」

「それは……プログラムに準じているアミクスの行動としては、やや不適切なのでは？」

「今思えば、そうだったのかも知れません」シュシュノワの目がうっすらと潤む。「でも私にとって彼は人間と同じですから、一度も気にしませんでした。まさかそんなこと——」

彼女は、堪えきれなくなったように顔を覆うのだ。フォーキンが慌てて腰を浮かせ、ハンカチを差し出している——エチカは、いたたまれない気分になってきた。何せ。

「彼女は、ベールナルドと『結婚』しているんだ」あの時の、幸せそうなシュシュノワの表情は忘れられない。「無事にコードが修理されたとして、彼の性格は変わってしまう？」

ハロルドが頷く。「自ら寄り道をしたり、鳩に餌をやることはなくなるでしょうね」

「シュシュノワさんのことを、妻だと見なさなくなることは」

「もともと見なしていないはずです」アミクスはミラーを一瞥する。「ベールナルドに与えられた自律性は、謂わばシステムの『遊び』に過ぎず、彼の持っている従来型の感情エンジンでは恋などできません。単に、シュシュノワが求める振る舞いを習得していただけでしょう」

　エチカはつい、眉根を寄せてしまう。

「きみは大分前に、『我々も恋をすることはできる』と言っていた。あれは嘘だったの？」

「半分は嘘で、半分は真実と言えます」何だそれは。「ベールナルドは恋をすることはできませんが、恋をしているように見せることはできました。人間の視点では、この違いは非常に些末なものです。つまり、中国語の部屋と同じですよ」

　であれば、結局は先日の自分が懸念した通りなわけだ――シュシュノワはベールナルドとの関係を語る際、本当に幸福そうだった。けれど、言葉を選ばずに言うのなら。

「全部、彼女の……独りよがりに過ぎないということ」

「人間が何を信じるかが大切です」ハロルドは静かに紡ぐ。「アミクスはあなた方が見たいものを見せるための鏡であり、その望みに応えるのが我々の意義ですから」

「確かに量産型のアミクスはそうかも知れないけれど……」

きみはそうは見えない——エチカは、続けそうになった指摘を呑み込む。そんなものを投げかけたところで、何の意味もないだろう。

「どちらにしても」とハロルド。「ベールナルドの『隠し扉』の構造は、本部の分析チームに回されています。ひょっとしたら、未だ解析中のトスティにも応用が利くかも知れません」

「確かにね。何かしら進展するといいけれど」

ラッセルズが手がけた分析型ＡＩ『トスティ』は、その性能とソースコードが一致していない。どこかに本物のコードを隠すための『隠し扉』があると仮定して、今なお解析が続けられているのだ。しかし、外部の専門家ですら真相を暴けずにいた。

エチカは前髪を掻き上げて、マジックミラーへと目を戻す。

「——ラッセルズが、カスタムメイド業者を騙っていた頃のウェブサイトを探しましたが、既に削除されたらしく見つかりませんでした」フォーキンは、再び席に腰を下ろしたところで。

「奴が請け負っていたのは、一般的なカスタムメイド業者とほぼ同じメニューですか？」

「いえ、所謂パーツのカスタマイズはやっていなかったと思います」シュシュノワはハンカチを口許に押し当てて、鼻をすする。「全部、拡張機能の導入で済むようなものばかりでした」

「つまり、オンライン上のやりとりだけで完結するわけだ。連絡手段はメッセージのみで、顔も声もご存じないのでしたね？」

「そうです。納期も約束通りでしたし、何も問題なかったので信頼してしまって……」

「もしメッセの履歴が残っていれば、私のユア・フォルマに共有してもらえると助かります」

どうあれ、今のところ電索の出番はなさそうだが――相変わらず、ラッセルズの目的が分からないな、と思う。アミクスの効用関数システムの改造と、『トスティ』のオープンソース公開。運用法を逸脱しているという共通項は存在するが、狙いが全く不明だ。ただトスティ同様、この件に関しても、被害はベールナルドに留まらない可能性がある。

何れにせよ。

「シュシュノワの供述から、これ以上の情報は得られなさそうだ」

「ええ」ハロルドも残念そうに顎を引く。「一度、オフィスへ戻りましょうか」

そうしてエチカたちは、一足先に取調室を後にする。

扉をそっと閉めたところで、ふと、通路を駆けてくる人影が見えた。長い三つ編みをぴょんぴょんと跳ねさせたビガだ。彼女はこちらの――というか主にハロルドの姿を見つけるなり、

「ああ!」と高い声を出す。

「ハロルドさん!　よかった、本当に無事だったんですね……!」

そういえば、ビガとハロルドが顔を合わせるのは三日ぶりか――あれからビガは、搬送されたニコライに付き添っていて、現場には戻らなかった。その後二日間はアカデミーの研修で忙しく、捜査局に顔を出せなかったのだ。一応ハロルドが無事であることは、エチカがメッセー

ジで伝えておいたのだが。

「ビガ」ハロルドもほっとしたように、彼女に歩み寄っていく。「ご心配をお掛けしました」

「もう大丈夫なんですか？　撃たれたって聞いたから気が気じゃなくて」

「大事ありません。まだ正規パーツが届いていないので、右腕の動きが悪いのですが」

「困ったことがあればお手伝いしますから、何でも言って下さい」ビガはそこで、ハロルドが腕にかけているコートとマフラーに目を留める。「あれ、それって……」

エチカもようやく気が付く。彼が手にしているマフラーは、よく見れば真新しいマリンブルーのそれだった。確か、以前にビガが贈ったものだ――全く意識していなかった。

「う、嬉しいです！」彼女は感激したように頬を赤くする。「使ってくれたんですね」

「お陰でとてもあたたかいです。ありがとうございます」

ハロルドはすっかりいつもの調子で、ビガに微笑みかけている――ビガはマフラーの件で散々気を揉んでいたが、これでようやく安心できただろう。よかった。

エチカはほっとしながらも、ふと、胸の奥がつかえるような感覚があって。

――何だ？

「あ」ビガが宙を見上げる。メッセを受信したらしい。「すみません、捜査支援課に呼ばれてたんでした……あたし、そろそろ行きますね！」

彼女は、まるでスキップでもしそうなほど軽い足取りで、通路の奥へと消えていく――エチカは知らず知らずのうちに、胸元に手をやっていた。もやもやとした何かが、そこにわだかまっていて。

肋骨のひびのせいだろうか？

「エチカ、どうなさいました？」

我に返る。ハロルドが、不思議そうにこちらを見下ろしているではないか。

「何でもない」それとなく、手を後ろに回す。「ともかく……今回の件で、ラッセルズが他にもアミクスを改造していないかどうか調べる必要が出てきた。また忙しくなるよ」

「そうですね」彼は気がかりそうだ。「怪我が痛むのなら、今一度病院にいかれては？」

「多分痛くない。お腹が空いたのかも」

「ハムとチーズの次は、痛みと空腹の違いが分からなくなったということですか？」

「念のために訊くけれど、馬鹿にしてる？」

「とんでもない。真剣に心配しています」

「それはどうもありがとう」

エチカとハロルドは言い合いながら、今度こそオフィスに向かって歩き出す。

胸の内を占めていたそれは、一歩進むごとに、一粒ずつ零れてどこかへと消えていった。

了

あとがき

あっという間に一巻の刊行から一年が経ち、お陰様で四巻を迎えることができました。読者様方に心から感謝を申し上げますとともに、今巻がお気に召していただけましたら僥倖です。

今回は一巻から触れていた『ペテルブルクの悪夢』のお話ですが、細かく解説するのも無粋と存じます。ただ実は、『幕間』にある雪のロンドンの場面は、四巻の執筆を開始するよりも以前に完成していたシーンでした。こうして本になる機会をいただけて、大変有難く思います。

また余談なのですが、ロシアの人の名前は少し複雑で『名前＋父称＋姓（姓＋名前＋父称）』で構成されています。相手を敬う呼び方は『名前＋父称』で、姓が使われるのはフォーマルな場だそうです。親しい間柄の場合、本来は愛称で呼び合います。しかし拙著では文面上の分かりやすさを優先し、登場人物全員の呼び方を統一していますことをお伝えさせて下さいませ。

ここからは謝辞を。担当編集の由田様。ぐだぐだな初稿をお見せしたことを未だに悔いています、お陰様でどうにか形になりました。イラストレーターの野崎つばた様。いつも美麗なイラストを本当にありがとうございます、表紙の女の子たちがすごく格好良くて嬉しいです。漫画家の如月芳規様。コミカライズにいつも刺激を受けております、どうぞご自愛下さいませ。

もしまた次巻でもお目にかかれましたら、望外の喜びです。

二〇二二年二月　　菊石まれほ

◎主要参考文献

山崎昭監修『図解　科学捜査』（日本文芸社、二〇一九年）
Ressler, K.Robert and Shachtman, Tom 共著　相原真理子訳『ＦＢＩ心理分析官　異常殺人者たちの素顔に迫る衝撃の手記』（早川書房、二〇〇〇年）

本書に対するご意見、ご感想をお寄せください。

ファンレターあて先
〒102-8177　東京都千代田区富士見2-13-3
電撃文庫編集部
「菊石まれほ先生」係
「野崎つばた先生」係

本書は書き下ろしです。

電撃文庫

ユア・フォルマⅣ
電索官(でんさくかん)エチカとペテルブルクの悪夢(あくむ)

菊石(きくいし)まれほ

◆◇◇

2022年4月10日　初版発行
2022年6月5日　再版発行

発行者　青柳昌行
発行　株式会社KADOKAWA
〒102-8177　東京都千代田区富士見2-13-3
0570-002-301（ナビダイヤル）
装丁者　荻窪裕司（META＋MANIERA）
印刷　株式会社KADOKAWA
製本　株式会社KADOKAWA

●お問い合わせ
https://www.kadokawa.co.jp/（「お問い合わせ」へお進みください）
※内容によっては、お答えできない場合があります。
※サポートは日本国内のみとさせていただきます。
※ Japanese text only

※定価はカバーに表示してあります。

ISBN978-4-04-914152-8　C0193　Printed in Japan

電撃文庫　https://dengekibunko.jp/

電撃文庫創刊に際して

文庫は、我が国にとどまらず、世界の書籍の流れのなかで〝小さな巨人〟としての地位を築いてきた。古今東西の名著を、廉価で手に入りやすい形で提供してきたからこそ、人は文庫を自分の師として、また青春の想い出として、語りついできたのである。

その源を、文化的にはドイツのレクラム文庫に求めるにせよ、規模の上でイギリスのペンギンブックスに求めるにせよ、いま文庫は知識人の層の多様化に従って、ますますその意義を大きくしていると言ってよい。

文庫出版の意味するものは、激動の現代のみならず将来にわたって、大きくなることはあっても、小さくなることはないだろう。

「電撃文庫」は、そのように多様化した対象に応え、歴史に耐えうる作品を収録するのはもちろん、新しい世紀を迎えるにあたって、既成の枠をこえる新鮮で強烈なアイ・オープナーたりたい。

その特異さ故に、この存在は、かつて文庫がはじめて出版世界に登場したときと、同じ戸惑いを読書人に与えるかもしれない。

しかし、〈Changing Times,Changing Publishing〉時代は変わって、出版も変わる。時を重ねるなかで、精神の糧として、心の一隅を占めるものとして、次なる文化の担い手の若者たちに確かな評価を得られると信じて、ここに「電撃文庫」を出版する。

1993年6月10日
角川歴彦